MANUAL DA PAIXÃO SOLITÁRIA

MOACYR SCLIAR

Manual da paixão solitária

COMPANHIA DAS LETRAS

Capa
Victor Burton

Revisão
Daniela Medeiros
Ana Maria Barbosa

Dados Internacionais de Catalogação na Publicação (CIP)
(Câmara Brasileira do Livro, SP, Brasil)

Scliar, Moacyr
Manual da paixão solitária / Moacyr Scliar. — São Paulo : Companhia das Letras, 2008.

ISBN 978-85-359-1355-2

1. Romance brasileiro I. Título.

08-10358 CDD-869.93

Índice para catálogo sistemático:
1. Romances : Literatura brasileira 869.93

[2008]

EDITORA SCHWARCZ LTDA.
Rua Bandeira Paulista, 702, cj. 32
04532-002 — São Paulo — SP
Telefone: (11) 3707-3500
Fax: (11) 3707-3501
www.companhiadasletras.com.br

MANUAL DA PAIXÃO SOLITÁRIA

Como vinha acontecendo desde 1990, a comissão organizadora do Congresso de Estudos Bíblicos, realizado cada ano numa cidade brasileira, selecionou uma passagem bíblica como tema central do encontro: Gênesis, capítulo 38, texto que conta a história do patriarca Judá, de seus filhos e de uma mulher chamada Tamar.

A escolha despertou inusitado interesse. Na sua fala inicial, proferida no auditório do elegante hotel de veraneio em que se reuniam os congressistas, cerca de duzentos, disse o presidente da Sociedade Cultural de Estudos Bíblicos, o historiador José Domício Ferraz:

— Trata-se, permitam recordar-lhes, de uma história estranha. Para começar, está inserida numa outra narrativa, aquela que nos fala de José no Egito, narrativa essa que é bruscamente interrompida. E a sucessão de acontecimentos é surpreendente, quando não chocante. Tudo começa quando Judá, um dos irmãos de José, "afasta-se de seus irmãos" e vai viver na casa de um homem chamado Hirá, encontra uma canaanita, com quem casa, tornando-se pai de

três filhos, Er, Onan, Shelá. Eles crescem e Judá arranja uma esposa, Tamar, para o primogênito Er. Por alguma razão que o texto não esclarece, Er desagrada ao Senhor e morre sem engravidar Tamar. De acordo com a tradição, se o irmão mais velho falecia sem deixar filhos, competia a seu irmão ter relações com a viúva de modo a assegurar a progênie. Mas Onan, sabendo que o filho de Tamar não seria considerado dele (e que esse filho seria o herdeiro do patriarca, não ele), cumpre seu dever de forma parcial; ele "derrama o sêmen na terra", praticando, pois, coito interrompido, o que também acarreta a sua morte. Restaria o terceiro filho, mas Judá, temeroso de que o rapaz tenha a mesma sorte dos irmãos, pede a Tamar que espere algum tempo: afinal, Shelá não é ainda adulto, homem-feito. Coisa que Tamar, como podemos imaginar, não aceita de bom grado. Tempos depois realiza-se em Timna, localidade próxima, uma reunião de criadores de ovelhas para tosquia. Judá, agora viúvo, ali comparece. No caminho passa por Enaim, onde há um templo pagão e onde vê uma mulher coberta por um véu, aparentemente uma prostituta. Seu desejo despertado, oferece-lhe, em troca da relação sexual, um cabrito, a ser enviado depois. A mulher aceita, mas pede uma garantia: o cajado, o sinete e o cordão de Judá, símbolos da dignidade patriarcal. Judá, ainda que relutante, concorda. De volta a casa, pede a um amigo que leve o cabrito à mulher, mas surpreendentemente ela não é encontrada. Ninguém a conhece.

Interrompeu-se, tomou um gole d'água e continuou:

— Pouco depois Tamar aparece grávida. Tomado de fúria — ela ainda deveria estar sob seu controle patriarcal —, Judá condena-a à morte. Tamar então revela que o pai do filho que traz no ventre é o dono do cajado, do sinete e do cordão: o próprio patriarca. Judá reconhece que foi enganado e assume a paternidade. Tamar dá à luz gêmeos, Zerá e Perez — que será um antepassado do rei Davi e de José, o pai terreno de Jesus. Com isso encerra-se a história. Que, como sabemos, apresenta vários aspectos interessantes. Em

primeiro lugar, o costume do levirato, comum no Oriente Médio da época, segundo o qual o irmão ou parente de um homem morto deve dar um filho à viúva. Havia para isso uma explicação prática: a viúva não poderia herdar as propriedades do esposo falecido, só os filhos. Compreende-se assim a determinação de Tamar em engravidar, e para tal recorrerá a uma artimanha. Nisso, não é exceção. O Gênesis conta como Rebeca enganou Isaac, fazendo com que o já senil patriarca abençoasse, e portanto reconhecesse como herdeiro, o filho de ambos, Jacó, em detrimento do primogênito Esaú; como este era peludo, Rebeca disfarçou Jacó com um pelego de carneiro.

Nova pausa, e prosseguiu:

— A astúcia de Tamar, como a de Rebeca, fica evidente. Ela se vale do fato de que a prostituição religiosa era uma coisa comum no Oriente Médio, praticada inclusive por mulheres casadas, que se entregavam a estranhos em nome da religião. Era esse o disfarce que Tamar estava adotando, recorrendo inclusive a um véu para não ser reconhecida.

E concluiu:

— Dentro do objetivo de nossa reunião, que é de estudar a Bíblia sob um enfoque científico e cultural, há muito o que discutir. Como eu disse, espero um bom debate sobre o tema.

Que o debate seria intenso era consenso entre os participantes do evento, historiadores, antropólogos, psicólogos; a passagem escolhida não podia ser mais interessante. E debate era o principal objetivo do encontro, cujo programa previa discussões de grupo pela manhã e à tarde. As noites destinavam-se às chamadas conferências magistrais, em que pessoas de reconhecida autoridade também abordariam o tema. Havia muita expectativa em torno da apresentação do professor Haroldo Veiga de Assis, que viera dos Estados Unidos, onde lecionava numa importante universidade da Ivy League. O que, a propósito, custara bom dinheiro: o professor Haroldo cobrava caro por suas palestras, só viajava de primeira *classe e exigia hotéis cinco estrelas. Mas era tal sua fama que os organizadores do encontro não pouparam esforços para trazê-lo, conseguindo inclusive financiamento especial. Afinal, o professor Haroldo fora o único brasileiro a fazer parte do grupo de especialistas que estudara o chamado* Manuscrito de Shelá, *recentemente encontrado numa caverna em Israel e que, à semelhança dos* Manuscritos do Mar Morto, *fora saudado pelos historiadores como um achado sensacional.*

Na noite em que o professor Haroldo falou, a segunda do evento, o auditório estava lotado. Ninguém faltara, e havia várias pessoas de pé. Todos aguardavam ansiosamente sua intervenção. Finalmente, e saudado com palmas estrondosas, ele subiu ao palco.

Aos sessenta e sete anos, o professor Haroldo, um homem alto, magro, de basta cabeleira, enorme barba e um olhar que os rivais, vários, não hesitavam em rotular como desvairado, era conhecido pela extraordinária cultura (dominava o hebraico, o aramaico, o árabe, o latim, o grego e seis outros idiomas, citava de memória qualquer trecho do Antigo Testamento) e pela excentricidade; usava terno e gravata, mas tênis coloridos, segundo ele mais cômodos e bonitos do que convencionais sapatos, além de representarem, em seu ponto de vista, uma homenagem ao Brasil, país da diversidade, ao qual se considerava visceralmente ligado.

Nos vários artigos sobre o manuscrito publicados tanto na imprensa leiga como em respeitadas revistas especializadas, o professor garantia que Shelá se revelara um personagem fascinante, um narrador que levava a imaginação ao paroxismo, mas que escrevia com uma autenticidade surpreendente, coisa que, acrescentou numa entrevista, "mobilizou meu próprio imaginário; não consigo falar sobre esse misterioso Shelá com a neutralidade e com o distanciamento que em geral caracterizam os estudos históricos. Sinto-me obrigado a inovar, a recorrer ao inusitado, ao inesperado, ao não-convencional".

Declaração que deveria ser levada ao pé da letra. O professor, dramaturgo nas horas vagas (uma peça sua, escrita em parceria com um conhecido escritor, estava em cartaz naquele momento, encenada por um grupo amador de São Paulo), era um tipo performático que costumava adotar, em suas apresentações, aquilo que chamava de enfoque heterodoxo. Esse enfoque podia expressar-se tanto na forma de abordagem do tema como no desempenho do orador, que não raro chegava às raias do histriônico, constituindo-se em verdadeiro happening *e provocando ora vaias, ora aplausos, ora as duas coisas. Os coordenadores estavam preparados para isso, mesmo porque, como dissera uma psicóloga que fazia parte da comissão organizadora, havia evidente compatibilidade entre o estilo do professor Haroldo e o tema do conclave, sem falar no fato de que o autor do manuscrito aparecia, na passagem bíblica, como um personagem até certo ponto intrigante, ainda que menor*

Tudo poderia acontecer; não era impossível que o conferencista, baseado em sua experiência de teatro, apresentasse um texto redigido na primeira pessoa, uma espécie de monólogo do próprio Shelá, falando desde um passado remoto sobre sua trajetória, suas aspirações, suas fantasias. E foi isso exatamente que ocorreu.

Um dia — ou uma noite, de preferência uma noite, a noite é mais propícia para gente como nós e para a evocação da memória que deixamos — alguém lembrará de mim. Quando isso acontecerá, não sei. Daqui a muito tempo, acho. Séculos, milênios, quem sabe. A entidade que sou — pobre entidade, modesta entidade, lamentável entidade — terá desaparecido. Estarei reduzido a diminutas partículas que ventos e águas disseminarão pelo mundo. Uma partícula fará parte de uma pedra, outra estará na casca de uma fruta, outra na córnea de um leão, no pêlo de uma raposa, no osso de um ser humano. Dispersão à parte, é isso permanência? Eu gostaria muito de responder que sim; negar a morte faz parte de nossa precária condição humana, e recorremos a todos os malabarismos do pensamento, a todas as formas da fantasia para atingir esse objetivo. Mas não adianta, não é? Não adianta. Metáforas consolam, mas não resolvem nosso problema: vamos adoecer, vamos morrer, e as partículas não nos preservarão. Partículas não pensam, não almejam, não tentam antecipar o futuro. Partículas não anseiam por se reunir, como ansiaram por se reunir as pessoas que aqui estão; partículas não anseiam por reconstituir o ser humano de que um dia foram parte. Partículas não atendem por um nome, partículas não têm sonhos nem desejos, partículas não escrevem em pergaminhos, não interpretam o que está escrito em pergaminhos. Não posso, portanto, ter ilusões. Evocar não é ressuscitar. Essa história de "viverá para sempre na memória dos pósteros" é mentira. Mentira piedosa e consoladora, mas mentira.

Não que eu recuse as ilusões ou a mentira; de certo modo, ilusões e mentira são, para mim, um modo de vida. Sou apenas um criador de sonhos. Do ponto de vista do futuro, sou descartável. Se tenho algum lugar reservado, é na lata de lixo da história, gigantesco recipiente que já recebeu milhões, bilhões de pessoas, com suas frustradas aspirações, seus desejos não realizados, seus falidos projetos. Poucos recordam o meu nome. Meu falecido irmão Onan, ao contrário, é constantemente citado, ainda que desperte sentimentos contraditórios: curiosidade, repulsa, indignação. É bem conhecida a história de sua estranha rebeldia; isso sem falar na prática sexual a que seu nome é associado, ainda que equivocadamente (não, Onan não é o inventor da masturbação: mais sobre isso daqui a pouco).

De mim, irmão de Onan, ninguém fala. Sou um anônimo entre os anônimos, um desconhecido extraviado na multidão dos desconhecidos, vivos ou defuntos. É uma realidade que sempre aceitei, ainda que com profunda mágoa. Essa mágoa, tentei neutralizar com um sonho: milênios após meu desaparecimento, num lugar para mim estranho, pessoas para mim estranhas, vestindo roupas para mim estranhas, falariam, num idioma estranho, sobre mim. A partir desse momento esse sonho transformou-se na esperança à qual eu me agarrava e que, de certa forma, me mantinha vivo.

Sonhos marcaram a trajetória de nossa gente, os hebreus.

Não que sejamos exatamente uma estirpe de sonhadores; somos isso, mas não só isso. Sonhamos, sonhamos muito, mas estamos sempre procurando uma conexão entre aquilo que sonhamos e aquilo que realmente acontece, entre fantasia e realidade. Com finalidades utilitárias? Certamente; em nós, a poesia se associa ao pragmatismo, o devaneio ao cálculo frio. Foi o que nos ensinou nossa tumultuada história. Sabemos que é impossível viver sem sonhar, mas temos bem presente que antes de sonhar é preciso viver, ou sobreviver. Sonhos são alimento para a alma? Até são, mas a pergunta básica é: quem alimenta o corpo? Corpos desnutridos não sonham, ou, quando sonham, é só com comida: pães dourados, carneiros assados, frutos saborosos, proibidos ou não. Por isso, aprendemos a combinar fantasia e realidade em doses variáveis, de acordo com a época e o local — metade fantasia, metade realidade, ou um terço de fantasia para dois terços de realidade, ou três quintos de fantasia para dois quintos de realidade —, sempre usando de prudência, bom senso e, por que não dizer, astúcia. E aprendemos também a utilizar os sonhos como ponte para o futuro. O passado, para nós, é importante, dentro de nosso papel de guardiães da história, mas sabemos que ao fim e ao cabo o que interessa é (além do presente, claro) o futuro.

Meu avô Jacó teve um sonho. Um sonho que, não por acaso, foi precedido por acontecimentos decisivos em sua vida. Astuciosamente ele obtivera do irmão gêmeo (nascido antes dele), Esaú, o direito de primogenitura; com a ajuda da mãe, a ardilosa Rebeca, recebera do pai, o velho e cego patriarca Isaac, a última e decisiva bênção, aquela que o consagraria como herdeiro. Furioso, Esaú decidiu matar o irmão. A conselho de Rebeca, Jacó fugiu para a casa de seu tio Labão, em Haran, empreendendo longa e áspera marcha noturna pelo campo e pelo deserto.

Lá pelas tantas, exausto, não agüentou mais; precisava dormir e faria isso ali mesmo, ao relento.

No meio do caminho havia uma pedra. As pedras estão no mundo há muito mais tempo do que nós, humanos; e, à exceção de eventuais avalanches ou terremotos, permanecem quietas, imóveis, aguardando que as utilizemos. E nós as utilizamos muito: com pedras construímos casas, castelos, templos, estradas. Ao longo dos milênios, pessoas carregaram pedras, pessoas trabalharam com pedras, pessoas criaram obras-primas em pedra. Mas não foi nisso que Jacó pensou quando viu a pedra no meio de seu caminho. Não era um escultor, não era daqueles artistas que olham para uma rocha e vêem ali um anjo, um cavalo, uma figura feminina. E, mesmo que fosse um artista, naquele momento estava mortalmente cansado e pouco propenso a inspirações de qualquer tipo. O que lhe ocorreu foi deitar-se e apoiar a cabeça na pedra.

Dormir sobre pedras não é das coisas mais agradáveis. Pedra não é travesseiro nem de penas, nem de espuma, assim como relento não é hotel, nem mesmo para aqueles que amam muito a natureza. De toda forma, e em geral por falta de alternativa, muitos tiveram de dormir assim, a cabeça sobre uma pedra. E aquela pedra, em particular, provavelmente já servira de apoio para muita gente, ao longo do tempo: um troglodita com feições de gorila que com sua clava ia em busca de uma presa, um soldado mercenário ansioso por fazer fortuna, uma mulher desesperada procurando o amante que a abandonara... Todos, exaustos, teriam ali deitado a cabeça e dormido um sono profundo. Ao fazê-lo, haviam deixado na pedra, além do tênue resíduo de seu suor, o tênue resíduo de seus sonhos. Visões oníricas haviam assim penetrado nos invisíveis poros da pedra, incorporando-se a ela, impregnando-a, tornando-a — encantada? É, pode-se dizer isso, que aquela pedra ficara encantada; que se tornara a silenciosa depositária de arcaicas fantasias, fonte inesgotável de sonhos e visões. Fantasias, sonhos e visões capazes de, mediadas pela mineral dureza e por esta filtradas e direcionadas (tal como um fluxo de partículas infinitamente pequenas é direcionado por certas fantásticas máquinas), mobilizar a imaginação do adormecido. A pedra era até capaz de educar, verdade que de forma insidiosa, imperceptível, aquele que sobre ela repousasse. Educação pela pedra? Sim. Educação pela pedra. Insólita educação; educação sentimental, não conceitual, não cognitiva. Educação que não resulta num mensurável incremento de conhecimentos e de habilidades; educação não avaliável pelos testes de inteligência; educação alternativa, educação heterodoxa, educação discutível e controversa, talvez, mas importante educação mesmo assim.

Não deve ter sido por acaso que Jacó escolheu aquela pedra como suporte de seu sono e de seus sonhos. O instinto deve ter funcionado aí, o sexto sentido, ou até mesmo a inspiração divina sob forma de misteriosa voz que, confundindo-se com o vento do deserto, sussurrou-lhe ao ouvido: deita aí, rapaz, vais gostar, eu te garanto. Jacó deitou-se, maldizendo a incomodidade que, contudo, revelou-se providencial, na medida em que o sono resultou leve, inquieto. E, sabidamente, quanto mais leve e inquieto o sono, mais vívidos e significativos os sonhos. Que, como Jacó pôde constatar naquela noite, são como escadas misteriosas; para onde nos conduzem, é impossível saber. O céu é o limite? Sim, em matéria de sonhos, o céu é mesmo o limite; no caso não foi apenas força de expressão. Porque Jacó sonhou com uma altíssima escadaria, tão alta que seu topo chegava aos céus. Por ela subiam e desciam anjos; lá de cima Deus, o próprio Deus, abençoava-o. Ou seja: um belo sonho, um glorioso sonho. Um sonho que não apenas o consolava: que lhe dava a certeza de estar no caminho certo. O caminho balizado por aquela pedra, certamente ali colocada por Deus, sem dúvida o conduziria a um grandioso destino. Para trás ficavam as brigas com o irmão; à frente estava o risonho e glorioso futuro.

Isso era o que o sonho prometia. Mas os sonhos, mesmo arrebatadores e propícios, não duram para sempre. Surge o sol, os sonhos somem como ratinhos assustados que fogem. As pessoas acordam e, ainda bocejando, vão fazer o que têm de fazer. Surgiu o sol, Jacó acordou, ainda enlevado com a visão que tivera; mas logo deu-se conta de que estava no meio do deserto e de que não podia perder tempo: tinha de fugir do feroz Esaú, que àquela altura já devia estar atrás dele, sedento de vingança.

Pôs-se de pé num salto, apanhou o bornal com suas poucas coisas e foi em frente. Sob um sol abrasador percorreu uma longa distância; finalmente, já perto da aldeia onde vivia o tio, chegou a um poço a que acorriam as mulheres e pastores em busca de água. Ali encontrou uma bela jovem, Raquel, pela qual na hora se apaixonou e que acontecia ser a filha de Labão. A este, Jacó pediu a mão de Raquel. Labão concordou com o casamento, mas, homem prático, exigiu uma contrapartida: Jacó teria de trabalhar para ele por sete anos. Apaixonado como estava, o rapaz imediatamente aceitou. E assim, sete anos de pastor Jacó serviu a Labão, pai de Raquel, serrana bela (mas não servia ao pai, servia a ela, que a ela só por prêmio pretendia). Sete longos anos sonhando não com anjos, mas com a amada, que a ele parecia um anjo a aguardá-lo no alto de uma dourada, magnífica escadaria que Jacó subia penosamente. Subida longa e tediosa para quem ansiava por uma noite de núpcias.

Finalmente o contrato chegou ao fim, e o casamento foi marcado. Só que na noite de núpcias o esperto sogro-tio enganou-o, introduzindo na alcova a feia Lia, irmã mais velha de Raquel; alegou depois que a irmã mais jovem não podia casar primeiro. Jacó, que acreditava em sonhos, em escadas subindo ao céu e, sobretudo, acreditava no sogro (que remédio?), trabalhou mais sete anos e acabou ficando com as duas. Com Lia teve dez filhos, o quarto dos quais foi meu pai, Judá; com Raquel teve José e Benjamim.

Lia era uma avó reservada, não muito afetiva. Quantas vezes sentei em seu colo, esperando, inutilmente, que me contasse histórias. Não contava. Falava pouco, aquela mulher. Já Raquel, que morreu cedo, era para mim uma figura misteriosa, uma presença constante em meus devaneios. Eu imaginava as duas mulheres juntas, Raquel falando — obviamente — sobre o marido que tinham em comum: "Ele me leva para o leito, querida irmã. Ele beija meus lábios, lábios úmidos, sensuais". Lia, quieta. "Ele acaricia meus seios, querida irmã. Seios durinhos, perfeitos." Lia, quieta. "Ele afasta minhas pernas, belas pernas, ele introduz o pênis, querida irmã. Grande, teso pênis." Lia, quieta, quieta. Quieta. Muito quieta. Raquel morre. Lia, junto ao túmulo, em verdade um monte de pedras sobre a cova rasa no deserto: "Agora estás quieta, querida irmã. Finalmente quieta". (Estas palavras não diz, só pensa. É quieta.)

Os filhos de Lia eram, como Lia, quietos e feios. Os filhos de Raquel, José e Benjamim, eram, como Raquel, bonitos e alegres. Os filhos de Lia, quietos e feios, olhavam para os filhos de Raquel, os dois menininhos bonitos, alegres; e brincalhões, e travessos... Os filhos de Lia nada diziam, mas invejavam os filhos de Raquel. Havia ali um conflito em potencial.

Jacó, o patriarca, esforçava-se por tratar os filhos de maneira justa, equânime. A todos, aos dez quietos e feios e aos dois bonitos e alegres, narrou o sonho da escada dos anjos. Fez isso dezenas de vezes, porque, à medida que envelhecia, ia ficando esquecido: "Já contei a vocês o meu sonho? Aquele, da escada? Sonho interessantíssimo, um dos mais interessantes sonhos já sonhados". E, sem esperar resposta, narrava tudo de novo. Os filhos ouviam-no respeitosamente — afinal, tratava-se do patriarca —, mas, verdade seja dita, não davam muita importância ao tal sonho. Os sonhos, sonhos são.

Mas um dos filhos ouvia Jacó atento e fascinado: José adorava ouvir sonhos. Não lhe importava que o velho se repetisse, queria saber tudo, todos os detalhes: quantos degraus tinha a escada? Quantos anjos o pai tinha visto? Havia mais anjos subindo ou mais anjos descendo? Como fluía o trânsito de anjos? Fluía em ordem ou ocorriam congestionamentos?

Jacó não entendia muito bem a razão daquelas perguntas. O sonho fora a maneira que Deus escolhera para lhe dizer: estou contigo, não temas, nada te acontecerá. Isso era importante. O resto não interessava.

Mas José não se contentava com essa explicação. Queria ir mais fundo, obter do pai detalhes que lhe pareciam relevantes. Suas insistentes indagações eram, assim José argumentava, parte de um aprendizado, de um verdadeiro processo de iniciação. Aprendizado de quê, iniciação em quê, isso ele não sabia dizer. O que deixava o patriarca desconfiado: seria uma manifestação da vontade divina, aquele incontrolável impulso, uma vocação — ou, ao contrário, representaria um ardil de Satanás, mestre em seduzir mentes jovens, apresentando-lhes desafios aparentemente estimulantes? Na dúvida, recusava-se a responder.

Meu pai Judá também se interessava pelo sonho de Jacó, mas por razões diferentes. O tal sonho lhe dava muitas idéias, todas de caráter prático, não simbólico ou religioso. Sonhar com anjos, e anjos que chegavam a Deus, era muito bonito, muito inspirador, mas podia ir além disso, além da passiva contemplação do prodígio. Judá tinha certeza de que, tendo Jacó um canal especial de comunicação com o Senhor, o sonho mais cedo ou mais tarde se repetiria. Se isso não acontecesse espontaneamente, era só encontrar aquela pedra, mágica pedra, e colocar um fragmento dela sob o travesseiro do pai. Pronto: no cenário onírico os anjos começariam de novo a subir e descer a escada. Nesse momento Judá poria em prática o plano que vinha, com muita confiança, amadurecendo. Sendo os anjos mensageiros profissionais, este era o seu raciocínio, não lhes custaria levar, às esferas superiores, pedidos, queixas, rogos. Pedidos, queixas e rogos de terceiros, naturalmente, de gente que, menos privilegiada, não via anjo algum em sonhos. Jacó, ajudado por seu empreendedor filho Judá, seria o mentor de uma organização destinada ao atendimento do público. Teriam um lugar para isso, uma tenda no deserto onde os postulantes se apresentariam e passariam por um processo de triagem. Pessoal bem treinado selecionaria, dos pedidos, queixas e rogos, aquilo que fosse mais pertinente, mais razoável, mais justo, mais exeqüível (mesmo as esferas superiores têm limitações). Pedidos do tipo "Preciso de uma colheita maior que a do ano passado", ou "Necessito com urgência de cinco cabras e dois bodes" seriam anotados em competente ficha. Mas solicitações egoístas como "Almejo um oásis só para mim, com belas mulheres espreitando-me por entre palmeiras e piscando-me o olho", isso, nunca. "Quero mil barras de ouro." Nada feito. "Quero voar", ainda que poético, igualmente não seria atendido: voar é com os pássaros, amigo. Voar é com os anjos, e mesmo assim eles precisam subir muita escada antes de decolar. Vamos solicitar, gente, vamos pedir, mas sejamos modestos, sejamos realistas, vamos manter o bom senso, o decoro; ou então caiam fora da tenda, vagabundos, e logo, antes que a gente chame o pessoal da segurança. Ah, sim, e vamos pagar, pagar conforme a tabela, o serviço não é gratuito, nada neste mundo vem de graça.

Meu pai, à época um jovem ingênuo, expôs suas idéias ao patriarca Jacó. Antes não o tivesse feito. Esperava apoio, estímulo, compreensão; esperava elogios entusiasmados; frases como "Meu filho, és um gênio, um empreendedor nato, um dia o mundo te recordará com admiração". Em vez disso recebeu do indignado patriarca ("Onde é que já se viu, usar sonhos sagrados como fonte de lucro? Abominação!") uma surra exemplar. Jacó, que era muito forte, quase lhe quebrou os ossos. Meu pai aprendeu assim uma lição: o segredo é a alma do negócio. Daí em diante planejaria em silêncio. Só falaria quando tivesse certeza de êxito.

Meu pai Judá não gostava muito dos irmãos, que considerava medíocres. Eles, por sua vez, o ignoravam. Tinham, porém, muita inveja de José. Filho temporão (e filho de Raquel, ainda por cima), era o preferido do patriarca, que lhe dava muitos presentes. Destes, o que mais chamou a atenção dos invejosos irmãos e mais os irritou foi uma túnica especial, em muitas cores, que José vestiu com orgulho: olhem só este verde, que bonito este verde, é o verde das matas de um belo, distante e desconhecido país, e olhem este lindo azul, é o azul do céu de um belo, distante e desconhecido país, e olhem este amarelo, é a cor do ouro que existe em abundância no belo, distante e desconhecido país.

Os irmãos, despeitados, nada diziam; nunca sonhavam com belos, distantes e desconhecidos países e suas túnicas eram de uma cor só, uma cor indefinida e muito feia. José era o único a usar uma vestimenta multicolorida. E isso lhes parecia uma ofensa.

Já meu pai não perdia tempo com picuinhas. A túnica de José não o incomodava, ainda que a considerasse uma extravagância: para que ser multicolorido, diferente? A raposa, dizia ele, bicho inteligente, é cinza. Quem ostenta muitas cores na vistosa plumagem é o pavão, que no entanto não passa de um vaidoso tolo. Meu pai preferia continuar num cinzento anonimato, cultivando porém uma inteligência e uma astúcia que, num futuro não remoto, dariam seus frutos. Se se relacionava bem com José, não era só movido pelo afeto fraternal; movia-o principalmente o interesse. Como os outros irmãos, sabia que Jacó gostava do rapaz — e não convinha contrariar o patriarca, homem poderoso e, como meu pai bem sabia, violento. Por outro lado, José era detentor de um poder que para meu pai era causa de admiração e de inveja. José interpretava sonhos.

Meu pai foi o primeiro a descobri-lo. Uma manhã, depois de uma noite de sono inquieto, acordou perturbado, sentindo-se mal. O amável e atencioso José notou que o irmão não estava bem e perguntou o que acontecera. Tive um sonho muito estranho, respondeu meu pai. E contou:

— Nesse sonho eu era perseguido por um abutre com enormes olhos e bico adunco que queria me devorar. Eu corria montanha acima, entrava em cavernas, saía de cavernas, mas não conseguia me esconder dele. Acordei banhando em suor, com o coração batendo forte...

José ouviu em silêncio. Quando meu pai terminou, apoiou as pontas dos dedos nas têmporas, fechou os olhos e disse, como que em transe:

— Tens, escondido em algum lugar da montanha, um saco de couro com duas moedas que furtaste de nosso pai e que decidiste guardar para o teu futuro. Pois bem: um de nossos irmãos descobriu esse esconderijo. Esta noite ele vai tentar roubar o dinheiro.

Meu pai ouviu-o, boquiaberto. De fato, tinha furtado moedas do pai e as guardara num saco de couro, agora oculto numa caverna. Como José descobrira? Pelo sonho? Representava, o tal sonho, uma mensagem? Se sim, como conseguira o rapaz decifrá-la? E, muito importante, aquela história de que um dos irmãos iria roubar as moedas... seria uma simples hipótese ou uma bem fundamentada antecipação de algo que iria realmente ocorrer?

Na dúvida, tomou precauções. Correu para a caverna, uma das muitas existentes nas montanhas pedregosas perto de nossa aldeia. Ali, sob uma pedra, estava o saco de couro com as moedas. Retirou-o, ocultou-o em outra caverna. Mas — e esta era uma característica de meu pai Judá, confiava e desconfiava, acreditava e permanecia cético. Decidiu verificar a veracidade da suposta profecia. Naquela noite não dormiu; ficou acordado, vigiando disfarçadamente os irmãos, que com ele partilhavam o aposento e que pareciam profundamente adormecidos. De repente Reuben, o mais velho, levantou-se e, sem fazer ruído, saiu. Meu pai aguardou um pouco e foi atrás.

Portando uma lamparina acesa, Reuben, sem hesitar, dirigiu-se à caverna onde antes estavam escondidas as moedas: certamente seguira meu pai quando ele ali as ocultara. Pouco depois saiu, praguejando baixinho: não encontrara o que buscava. Meu pai, escondido atrás de uma rocha, vibrava: tiveste teu castigo, ladrão, tiveste teu castigo.

A partir daí, passou a olhar José com muito respeito. Que dom tinha aquele rapaz, que fantástico dom: bem utilizado, poderia render fortunas. Suponhamos, pensava meu pai, que alguém muito rico e poderoso tivesse um sonho estranho: sete vacas magras devoram sete vacas gordas. Não poderia isso significar sete anos de fartura seguidos de sete anos de pobreza? E, sendo esse o significado, não poderia, o sonhador magnata, fazer uma espécie de reserva, de poupança, para a época de escassez — recompensando regiamente o intérprete do sonho pela oportuna advertência? Sonhos semelhantes poderiam indicar riquezas em terras ainda desconhecidas, gerando recomendações como: "Atravessem o mar, procurem uma terra de florestas verdejantes e grandes montanhas...". Uma frota de navios iria ao país distante e de lá traria quantidades fabulosas de ouro e pedras preciosas. José e seu empresário, meu pai, ficariam tão ricos quanto o faraó do Egito.

Empresário, disse eu? Disse-o bem. Meu pai estava pensando em comercializar o dom do mano. Os dois se estabeleceriam numa grande cidade (nada de tendas no deserto, sobretudo nada de ficar por perto de Jacó, aquele fanático), anunciariam ao público serviços de interpretação onírica direcionada à atividade econômica e financeira: "Achas que o futuro só a Deus pertence? Estás enganado, amigo, muito enganado. O futuro pode ser estudado, o futuro pode, por quem disso entende, ser intimado a revelar seus segredos. E há riqueza nos segredos do futuro, muita riqueza. Riqueza que está a teu alcance, amigo empreendedor. Tens o futuro dentro de ti, ele se manifesta, a cada noite, em teus enigmáticos sonhos. Enigmáticos para ti, bem entendido, para ti que não compreendes os símbolos neles contidos. Mas nós, iniciados na arte e na ciência da interpretação de sonhos, podemos decifrá-los, podemos transformá-los em muito dinheiro. Não, não rias, não desperdices em risos poderes insuspeitados. Estamos falando sério. Confia em nós, procura-nos. O retorno é garantido".

Meu pai sabia que potentados e magnatas, apesar da arrogância, muitas vezes são tímidos, inseguros e crédulos, dependentes de adivinhos ou de astrólogos. Essas pessoas aceitariam de bom grado a consultoria de alguém capaz de traduzir a linguagem onírica em previsões de caráter financeiro e/ou político. E não só previsões. A interpretação dos sonhos, achava meu pai, além de desvendar o futuro, podia ter como subproduto o esclarecimento das dúvidas e conflitos íntimos do sonhador, cuja explicação deveria estar guardada em algum secreto compartimento da mente, em algum escuro desvão desta (o bico do pássaro com que sonhara era bico mesmo, ou falo?). Fazer esse tipo de investigação era, para meu pai, ir longe demais, mergulhar fundo demais, para quem preferia a superfície à profundidade. Melhor apostar no futuro, melhor ver os sonhos como previsão capaz de gerar lucros. Pulsões não, cotações sim. Jogador em potencial, preferia o possível ao provável; para ele, nos sonhos começavam as possibilidades. Contudo admitia, até porque tinha bem presente a diversidade das pessoas (e a diversidade dos mercados), que outros poderiam pensar diferente. Outros diriam que nos sonhos começam as responsabilidades. Outros estariam dispostos a narrar seus sonhos e, corajosamente até, buscar neles a causa de conflitos. Quem acolheria esses valorosos, ou tolos, ou tolos e valorosos sofredores? José, claro. Num aposento confortável, receberia os aflitos (mas não naquela ridícula túnica multicolorida, e sim em vestes sóbrias, apropriadas à função). Sentados ou mesmo deitados (não é na cama que surgem os sonhos?), cabeça apoiada ou não numa pedra, olhos fitos no teto, os clientes narrariam, com voz inevitavelmente angustiada (e quanto maior a angústia, maiores os honorários), seus sonhos, por estranhos que parecessem: "Eu via uma escada que se elevava alto, alto, e tinha o formato de um falo gigantesco", coisas assim. A demanda certamente seria grande; José não teria mãos a medir. Poderia formar discípulos. Poderia padronizar, normatizar e registrar seu método, franqueando-o a outrem mediante pagamento. Poderia formar uma rede de prestação de serviços espalhada por todo o mundo conhecido e, mais tarde, pelo mundo a ser descoberto. Uma gigantesca corporação, um império empresarial literalmente fundado sobre sonhos. Cujo administrador seria, obviamente, meu pai Judá.

Em suma, um mundo de possibilidades se abria diante deles, e meu pai estava disposto a transformar esse mundo ainda embrionário no melhor dos mundos possíveis, mediante audacioso planejamento e cuidadosa administração. Aceitaria José essa parceria? E se aceitasse, teria sempre sucesso em suas previsões?

Convencer José a transformar sua vocação de intérprete de sonhos em atividade rentável não seria difícil: afinal, papai tinha por si a autoridade de irmão mais velho. José, por sua vez, era dócil, obediente. E ultracompetente. Claro, poderia eventualmente errar numa interpretação de sonho, numa previsão de futuro, mas isso não seria problema desde que precauções fossem adotadas: honorários adiantados, por exemplo. Ah, sim, e um esquema de fuga sempre disponível, apoiado numa equipe de cameleiros em plantão permanente.

José tinha poderes extraordinários mas era, no fundo, um

ingênuo, um simplório. A ele nenhuma dessas idéias ocorria. Só queria saber do irmão se havia interpretado corretamente o sonho do pássaro. Papai respondeu que sim, que de fato alguém tentara se apossar do dinheiro, alguém da aldeia; mas, cauteloso, não revelou quem era. Pediu a José que guardasse segredo sobre o ocorrido.

Coisa que o rapaz não fez. Sabia lidar melhor com os sonhos do que com a realidade, cujas armadilhas ignorava por completo. Eufórico com seu recém-descoberto poder de premonição, foi em busca dos irmãos, anunciando aos brados: evitei um roubo, manos, evitei um roubo.

Erro clamoroso, primário, a demonstrar que nem sempre os intuitivos são sábios, principalmente os intuitivos jovens, aqueles que, deslumbrados, vestem túnicas multicoloridas. Reuben ficou furioso. Não se identificou como o autor da tentativa de furto, mas decidiu: como figura incômoda, José passara dos limites. Na qualidade de herdeiro de Jacó e, portanto, futuro chefe do clã, Reuben não podia admitir que alguém da família apregoasse poderes que ele próprio, Reuben, não tinha. Era preciso castigar José, e castigá-lo severamente, de maneira a que ele nunca mais viesse com aquelas ofensas.

No fundo, porém, Reuben era boa pessoa. Passada a raiva inicial, acalmou-se e resolveu dar o episódio por encerrado. Afinal de contas, José não passava de um infantil. No devido tempo, a própria vida se encarregaria de castigá-lo.

A coisa poderia ter ficado nisso. Infelizmente, porém, o avoado José parecia decidido a cavar a própria sepultura.

Dias depois veio de novo com aquela história de sonho. Dois, agora, dois sonhos: duplo ultraje, a mostrar que, em relação aos irmãos, seu deboche onírico não tinha limites. Num primeiro sonho ele estava com os irmãos no campo, atando feixes de trigo; o feixe dele ficava de pé, os feixes dos irmãos curvavam-se diante do dele. Significado óbvio, e obviamente ofensivo. O segundo sonho era ainda pior: o sol, a lua e onze estrelas curvavam-se diante dele, do José. Ou seja: o rol de seus pretensos vassalos incluía não apenas os irmãos, como também o pai e a mãe. Que se tratasse de corpos celestes não minorava em nada a afronta, ao contrário: mostrava que nem o céu era o limite para os desvarios do insolente rapaz. Agora não era só Reuben que estava furioso; outros irmãos também queriam vingança. A arrogância, ainda que manifesta sob a forma de sonhos, encontraria resposta à altura.

Meu pai, que não partilhava desses rancores, ficou preocupado, alarmado mesmo. Em primeiro lugar, era preciso, a todo custo, evitar a violência em família; como ele próprio dissera algumas vezes (ainda que com propósitos um tanto demagógicos), nada mais belo, nada mais agradável do que irmãos sentados juntos, convivendo de forma pacífica. Mas havia também o lado prático da questão: com a briga, os planos que fizera para José corriam risco. Tinha de tomar providências, adotar medidas preventivas.

Não houve tempo. No dia seguinte, Reuben chamou-o:

— Nosso pai quer que levemos os rebanhos para um pasto distante. Os pastos daqui não estão bons.

Ordem do patriarca não se discutia. De imediato, os dez irmãos puseram-se a caminho, com os rebanhos, rumo ao tal pasto. José e Benjamim, o caçula, ficaram.

Semanas se passaram. Sem notícias dos filhos, o pai preocupava-se: estariam perdidos, eles? Na realidade isso não tinha acontecido: haviam acampado junto ao único poço da região, que naquele momento estava seco. O patriarca decidiu mandar José atrás deles.

Sentados perto do poço, os irmãos avistaram José, que vinha de longe, caminhando despreocupadamente. Lá vem o maldito sonhador, resmungou um deles, e outro acrescentou: vamos ver que humilhação providenciou para nós em seus sonhos.

— Por que não o matamos? — perguntou abruptamente um terceiro, e todos se olharam. A princípio supresos, logo se deram conta de que havia, na proposta, uma lógica implacável. José tinha mesmo de ser morto. Ainda que em sonhos (mas é sabido que nos sonhos começam as responsabilidades) e ainda que simbolicamente, humilhara-os, ofendera-os. E isso podia ser apenas o começo de um processo de tomada do poder familiar: o que é onírico hoje bem pode se tornar um plano concreto amanhã, principalmente considerando o apoio que José recebia do pai. Antes que o pior acontecesse, e certamente aconteceria — não precisavam antecipá-lo em sonhos ou em pesadelos —, o rapaz tinha de ser morto.

As circunstâncias ajudavam: estavam distantes da casa do patriarca, não havia ninguém por perto. Seria o crime perfeito, sem testemunhas. Era só jogar o cadáver no poço e inventar uma história: José fora atacado e devorado por animais ferozes (chacais por ali não faltavam), ou sofrera uma queda, ou fora atacado por bandidos, enfim, algo no estilo.

Reuben, que até então ouvia a conversa calado, discordou. Queria, sim, punir José, mas, como primogênito, não poderia pactuar com o assassinato puro e simples do irmão. Apresentou uma alternativa:

— Vamos atirá-lo no poço. Deixemos que o destino decida se ele deve ou não sobreviver. E, se ele morrer, não teremos sujado nossas mãos com o seu sangue.

Os outros acharam boa a idéia. Tão logo José se aproximou, e antes que pudesse dizer alguma coisa, agarraram-no, despiram-no da odiada túnica multicolorida e, apesar dos gritos do rapaz, jogaram-no pelado no poço. Depois ficaram por ali, rindo e zombando. Um deles vestiu a túnica, e, numa voz aflautada, pôs-se a imitar José: "Eu sou a mais bela espiga de trigo do mundo. Curvem-se diante de mim, medonhas espigas". E ria, ria sem parar, até que os outros, irritados, fizeram-no calar. Vamos embora, disse Reuben. Foi nesse momento que meu pai decidiu agir. Abandonado no poço, no meio do deserto, José acabaria morrendo, coisa que meu pai não podia admitir. Apesar de calculista, tinha sentimentos; precisava, de toda maneira, salvar a vida do irmão. Uma idéia então lhe ocorreu, uma idéia que ele, esperto como era, traduziu numa proposta formulada em tom inteiramente casual:

— E se a gente vendesse o José, irmãos?

Os outros se olharam, espantados. Vender? Não haviam pensado nisso.

— Se deixarmos que ele morra aqui — prosseguiu Judá —, não ganhamos nada com isso. Mas se o vendermos como escravo, salvamos a sua vida, o que aliviará nossa consciência, e além disso receberemos bom dinheiro. O José desaparecerá de nossas vidas e terá o castigo que merece: escravizado, sofrerá mais do que se estivesse morto.

Reuben mirou-o, desconfiado: não estaria o astuto irmão (aquele que ocultava dinheiro roubado em cavernas) tramando alguma coisa? Contudo, aceitou a sugestão:

— Muito bem. Toma conta desse assunto, então.

Mais que depressa, meu pai pôs mãos à obra. Com algum esforço retirou do poço o apavorado José, que, nu, tremia sem cessar. Eles vão me matar?, perguntava, de olhos arregalados. Cobrindo-o com uma túnica (não a multicolorida, mas outra, suja, rasgada), meu pai garantiu que não. Da forma mais hábil possível, escolhendo as palavras, anunciou:

— Serás vendido como escravo. — E antes que a notícia deixasse o pobre José desesperado, apressou-se a acrescentar: — Procura ver o lado bom da coisa, irmãozinho. Eles iam te matar. Escapaste da morte, estás vivo, e enquanto há vida há esperança.

E prosseguiu, agora arrebatado pela própria e hábil retórica:

— A escravidão não é para sempre, poderás comprar tua liberdade. E lá, nesse lugar distante, começarás uma nova vida. Tua capacidade de interpretar sonhos será valorizada; mais do que o foi por nossos invejosos irmãos. Ficarás rico, usarás as túnicas mais coloridas do mundo sem que ninguém te critique, poderás sonhar com milhões de estrelas e espigas de trigo curvando-se diante de ti. E um dia voltarás à nossa terra e à nossa família, não como sonhador esquisito, mas como potentado.

Convencido, José deixou que os irmãos o levassem a um oásis próximo, ponto de encontro de caravanas de toda a região. Tal como combinado com Reuben, meu pai se encarregou da venda, que não seria fácil: como trabalhador, o franzino José não prometia muito. Mas meu astuto genitor sabia como proceder. Agarrando José por um braço levou-o direto a um grupo de mercadores midianitas, originários do sul, de uma região próxima ao Egito. Estavam de passagem, transportando uma carga de bálsamo de Guilead. Conhecidos pela falta de escrúpulos, os midianitas seriam os fregueses ideais para aquele tipo de mercadoria. Meu pai dirigiu-se ao chefe:

— Estamos vendendo este jovem como escravo.

Gabou-lhe as qualidades da maneira habitual — é dedicado, é trabalhador, é honesto. O homem ouvia, olhando desconfiado para José. E então meu pai recorreu ao trunfo secreto:

— Além disso, ele sabe interpretar sonhos.

Interpretação de sonhos? O mercador se interessou. Resolveu testar José, contando um sonho que tivera anos antes:

— Eu via uma árvore enorme, cheia de frutos. De repente ela secou e tombou. Mas um de seus galhos se desprendeu, cravou-se no solo e dele nasceu outra árvore, maior do que a primeira. Podes me explicar o significado desse sonho?

José transfigurou-se. Ali estava, o pobre rapaz, seminu, à mercê dos irmãos e dos comerciantes — mas interpretar um sonho era um desafio que o mobilizava por completo. Fechou os olhos, ficou um instante em silêncio. Depois disse, sem vacilar:

— Significava, esse sonho, que teu pai morreria pouco depois e que tu herdarias os bens dele.

O homem ficou espantado; era exatamente o que acontecera. Vendo que ele estava impressionado, meu pai tratou de elevar o preço cogitado inicialmente, pedindo uma quantia elevada. Depois de longa discussão chegaram a um acordo — vinte moedas de prata —, e o negócio foi selado com um aperto de mão.

Os midianitas estavam prontos para partir. Meu pai despediu-se de José com um longo e comovido abraço. Os irmãos regressaram para a aldeia. Antes de chegar, degolaram um cabrito e empaparam com o sangue a túnica multicolorida, que mostraram ao pai, como prova de que José, devorado por feras, já não se encontrava entre os vivos.

A notícia abalou o patriarca e mesmo meu pai, controlado como era, comoveu-se com o sofrimento do ancião. Ele não merecia aquilo. Cheio de remorsos, decidiu: estava na hora de dar um basta àquilo tudo, de abandonar os rancorosos irmãos. Deixaria a aldeia e, como o próprio Jacó fizera um dia, iria em busca do próprio destino. Que destino era esse, o que faria para ganhar a vida, ele não sabia; o projeto de interpretação de sonhos teria de ser abandonado, agora que José estava em lugar desconhecido. Mas o encontro com os midianitas inspirara-lhe uma nova e promissora idéia: criar, em pleno deserto, uma espécie de central de abastecimento, situada exatamente na rota das caravanas, aquelas que vinham do Egito trazendo trigo, aquelas que chegavam do norte com o bálsamo de Guilead. Tais caravanas necessitavam de alimento e de produtos — que ele forneceria. O lucro seria alto.

Bom projeto. Mas exigiria infra-estrutura, e para montá-la precisaria de capital. O dinheiro que recebera dos midianitas não era suficiente, e com o pai, que via com desconfiança a atividade comercial, não podia contar. Como arranjar dinheiro?

O jeito era casar-se com uma moça rica. Isso não seria difícil para um jovem bem falante, de boa estirpe, boa aparência — e astuto, sobretudo. Pôs-se a campo, decidido a encontrar uma esposa.

Em suas andanças pela região, hospedou-se na casa de um adulamita chamado Hirá. Ali foi apresentado a um rico negociante cananeu. Os dois ficaram amigos, tão amigos que o homem lhe ofereceu a filha em casamento.

Hebreu, meu pai não devia casar-se com alguém que não fosse de sua gente; mas o dote, que não era pequeno, permitiria que começasse qualquer negócio. E a moça, ainda que não muito bonita, era quieta, de bom gênio, trabalhadora: tinha o perfil da boa mãe, da boa dona de casa. Meu pai conseguiu a relutante aprovação do patriarca e o casamento se realizou em meio a muitas festas.

Minha mãe — Deus, estou falando de minha mãe! Deus, estou falando da mulher que me abrigou em seu útero, que me pariu, que me amamentou, que me carregou no colo, que me deu comida na boca, que me fez adormecer entoando suaves canções! Deus! Que falta de respeito, que leviandade! — era a mulher mais insignificante e mais inconspícua da face da Terra. Movia-se pela casa como uma sombra, trabalhava sem fazer ruído, jamais falava, a não ser que o marido lhe dirigisse a palavra. De brincadeira (brincadeira de mau gosto, convenhamos), meu pai fingia esquecer o nome dela: tu aí, esposa, como é o teu nome, mesmo?, traz minha túnica, por favor. E ela trazia a túnica, e as sandálias, e a comida, e o seu corpo, quando ele pedia. E varria, e limpava, e cozinhava, e lavava a roupa, e cuidava da casa, e dos filhos. Três varões, menos do que meu pai esperava, mas o suficiente para realizar seu sonho: agora próspero, queria dar início a uma grande e poderosa linhagem, maior e mais poderosa que a linhagem de Jacó. Mal sabia ele das tristes surpresas que o futuro lhe reservava. Como poderia saber? Não tivera nenhum sonho premonitório. E, mesmo que tivesse tido, quem o interpretaria? José estava longe, e dele não se tinham notícias.

Estávamos sempre juntos, os três irmãos. Eu, Shelá, o menorzinho, era uma espécie de mascote para os outros dois. Er, o mais velho, rapaz delicado e quieto, muito quieto, mais quieto ainda que nossa mãe, parecia a todos uma figura estranha. Não era raro encontrá-lo num canto da casa — grande como convinha à casa de um patriarca — sentado, olhar perdido, pensando. Em que pensas tanto, perguntava meu pai, entre divertido e irritado: queria um primogênito mais ativo, mais empreendedor, menos sorumbático. Er murmurava qualquer coisa e se afastava. Papai intimidava-o; já mamãe, silenciosa como ele, acolhia-o em suas freqüentes crises de tristeza. Er gostava de ficar deitado no regaço materno por horas a fio. Tinha, escondida nas suas coisas, uma túnica de mamãe (não multicolorida, não. Cinza. Ela era uma mulher simples). Eu sabia disso, mas não contava a ninguém; que o nosso irmão era estranho, que não gostasse de mulheres e que lançasse olhares ardentes, ainda que furtivos, para outros rapazes era uma coisa perturbadora, especialmente para um caçula, mas o desamparado Er tinha de ser protegido da curiosidade e da maledicência. Um pressentimento me dizia que não duraria muito; sensível demais, não fora feito para aquela dura existência. Porque era, sim, uma dura existência. Da terra áspera, pedregosa, nossa gente mal tirava o que comer. Lutas tribais eram freqüentes e sempre terminavam em carnificina: a regra era passar os inimigos a fio de espada. Meu pai, hábil como sempre, dava um jeito de não se envolver em conflitos; precisava estar bem com todos os patriarcas, com quem mantinha lucrativo comércio. Mesmo assim, mais de uma vez presenciamos confrontos sangrentos, com dezenas de mortos. Um lúgubre espetáculo, que causava indizível sofrimento ao pobre Er.

Como papai, Onan, o filho do meio, era astucioso, esperto. Mas, diferentemente de papai (e, sobretudo, diferentemente de Er e mesmo de mim), era prepotente, agressivo. Forte, batia em todos os rapazes da aldeia. E tratava mal os nossos servos; não apenas lhes dava ordens, como fazia questão de humilhá-los. Obrigava-os a se ajoelharem diante dele, insultava-os, esbofeteava-os. Tal agressividade refletia-se na dura expressão de seu rosto, bonito rosto, no qual, contudo, chamavam a atenção o nariz adunco — narizes aduncos eram parte de nosso tipo físico, mas o dele, de tão adunco, parecia o bico de uma ave de rapina — e os olhos, penetrantes, de brilho feroz.

Onan tinha ambições. Não se contentava em ser um dos sucessores de meu pai; queria constituir sua própria linhagem. Deixava bem claro que não permaneceria em nossa casa por muito tempo; partiria para algum lugar distante onde se tornaria, ele próprio, um patriarca respeitado e temido, mais temido do que respeitado. Não gostava de papai, desprezava mamãe, que considerava mulher fraca, submissa. Papai, por sua vez, optava por ignorá-lo; não queria brigas. Mamãe, coitada, sofria com a hostilidade de Onan, que atribuía ao fato de ser ele o filho do meio, comprimido entre o primogênito e o caçula. Já Er tentava, timidamente, moderar a hostilidade de Onan para com outras pessoas, mas seus hesitantes conselhos eram recebidos pelo irascível rapaz com um sorriso sardônico.

De mim, Onan gostava. Não sei bem por quê, mas gostava. Aliás, ambos me tratavam bem, Er e Onan, cada um à sua maneira: Er, distante; Onan, meio debochado, porém mais próximo. Chamava-me de anãozinho, por causa da baixa estatura.

Era bom estar com eles, porque eu os admirava; mas tinha, também, a minha vidinha secreta. Sempre que podia, refugiavame numa caverna da montanha cuja estreita entrada eu disfarçava com um arbusto espinhento da região. Ali, na caverna, eu ficava horas entregue ao que era minha ocupação preferida: modelar figurinhas em barro. Brinquedos não tínhamos, então o jeito era fazê-los, e eu era muito bom naquilo. Matéria-prima não faltava: a terra, consistente, argilosa, era constantemente umedecida por um filete de água que corria no fundo da caverna — o que, naquela região árida, parecia-me dádiva divina, uma prova de que Deus apoiava minha vocação. Com o barro ali disponível em abundância — excelente barro, o sonho de qualquer oleiro —, eu confeccionava variadas figurinhas: camelinhos, jumentinhos, ovelhinhas, cabritinhos, demoninhos (uns com chifre e rabo, outros, com cara de bode). Enfileirava-os sobre uma pedra e ficava a mirá-los, extasiado, à luz da lamparina. Eram bonitas, as figurinhas; suas sombras, projetadas no fundo da caverna pela vacilante luz da lamparina, formavam grandes e móveis sombras que mobilizavam minha imaginação, convidando-me para viagens, para aventuras. Vem conosco, diziam as sombras dos camelos. Formaremos uma caravana, como essas que tantas vezes miraste com inveja, e te levaremos para onde quiseres. Queres ir para o sul, na direção do poderoso Egito? Queres ir para o norte, rumo aos cedros do Líbano? Para o leste? Para a poderosa Caldéia? Nós te levaremos, nós te mostraremos o mundo.

Sim, eu queria conhecer o mundo. Meu rumo, se pudesse tomar algum, seria o do mar. O mar que nunca vira, o vasto mar que, na minha imaginação, era a liberdade, a aventura. Eia pois, eu bradaria aos imaginários camelos, levem-me para a costa, levem-me para o mar. E para a costa eles me levariam; aí eu embarcaria num navio e, viajante intrépido, cruzaria o vasto oceano, chegando, depois de longa jornada, a uma desconhecida e maravilhosa região: um lugar imenso, de lindas praias, de terras férteis, de florestas, de montanhas verdejantes. Veria ali uma gente amável, de feições diferentes das nossas, falando uma língua para mim desconhecida; veria enormes cidades. Veria estradas em que se deslocariam estranhos veículos, aparentemente dispensando qualquer tipo de tração animal. Veria grandes construções, que, ao contrário de nossas modestas e precárias casas de pedra, podiam abrigar dezenas, milhares de pessoas. Numa delas, bela construção, elegante construção, situada no alto de uma montanha e rodeada por matas e jardins, haveria um salão, e nesse salão muitas pessoas estariam ouvindo atentamente um homem que lhes falava. E de quem estaria falando esse homem? De mim. De Shelá. Falaria da estupenda imaginação de Shelá, dos dons artísticos de Shelá. E seria aplaudido entusiasticamente.

Ah, a caverna e as suas sombras fantásticas. Filho de Judá, uma vez pensei em transformar aquilo num empreendimento. Colocaria, naquele recinto, assentos, cobraria entrada de espectadores. Acenderia a lamparina, e quando as sombras começassem a se mover, narraria, com voz grave: "Eis a caravana dos camelos mágicos. Neste momento eles se dirigem para a costa, para o mar...". E a partir daí narraria histórias. Poderia ganhar um dinheirão com isso. Mas franquear a caverna a estranhos, mesmo mediante boas somas, significaria abrir mão da minha privacidade, do meu segredo, da magia que ali reinava. E isso eu não faria. Nem mesmo a meus irmãos falava daquele reduto de fantasias. Eles provavelmente não as entenderiam. Er limitar-se-ia a sorrir, sem prestar muita atenção, Onan zombaria de mim. De todo modo, com o passar do tempo haviam deixado de brincar comigo. Estavam ficando homens; representavam, para Judá, a continuidade, o futuro, e disso tinham consciência. Precisavam ajudar o patriarca a realizar seus sonhos grandiosos, sonhos de que ele não abdicava; não havia dia em que não falasse de seus projetos. E às vezes mencionava o irmão José, aquele que poderia ter feito fortuna com sua capacidade de interpretar sonhos.

José. Dele, a família nunca mais tivera notícia. Reuben e os outros irmãos achavam que provavelmente morrera; a escravidão era coisa cruel, capaz de encurtar qualquer vida. Meu pai, contudo, tinha certeza de que José continuava vivo.

Mas nem mesmo papai poderia ter imaginado o que acontecera com seu irmão. Que José tivesse sido vendido pelos mercadores midianitas a um rico egípcio chamado Putifar; que tivesse se revelado um excelente empregado e, logo, um competente administrador da casa; que a mulher de Putifar tivesse tentado seduzi-lo, José rechaçando tais avanços; que, em conseqüência disso, e por causa de denúncia da despeitada, tivesse sido posto na prisão — nada disso poderia ter imaginado, muito menos o que aconteceu depois: a inacreditável ascensão de José, graças à sua habilidade, graças ao fato de ter interpretado adequadamente os sonhos do faraó. José, administrador do poderoso império egípcio? Não, nem mesmo meu pai teria imaginado isso. No entanto, fora exatamente o que acontecera. Como José previra, baseado no sonho do faraó, sete anos de fartura haviam sido seguidos por sete anos de pobreza. A fome grassava por toda a região — menos no Egito, onde trigo havia sido armazenado, de acordo com a recomendação de José. Para lá foram Judá e seus irmãos em busca de alimento.

O próprio José os recebeu, mas os irmãos obviamente não reconheceram naquele homem de barba grisalha, vestindo uma magnífica túnica (de um sóbrio cinza, nada de coisas multicoloridas, incompatíveis com a dignidade do cargo), o rapaz que anos antes haviam vendido para os midianitas. José, porém, sabia quem eles eram. Decidido a dar-lhes uma lição, forneceu-lhes trigo, porém instruiu seus empregados a colocar um copo de prata num dos sacos do cereal — e acusou-os de roubo. Humilhou-os, aterrorizou-os; e quando estavam desesperados, identificou-se como o irmão desaparecido, e perdoou-os.

Meu pai, que desde o início achara aquela situação toda muito estranha, ficou feliz com o desfecho emocionante e com o sucesso do irmão. Não deixou, contudo, de sentir alguma inveja. Como tinha previsto, José subira na vida interpretando sonhos. Mas fizera isso por conta própria, sem seu auxílio. De todo modo, José devia-lhe a vida; tinha direito a uma retribuição: um alto cargo no governo, por exemplo. Contudo, não estava interessado em empregos públicos ou mordomias, e além disso não gostava do Egito. Melhor seria ficar na terra de Canaã e estabelecer conexões comerciais com o poderoso irmão. Importaria trigo do Egito e o revenderia em sua região, na qual as terras áridas jamais davam boas colheitas.

Espertamente, meu pai evitou fazer a proposta a José durante a estada no Egito. Afinal, os outros irmãos poderiam, invocando laços fraternos, reivindicar sociedade no negócio; ora, o que é bom para um pode ser pouco para muitos. Além disso, queria estudar melhor o plano e enviá-lo depois, por carta. A reposta de José serviria inclusive para documentar o acordo; como todos os de nossa gente, meu pai confiava na palavra escrita. Foi o que disse ao irmão: quando voltarmos, vou te escrever, propondo um negócio. Claro, disse o altaneiro (mas sorridente) José, escreve-me. Provavelmente falava só por falar, porque sua relação com os irmãos agora era distante, e não isenta de ressentimento. Mas meu pai, o antigo otimismo recuperado, tomou aquilo como um sinal encorajador. Ainda no caminho, bolou o acordo comercial que submeteria ao irmão. Era só enviá-lo, como combinado.

Havia um problema, porém, um problema até embaraçoso para quem alimentava planos tão ambiciosos: como redigir a missiva a José? Meu pai, como seus irmãos, não sabia escrever; aliás, o mesmo acontecia com o patriarca. A família tinha a seu serviço um velho escriba, a quem Jacó ditava suas cartas (e o testamento, que fazia e refazia continuamente).

Recorrer àquele homem era coisa que não agradava a Judá. Em primeiro lugar, tratava-se de um personagem até certo ponto misterioso; muitos anos antes, aparecera por ali, vindo ninguém sabia de onde, e oferecera seus préstimos. Fora aceito e tratado como igual, mas no fundo continuava um estranho, com quem Judá não pretendia partilhar planos sigilosos. Se se tratasse de uma cartinha inócua — caro irmão, espero que esta lhe encontre, bem como aos seus, gozando de boa saúde —, tudo bem. Mas não, era uma carta de negócios, e o segredo é a alma do negócio, sobretudo do negócio em larga escala, sobretudo diante da possibilidade de espionagem comercial. Mas se não o fosse o escriba, quem escreveria a tal carta?

Eu, Shelá. Animado por uma precoce paixão pelo texto, muito cedo aprendera a ler e a escrever com o próprio escriba, que, para tanto, tivera de obter licença de meu pai. Uma licença que o patriarca concedera com certa surpresa, mas de bom grado. Sabia que a palavra escrita é poder, e achava conveniente ter um filho letrado: algum dia aquilo lhe poderia ser de grande valia.

Agora o momento chegara. Meu pai mandou me chamar e, confidencialmente, falou-me sobre seus planos, terminando por perguntar se eu estaria em condições de redigir a mensagem a José. Sem hesitar, envaidecido pela súbita autoridade que me era concedida, respondi que sim. Meu pai então convocou o escriba e ordenou que me entregasse o material de escrita.

Ferido em seu orgulho profissional, o velho ficou furioso. Disse que aquilo não era justo: durante todos aqueles anos Judá lhe encomendara mensagens relativamente pouco importantes; agora, que se tratava de escrever uma carta a um figurão, era simplesmente dispensado? Não, não era justo. Não quero saber se achas justo ou não, retrucou asperamente meu pai, quem decide essas coisas sou eu.

— E tem mais: já não preciso dos teus serviços. Se meu filho

Shelá se sair bem na tarefa, e tenho certeza de que se sairá bem, eu o encarregarei de escrever minhas cartas e documentos. Portanto, some daqui.

O homem levantou-se e foi embora. Antes de sair, lançou-me um olhar que eu jamais esqueceria. Misturavam-se, naquele olhar, o ódio, a mágoa, o desprezo. Aquilo me fez mal, muito mal. Não sob bons auspícios ingressava eu no mundo da escrita (o mundo do qual o presente texto faz parte). Aliás, bons auspícios seriam raridade dali em diante. Em cada desgraça que depois ocorreu, e não foram poucas essas desgraças, eu via a secreta maldição do escriba.

Meu pai levou dias ditando-me a carta. Pensava muito, escolhia cuidadosamente as palavras, mudava as frases a todo instante (com enorme desperdício do caro pergaminho). Era um verdadeiro contrato o que estava propondo, com todos os detalhes possíveis e imagináveis: "Em caso de inadimplência de compradores..." etc. Irmão embora, José era um sócio em potencial. E sócio majoritário, ainda por cima, muito majoritário, excessivamente majoritário. Portanto, toda precaução era pouca. Para mim foi uma experiência desconcertante. Eu me dava conta de que não conhecia meu pai. Quem era ele, o sonhador ingênuo que fazia projetos como eu modelava figurinhas? Ou era o espertalhão em potencial, decidido a ganhar dinheiro de qualquer modo, inclusive fazendo chantagem emocional com o irmão? Essas dúvidas antecipavam outras, que eu em breve experimentaria, mas as quais nem sequer podia imaginar.

Finalmente o documento ficou pronto. Fiz uma última leitura, e meu pai declarou-se satisfeito. Com o pergaminho em mãos, devidamente protegido por um lacre, meu pai foi ao oásis. Procurou uma caravana que rumasse para o Egito. Encontrou-a facilmente: o grande império era destino preferencial. Com o chefe da caravana, negociou o serviço, que não lhe sairia barato;

o homem obviamente estava cobrando em função da importância do destinatário, que, como muitos, ele conhecia bem. Não havia alternativa a não ser aceitar.

A caravana partiu, e com ela iam as esperanças de meu pai. Sua ansiedade foi crescendo, à medida que passavam os dias, e depois as semanas, e depois os meses — e nada de resposta para a carta. Aquilo acabou se transformando em verdadeira obsessão para ele. Muitas vezes nós o víamos, na montanha, voltado para o sul, sondando o horizonte. Caravanas apareciam, passavam por nossa aldeia e seguiam, em meio a uma nuvem de pó que cobria meu pai. Uma vez, uma única vez, notei, em seu rosto coberto por aquela poeira, os sulcos deixados pelas lágrimas. Formavam um estranho traçado, aqueles sulcos, misteriosa escrita que eu, o pequeno escriba, não conseguia decifrar. Eu sofria por meu pai; sabia o quanto aquilo era importante para ele. Apostara seu futuro e o da família num negócio cuja concretização parecia cada vez menos provável. Do sul soprava apenas o rijo, áspero e cruel vento do deserto, não a amena brisa que, sussurrando-lhe ao ouvido sutis promessas ("Teu irmão não te esqueceu, está apenas ultimando detalhes"), representaria um refrigério, um bálsamo para a sua angústia.

Aos poucos teve de aceitar a dura realidade: por alguma razão, sua missiva não obtivera resposta. Claro, era possível que a caravana não tivesse chegado a seu destino: salteadores não faltavam naquela região desértica e violenta. Pessoas que enviavam correspondência estavam acostumadas a esse tipo de problema; mas meu pai, por alguma razão que só os seus demônios interiores podiam explicar, achou que o irmão optara por não lhe responder. E maldizia-o diariamente: aquele ingrato, salvei-o da morte certa; agora, que poderia retribuir, faz uma coisa dessas.

— Esqueceu sua gente — bradava, amargo. — Só porque vive na corte do faraó, julga-se egípcio, e aristocrata ainda por cima.

Uma pausa e acrescentava:

— Mas se ele pensa que vou ficar aqui sofrendo, se pensa que vou me lamentar e cobrir de cinzas a cabeça, está muito enganado. Não preciso dele. Sou esperto o suficiente, e determinado o suficiente, para ficar rico graças a meu próprio esforço.

Voltava-se para nós, os filhos:

— Vocês vão me ajudar.

Nós sabíamos o que aquilo significava. Em primeiro lugar: crescei e multiplicai-vos. Meu pai queria netos, muitos netos, e depois dos netos, bisnetos e tataranetos. Mãos para o trabalho, mãos para a guerra. Acreditava no capital demográfico como base da riqueza. Irritava-o o fato de ter gerado apenas três filhos (alguns outros haviam morrido na infância, o que era inevitável). Esperava que nos saíssemos melhor, que lhe déssemos descendentes em profusão; súditos, na verdade, súditos obedientes e disciplinados. Machos aguerridos que o ajudassem a ampliar seu poder de patriarca, ainda muito restrito.

Para satisfazer seu desejo tínhamos de arranjar esposas. O primeiro a casar seria, obviamente, o primogênito Er. O que a Onan dava muita inveja: tu és feliz, mano, agora conhecerás mulher, não pode haver coisa melhor. Er ouvia-o sem responder, sem comentar. E seu silêncio, para o qual nem meu pai nem Onan davam importância, a mim inquietava. Era outro daqueles sinais misteriosos que eu não sabia interpretar.

Papai pôs-se a procurar uma mulher para o filho. Era seu direito, como patriarca; o casamento de um filho, sobretudo o do mais velho, representava uma aliança com outro patriarca ou pessoa importante. Meu pai valorizava sua estirpe; os laços de parentesco que o casamento estabeleceria deveriam estar à altura dela. Nas semanas que se seguiram viajou muito, fazendo contatos. Também recebia em casa visitantes interessados em casar filhas.

Eram longas e tediosas reuniões. Meu pai começava gabando as virtudes de sua família, virtudes das quais o primogênito era a expressão máxima. Er, proclamava meu pai, é forte, é corajoso, é astuto, é másculo. Esses argumentos, contudo, não soavam muito convincentes. Másculo, Er? Não parecia. Os chefes tribais não hesitavam em dizê-lo a papai, que ficava furioso. Meu filho é mais homem do que qualquer um nestas bandas, dizia, irritado. A verdade, porém, é que nem ele acreditava muito nessa bazófia: o tímido, encurvado Er parecia qualquer coisa, menos um guerreiro destemido como se esperaria de alguém que um dia viria a chefiar nossa gente. Naquela região de conflitos sangrentos, a disposição para o combate era vista como condição de sobrevivência. As tentativas de arranjar uma esposa para Er inevitavelmente terminavam em fracasso.

Por tudo isso foi uma surpresa quando, um dia, papai chegou em casa anunciando que já tinha esposa para Er:

— O nome dela é Tamar.

Tratava-se, segundo nos disse, de moça de excelente estirpe, filha de um sacerdote, homem rico. E linda, de uma beleza deslumbrante. Falou longamente de seus olhos, de seus lábios, de seus seios, de suas ancas. Comparou seus cabelos a cabritinhos, o pescoço a uma esguia torre, o ventre a uma taça da qual se poderia beber um vinho delicioso. Àquela altura papai já estava velho; a entusiástica descrição resultava meio patética, grotesca até. Er nada dizia. Ouvia em silêncio. Eu, de minha parte, estava impressionado, mas Onan, cético como sempre, achou que nosso pai estava mentindo, exagerando a descrição dos dotes físicos da candidata para assim estimular o pobre Er, supondo-se que fosse possível estimulá-lo a deitar com mulher.

Fomos fazer uma visita à família de Tamar. Tal como meu pai dissera, aquela gente morava em uma bela casa. À entrada fomos recebidos pelo pai da moça em suas imponentes vestes sacerdotais. Fez-nos sentar, ofereceu-nos deliciosos manjares e excelente vinho. Minha filha já vem, disse, está se preparando. Ficamos ali, à espera, conversando. Era grande a nossa expectativa.

Tamar entrou. Deus, o entusiasmo de papai era mais do que justificado. Porque era linda, aquela mulher. Cabelos como cabritinhos etc. e muito mais: olhos negros, boca sensual e corpo simplesmente alucinante. Onan ficou, via-se, impressionado. E eu — bem, eu tremia. Alguma coisa estava se passando comigo. Alguma coisa que não era inteiramente nova; nos últimos meses eu experimentara várias vezes aquela perturbação, uma coisa esquisita, mistura de angústia e de desejo. Desejo, sim, mas eu ainda não sabia que aquilo — o calorão no rosto, as têmporas latejando — tinha a ver com desejo, nunca falara com ninguém sobre essas coisas, nem mesmo com meus irmãos. Er não era exatamente um confidente adequado, e talvez lhe custasse um grande esforço ouvir-me. Onan, ao contrário, me estimularia a contar tudo, inclusive o que eu não gostaria de contar, mas veria a coisa pelo lado da safadeza. Naquele momento minha perturbação chegara ao auge, mas aparentemente ninguém percebera.

Perturbado, e visivelmente perturbado, estava o Er. Mais do que perturbado: estava verdadeiramente aterrorizado. O que, com algum esforço, ou com muito esforço, tentava dissimular. Murmurou algumas palavras amáveis para Tamar e calou-se. Fez-se um silêncio constrangedor; o sacerdote então ordenou à filha que se retirasse. A participação dela na negociação de casamento deveria limitar-se àquela fugaz aparição; agora era o momento da conversa séria, entre homens. Ambos, papai e o pai de Tamar, não se haviam dado conta da reação de Er, ou preferiam ignorá-la: discutiam agora, e animadamente, aspectos práticos: o dote, os preparativos para o casamento, a lista de convidados. Onan e eu, porém, olhávamos nosso irmão, cuja expressão era a de um condenado ouvindo a sentença. Sofria, Er; eu sofria com ele. Onan, em aparência ao menos, permanecia impassível.

Todos os detalhes acertados, voltamos para casa já noite fechada. Meu pai transmitiu a notícia a mamãe, que sem dizer nada nos serviu o jantar. Comemos em silêncio; melhor dizendo, nós, os irmãos, e nossa mãe, nos mantínhamos quietos, eu mastigando automaticamente, Er nem sequer tocando no prato. Mas papai, entusiasmado com a perspectiva das bodas, falava sem cessar, descrevendo o belo futuro que o primogênito teria. Por fim fomos nos deitar, mas eu não conseguia conciliar o sono. Tinha vivido emoções intensas; precisava falar com alguém, precisava desabafar, mas com quem? Eu estava sozinho, completamente sozinho com meus confusos, tumultuados pensamentos.

De repente uma idéia me ocorreu: escrever. Colocar no pergaminho aquilo que estava sentindo, que me angustiava.

Algo insólito. E condenável. Escrever, para nós, só podia ter dois objetivos: registrar a trajetória de nosso povo, sobretudo em sua relação com a divindade, para que a posteridade resultante do "crescei e multiplicai-vos" dela tomasse conhecimento, usando-a como guia moral. Ou então a escrita poderia ser utilizada para a elaboração de cartas, documentos, testamentos. Coisas sérias, necessárias.

O que eu faria, contudo, seria coisa bem diferente. Escreveria um relato na primeira pessoa. Eu: pronome que procurávamos, a todo custo, evitar. Ao longo do tempo as histórias do nosso povo haviam sido confiadas a pergaminhos por anônimos escritores que jamais admitiriam colocar o próprio nome no texto; assumiam o papel de um neutro narrador, falando na terceira pessoa. E não poderia ser de outra maneira. Poderia, a nossa história, ser narrada pelos protagonistas? O que, por exemplo, diria Adão a respeito da Queda? "Tudo o que a gente quis foi experimentar uma fruta que não conhecíamos e esclarecer as bobagens que a serpente nos dizia." Caim: "Ofereci frutos ao Senhor e ele não aceitou, não sei por que, preferiu os cordeirinhos do Abel, que ficou todo bobo, a tal ponto que me irritei e num acesso de fúria matei o cara. Se Deus tivesse me dado bola, a história seria diferente. Eu não sou culpado". Eu? O pronome pessoal num texto sagrado? Abominação, pura abominação, pecado digno de ser castigado com a morte por apedrejamento. Coisa que nossos antepassados não admitiriam. Nossa vida girava em torno do "nós": a família, o clã. Verdadeira lei, isso; aliás, lei não escrita, que eu estava claramente violando. Se ao menos meu propósito fosse o de escrever uma reflexão ética ("Devemos pensar em primeiro lugar na família, no clã") como mensagem para a posteridade, eu me sentiria menos culpado. Mas não, não era da família que eu queria falar, muito menos do clã; eu estava cagando para o clã. Clã? Como podia o clã, aquela entidade amorfa, impessoal, me ajudar? Eu não podia reunir aquela gente toda e, subindo numa pedra, bradar algo como, clã, estou sofrendo, antecipo uma tragédia, me ajuda, clã, por favor me ajuda. Não entenderiam, os membros do clã, simplesmente não entenderiam. Qual a causa de meu sofrimento, que tragédia eu antecipava? Conforme a tradição: meu pai, patriarca, arranjara uma esposa para o filho. Uma esposa linda. Nem precisava ser linda, bastava ser esposa, mas não, ele ainda fizera ao primogênito essa dádiva, de uma mulher bonita. Tudo estava certo. Que história era aquela de tragédia?

Não, o clã não me ouviria, o clã reagiria com impaciência: vai pastorear as tuas ovelhas, rapaz, pára com essas bobagens. Minha mãe talvez me compreendesse, mas, mesmo compreendendo, não poderia fazer nada; só se esperava dela que ajudasse nos preparativos para o casamento (por exemplo, lavando a túnica do marido e deixando-a impecável para a festa). A quem, pois, falar? Como expressar minha apreensão?

O pergaminho era a resposta. Nele eu deixaria registrado meus temores. Não seria uma coisa tola, nada de "meu querido diário, aqui estou para te contar o que me atormenta". Também não seria um pedido de socorro. Pedir socorro a quem? A Deus? E como mandar uma carta a Deus? Através dos anjos que Jacó vira em seu sonho? Mas em meus sonhos nenhum anjo aparecia. Se eu dormisse com a cabeça apoiada na tal pedra, talvez isso acontecesse, mas como encontrá-la, àquela hora da noite?

O pergaminho não era sonho, tinha existência concreta. Mesmo que a mensagem nele escrita não encontrasse destinatário, poderia, dito pergaminho, representar uma via de escape para o tormento em mim represado. Escrever era trabalhar minha ansiedade, transformá-la, da mesma maneira como eu transformava o barro bruto, informe, em delicadas figurinhas, camelinhos, jumentinhos, ovelhinhas, cabritinhos, demoninhos (uns com chifre e rabo, outros, com cara de bode). Nos dois casos a mão desempenhava um papel importante, e eu partilhava a crença de nossa gente no trabalho manual como forma de redenção. Que minha mão, segurando o estilete, executasse diligentemente sua tarefa, era o que eu desejava. E quando tal tarefa estivesse terminada, eu, exausto, poderia enfim dormir em paz, e talvez até sonhasse com anjos subindo e descendo escadas.

Os apetrechos de escrita — pergaminhos, estiletes, frascos de tinta — estavam no quarto de meu pai. Era eu quem os usava, mas só o fazia com autorização dele, a mando dele. Eu tinha um poder, o poder de colocar palavras no pergaminho. Um poder do qual ele, naturalmente, se orgulhava, deixando bem claro, porém, que era um pequeno poder, o poder de um filho caçula. O poder maior, o poder ao qual o meu próprio poder estava subordinado, era o dele, patriarca. Palavras no pergaminho? Sim, mas palavras dele, só dele, de ninguém mais. Papai jamais admitiria que eu usasse os seus pergaminhos para escrever sobre meus dramas interiores, minhas aflições. Que, aliás, ele nem entenderia.

Eu tinha, pois, duas alternativas: ou renunciava a meus propósitos ou ia em frente e roubava o material de escrita. Tal escolha, contudo, já estava feita. Eu levantara da cama, ficara de pé. E uma vez de pé, não voltaria a deitar-me — não sem antes fazer aquilo que me propusera. Eu era uma vítima da opressão patriarcal? De pé, então, vítima da opressão patriarcal. Nada tens a perder, senão tuas cadeias espirituais e simbólicas.

Fui em frente, pois, e sem fazer ruído entrei no quarto deles. Ali estavam, na cama, os dois, adormecidos. Meu pai, homem grande, deitado de costas, braços abertos, ocupando a maior parte do espaço — três quartos, ou cinco sextos, da cama. Minha mãe, encolhida na beira do leito, em posição fetal. Meu pai, mergulhado no mais profundo sono, roncava — e decerto sonhava. Com que sonhava o patriarca? Com impérios comerciais? Com o abutre de enormes olhos e bico adunco? Se era esse seu sonho, eu, mesmo não sendo José, e mesmo não apoiando os dedos sobre as têmporas, podia interpretá-lo: o abutre (verdade que não muito grande: abutrezinho) estava ali, naquele quarto, o abutre chamava-se Shelá. O bico adunco era o estilete que logo empunharia.

Nesse momento, mamãe mexeu-se, gemeu. Assustei-me: o que era, aquele gemido? A expressão de alguma dor que sentia, física ou emocional, e que só em sonhos expressava? Ou era uma advertência, um aviso de que eu não deveria roubar aquelas coisas? Que fosse um aviso a mim não mais importava, já fora longe demais na senda da transgressão.

Aproximei-me da mesa, apanhei um pergaminho, um estilete, um frasco de tinta. Eram tantos os pergaminhos, os estiletes, os frascos de tinta, que meu pai não se daria conta do roubo. Não chegava a ser o crime perfeito, mas era quase. De posse do material, saí, tão silenciosamente como entrara.

Era uma noite fria, como costumam ser as noites no deserto, mas uma lua enorme iluminava a montanha. Sentei-me junto a uma pedra chata, sobre a qual coloquei o pergaminho, e pus-me a escrever. Primeiro narrei os acontecimentos dos últimos dias. Narrei-os do meu ponto de vista, bem entendido; narrei-os na primeira pessoa: era eu, eu, e mais eu. O pronome aparecia a todo instante, em cada linha, duas ou três vezes em cada linha. Tal como eu previra, era uma pletora de eus, uma avalanche de eus, que talvez caísse sobre mim como uma avalanche de vingadoras rochas desabando da montanha para esmagar o pecador, o infiel, o energúmeno. Mas não ocorria avalanche nenhuma, nem de pedras, nem de remorsos, e muito menos de pronomes pessoais. Surpreendente, considerando meus temores, meus sentimentos de culpa. Significava isso que Deus estava comigo? O que eu estava escrevendo não era, então, pecado?

A mim isso não importava. Eu escrevia febrilmente, como que possuído por um demônio. E estava, sem dúvida, possuído por um demônio, por um demoninho pelo menos.

De repente, parei. Parei no meio de uma frase. Fiquei alguns instantes como que paralisado. E então, movido por um incompreensível e irresistível impulso, recomecei a escrever. Mas agora era algo inteiramente novo: nada a ver com o texto prévio. Era a mesma mão que escrevia, mas não era eu, Shelá, filho mais moço do patriarca Judá, quem o fazia. Era outra pessoa. E eu sabia quem era essa outra pessoa: meu irmão Er, que eu, de alguma forma, tinha agora dentro de mim, incorporado, ainda que transitoriamente, ao meu ser.

Verdadeiramente espantoso, aquilo. O que sabia eu de Er? Quase nada. Sim, era meu irmão, e fisicamente éramos até um pouco parecidos, mas para mim tratava-se de um desconhecido (tu aí, mano, como é mesmo o teu nome?). Eu não sabia o que ele pensava, o que sentia, quais eram seus desejos, suas aspirações. Isso na nossa vida normal, na casa em que vivíamos. Mas ao escrever eu podia, sim, falar do Er; mais, eu podia falar como Er, não como um personagem criado por mim (talvez fosse um personagem criado por mim, mas não era assim que eu o sentia naquele momento), mas como o verdadeiro, o autêntico Er; nada a ver com o Er que naquele momento com certeza dormia um sono agitado, sonhando com abutres de bico adunco. O verdadeiro, o autêntico Er fora transportado magicamente para o sopé da montanha e ali estava, escrevendo no meu lugar; eu me limitava a olhar por cima de seu ombro, disposto a ajudá-lo, se fosse o caso — mas não era o caso: ali ele estava livre, completamente livre, livre como um pássaro, nenhuma gaiola a tolhê-lo. Ele voava na imaginação e eu voava junto com ele. O elo que nos unia era a palavra, que, àquela altura, transformara-se numa entidade autônoma; as palavras falavam por nós e diziam o que, exatamente, devíamos fazer.

Er devia escrever uma carta a Tamar. Uma carta que seria o antídoto para todos os seus temores; uma carta que funcionaria nele próprio como um afrodisíaco poderosíssimo, capaz de provocar a maior ereção que o mundo já presenciara. Se Tamar o inibia, se o perturbava, se o fazia emudecer — que ele colocasse, então, no pergaminho as palavras que um noivo apaixonado diz à noiva. Melhor: as palavras que um amante abrasado de desejo diz a sua fêmea: vou cobrir-te de beijos, vou tomar-te nos meus braços, vou acariciar teu corpo, vou afastar tuas pernas, vou penetrar-te. Escrevendo (melhor: exercendo para ele o papel de escriba), eu o ajudava. Ajudava-o mais até do que um irmão deve ajudar outro, ajudava-o como se fosse um guia espiritual, como se fosse — Deus? —, é, como se fosse Deus, porque Deus é, antes de mais nada, a palavra: faça-se a luz, disse o Senhor, e a luz se fez.

Animado com essa idéia (e com as cenas que agora visualizava), eu escrevia com uma volúpia incrível. Estava pronto para, junto com Er, possuir Tamar. Sexo a três. Maior suruba, ali no pergaminho. Maior suruba.

Mas de novo me detive. E me detive porque me faltava o conhecimento para prosseguir, faltava-me a experiência — afinal, eu era virgem. O pênis, duro, se agigantava, mas a imaginação se apequenava. Ali fiquei, me debatendo, lutando com as palavras (como Er sem dúvida lutava com seus contraditórios sentimentos), até o dia clarear. O que me deixou alarmado. Logo apareceriam os pastores com seus rebanhos, e eu não queria que me vissem ali. Rapidamente recolhi o material de escrita, galguei a montanha e entrei na minha caverna. Havia ali uma ânfora de barro que até então eu usara para armazenar água. Esvaziei-a e coloquei nela o pergaminho, cuidadosamente enrolado. O primeiro de muitos. Aquela ânfora seria agora a depositária de minhas fantasias.

Voltando para casa, dei de cara com Onan, que naquele momento ia saindo e que me olhou, desconfiado e irônico: não dormiste aqui, disse, onde estiveste à noite? Perdi o sono, gaguejei, e fiquei andando por aí.

A explicação não o convenceu, claro. Onan era esperto, lia meus pensamentos como eu lia palavras nos pergaminhos. Sabia que eu andara aprontando, mas não perderia tempo interrogando o confuso irmãozinho; tinha coisas a fazer, e a conversa ficou nisso. Nos dias que se seguiram, não voltou a tocar no assunto, mesmo porque o tema de todas as conversas era um só: o próximo casamento de Er. A expectativa era grande, não apenas entre nossos familiares como entre outros moradores da aldeia. Todos falavam a respeito, todos comentavam.

Todos, menos o noivo. Tentava mostrar-se alegre, mas a mim e a Onan não enganava: Er não queria casar. Ele tem medo, dizia Onan, medo de conviver com uma mulher.

Medo? Talvez. Talvez Er estivesse mesmo intimidado por aquela mulher linda, sensual, mas havia algo mais. Eu me lembrava daquela história da túnica da mamãe, eu me lembrava dos olhares para outros rapazes, e, na caverna, interrogava o pergaminho: o que se passa com meu irmão? Àquela altura, escrever tornara-se para mim uma coisa habitual, uma necessidade mesmo. Nos dias em que não escrevia sentia-me mal, ansioso. Felizmente, o estoque de material de escrita era suficiente — papai sempre esperara manter uma ativa correspondência —, de modo que por aí não tive problemas: incursões noturnas ao quarto do patriarca davam-me os meios para prosseguir com meu solitário vício (vício, sim; àquela altura eu estava tão dependente da escrita quanto o bêbado do álcool). Escrevia, escrevia — mas as perguntas ficavam sem resposta. O pergaminho limitava-se a registrar minhas dúvidas, não as respondia. Ainda que poderosa, a escrita tem seus limites.

Os preparativos para a festa, que meu pai pretendia grandiosa, foram longos, complicados e trabalhosos, mas finalmente chegou a data do casamento. Convidados haviam chegado de longe e estavam acampados em numerosas tendas ao redor de nossa casa. Muita alegria por ali, muita excitação. Meu pai mandara matar doze ovelhas — um grande banquete, portanto. Eu, magrinho mas glutão, deveria estar contente. Mas não estava. Por causa do meu irmão: alguma coisa me dizia que ele não estava bem, que uma tragédia se anunciava. Essa tensão foi num crescendo; finalmente, decidi falar com ele. Talvez pudesse ajudá-lo. Tomei essa decisão exatamente no dia anterior ao casamento; algo, portanto, inadiável. Deixei as ovelhas que pastoreava e fui procurá-lo.

Er estava em casa, experimentando a túnica que usaria na cerimônia, e que dançava no seu corpo magro. Apesar disso, eu, querendo agradá-lo, e quem sabe animá-lo, elogiei sua elegância.

Ele me olhou — e estremeci. Era um olhar estranho o dele, o olhar do animal acuado, antecipando o sacrifício. Não poucas vezes eu vira cabritinhos e cordeiros sendo degolados — e era aquele mesmo olhar.

Logo em seguida, porém, ele se recompôs. É bonita, mesmo, esta túnica, disse num tom neutro e seco, um tom que anulava qualquer propósito que eu pudesse ter de falar com ele, de oferecer-lhe meu apoio. Sua expressão agora era outra: impassível. E impassível permaneceu na festa, no dia seguinte; impassível ouviu o discurso de meu pai, incitando o casal a ter filhos, muitos filhos. Mas a verdade é que poucos ali olhavam para o noivo. Quem atraía todos os olhares era a noiva, belíssima. Grande mulher, murmurava Onan, grande mulher.

A festa — muita comida, muita bebida, cantos, danças — durou três dias. Depois, os convidados foram embora. A vida voltaria ao normal. Er e Tamar morariam numa casa próxima, construída especialmente para eles. Uma casa que, de acordo com o pedido do próprio Er, era pequena, modesta, bem diferente da grande casa do patriarca ou mesmo da casa da família de Tamar. Na verdade, ainda não estava bem concluída. O piso, por exemplo, era de terra batida, o que não deixava de ter um aspecto simbólico: competia ao casal concluir a construção.

Er recebeu o dote — um rebanho de cabras, outro de ovelhas —, de modo que a sobrevivência do casal estava assegurada. Agora, teriam de retribuir. Com filhos, obviamente. Com a mesma expectativa com que aguardara a carta de José, meu pai esperava pela notícia da gravidez de Tamar. Que, achava ele, logo ocorreria.

Enganava-se. Os meses passavam; ao verão seguiu-se o outono e o inverno, rigoroso inverno que matou muitas cabeças de gado. Tamar não engravidava. E não falava. Aliás, nenhum dos dois falava, nem ela nem Er. Formavam um casal sombrio, eles, um casal silencioso. Mas eram silêncios diferentes, como até eu, garoto inexperiente, podia perceber (e como confiava ao pergaminho, onde continuava, movido pela inquietude, a escrever). O dele era um silêncio culpado, o silêncio de alguém que fez alguma coisa errada. O dela era um silêncio ressentido, um silêncio de fêmea insatisfeita, ultrajada. Àquela altura todos na aldeia já haviam percebido que alguma coisa andava mal com aquele casamento. Como vai terminar isso?, era a pergunta que eu me fazia, era a pergunta que eu fazia ao escrever na caverna. Uma pergunta para a qual nem eu, nem o pergaminho tínhamos resposta. Escrever ajuda a formular questões; mas escrever nem sempre nos dá as respostas.

Meu pai chamou o filho para uma conversa reservada, na encosta da montanha. De longe, Onan e eu víamos o patriarca gesticulando. Er não dizia nada; escutava, imóvel. O pai pode falar o que quiser, disse Onan, amargo, mas não vai conseguir nada.

— Esse casamento já fracassou, Shelá. Temos de aceitar esse fato.

O que me consternava. E, de certa forma, revoltava. Onan estava errado, não podíamos aceitar aquela triste situação como fato consumado, irremediável. Er precisava de amparo, e cabia a nós, seus irmãos, ajudá-lo no que fosse possível. Foi o que eu disse a Onan; ele, apesar de sua descrença, de seu ceticismo, acabou concordando comigo. Já papai não aceitava o que se passava. O aparente insucesso do casamento era para ele um acinte, uma insuportável humilhação. Descontrolado, tratava mal o pobre Er e, numa ocasião, esbofeteou-o. Por nada: uma banal discussão sobre rebanhos. Fiquei furioso, quis protestar, mas Onan me conteve: nada tínhamos a ver com o assunto, aquilo era coisa entre o patriarca e seu filho mais velho. Papai, líder duro, estóico, não nos falava sobre seus sentimentos. Em silêncio também permanecia Er. Mas era um silêncio diferente, cada vez mais estranho. Como se estivesse distante: o olhar perdido, mas às vezes, e isso era o mais assustador, com um fugidio brilho alucinado. Será que enlouqueceu, eu me perguntava, e tinha boas razões para isso. Loucura, para nós, não era coisa desconhecida; de vez em quando alguém, em geral um homem, perdia o juízo e saía a correr pelo deserto, gritando, bradando ameaças. Era preciso amarrá-lo, então; e meu pai, que nessas questões, como em todas as outras, tinha a última palavra, ordenava que o prendessem numa caverna até que se acalmasse.

Não era o caso de nosso irmão; a loucura dele — se é que de loucura se tratava — não parecia furiosa. O que me deixava ainda mais angustiado: se Er tivesse um ataque, se botasse para fora a raiva quebrando coisas, a frustração talvez melhorasse. Talvez conseguisse deitar-se com Tamar, talvez pudesse ter um filho. Um filho que representasse a solução do problema, um filho que nos enchesse de alegria e proporcionasse a ele, Er, a glória da paternidade. Mas como fazer com que tal acontecesse? Eu ouvira falar de uma feiticeira que preparava certas beberagens mágicas capazes de fazer um homem apaixonar-se perdidamente por uma mulher. Se fôssemos atrás dessa feiticeira, e se a encontrássemos, e se ela nos desse o tal filtro, e se conseguíssemos convencer Er a tomá-lo...

Se. Se. As dúvidas eram muitas. Não te iludas, dizia Onan, não está em nosso poder resolver esse problema, é assunto pessoal entre eles dois, entre Er e Tamar.

Entre eles dois? Entre Er e Tamar? Mas como, se estavam cada vez mais distantes um do outro? Além disso, as coisas haviam, estranhamente, mudado, ao menos em relação a Tamar. Ela agora já não parecia triste, magoada. Pelo contrário; mostrava-se sempre alegre, exageradamente alegre, espalhafatosamente alegre; ria muito, falava muito. Mais: lançava, ou assim me parecia, olhares para outros homens. Olhares de adúltera, de adúltera em potencial. E adultério entre nós era crime, punido com a morte por apedrejamento. Bastaria meu pai ordenar. Já o fizera mais de uma vez, encarregando-se ele próprio de atirar a primeira pedra nas mulheres transgressoras. Mas, no caso, preferia ignorar o que estava acontecendo. Talvez guardasse ainda um resto de esperança; talvez confiasse em um milagre capaz de salvar o casamento do filho.

Onan também mudara em relação a Tamar. A mulher que ele admirava pela beleza agora lhe parecia uma figura ambiciosa, sedenta de poder: tudo o que queria, achava Onan, era mandar. Um processo que envolvia várias etapas, a primeira das quais já fora vencida: humilhado, o marido perdera toda ascendência que pudesse ter sobre ela. Depois dele, Tamar controlaria nossa família. E, através de nossa família, a tribo toda.

Com Onan, Tamar tinha uma relação distante, fria, meramente formal. Por mim, ao contrário, nutria um singular afeto. Procurava-me, queria conversar. De início eu fugia dela; detestava-a e, sobretudo, temia-a. Influenciado por Onan, via-a como mulher pérfida, traiçoeira; uma serpente venenosa. Evitava-a; ela insistia, pegava-me pelo braço: não foge, Shelá, quero falar contigo.

Aos poucos fui me deixando seduzir. Ouvia-a, fascinado; porque, ao contrário do que seria de esperar, ela não se queixava de nada. Conversávamos sobre vários assuntos, sempre amenos, ela me contava histórias de sua infância. Era óbvio que precisava de alguém com quem conversar, aliviando a tensão que certamente sentia. Do casamento, e dos boatos a respeito, não falava. Um dia criei coragem e fiz a pergunta que havia muito tempo me inquietava: o que estava ocorrendo entre ela e Er?

Não respondeu de imediato. Ficou em silêncio algum tempo, o olhar perdido. Quando finalmente se voltou para mim, as lágrimas — inesperadas lágrimas — corriam-lhe pela face. Não sei se posso te contar isso, suspirou, não sei se devo te falar nisso. Hesitou de novo e por fim não se conteve; contou-me tudo, o fracasso que representara a noite de núpcias: ela, nervosa, mas, apesar de nervosa, ardendo de desejo. Um desejo que sentia desde a adolescência e que agora chegava ao auge. Queria homem; mas seu homem, o homem com quem viveria para sempre, estava ali, e nada acontecia, nada. Deitados lado a lado, nus ambos, ela aguardava. Er, imóvel, tinha o olhar perdido. Cautelosamente, ela acariciou-o, sem resultado. Inútil tentar excitá-lo.

Um relato que deveria me consternar — era de meu irmão mais velho que estava falando —, e eu fiquei consternado, muito consternado, e logo angustiado, quando ela descreveu o pênis murcho de Er como "o sexo de um morto". Mas para meu espanto, para meu horror, o que me interessava não era o fato em si, era aquilo que Tamar contava, eram as palavras dela, palavras que eu registrava na memória, reservando-as para o pergaminho que, na caverna, aguardava, quieto — quieto como meu irmão Er, como Lia ouvindo Raquel. Naquele momento eu era apenas um mensageiro, um portador ansioso por narrar novidades. Pergaminho, não fazes idéia da história que tenho para ti, pergaminho! Não fazes idéia! Sabes meu irmão, pergaminho? O Er? O sexo dele, segundo sua mulher Tamar, é exatamente como o sexo de um morto! Tão morto quanto o animal cuja pele em ti se transformou, pergaminho! Não é fantástica, esta história?

Ouvi tudo em silêncio, em tenso mas fascinado silêncio. Por causa da história, mas também porque era Tamar quem narrava a história, e Tamar me hipnotizava, como a serpente hipnotiza o pássaro. Em transe, verdadeiro transe, eu estava transformando aquela história numa narrativa autônoma, na narrativa que confiaria ao pergaminho; e junto com a narrativa estaria Tamar, de alguma maneira aprisionada nas letras traçadas por minha trêmula mão. De alguma maneira, a mão não estaria apenas escrevendo sobre Tamar, estaria acariciando-a, acariciando seus seios, seu ventre, suas coxas, sua vulva.

O que, eu tinha certeza, não acontecia só comigo. Provavelmente eu não era o único que, movido por pérfido talento, por insólita perversão, se refugiava numa caverna para rabiscar indecências. Certamente éramos muitos; mesmo que, solitários, não tomássemos conhecimento uns dos outros, formávamos uma potencial irmandade espalhada pelo mundo. Um dia, porém, o mundo aceitaria a expressão daquilo que, afinal, representava uma vocação; bizarra, mas vocação. Um dia divulgaríamos nossos manuscritos, quem sabe copiados por uma máquina para tal especialmente inventada. Pessoas, muitas pessoas talvez, nos leriam, quem sabe até gostando de nossos absurdos devaneios.

Meus antepassados ficariam indignados com esse projeto. Desconheciam o prazer que é escrever sobre íntimos desejos (aliás, desconheciam o prazer em geral; o que conheciam, e conheciam bem, era o dever); desconheciam, pois, o obscuro comando ao qual eu, ao contrário, obedecia com a docilidade de um cabritinho conduzido por um pastor. E, desconhecendo o prazer, desconhecendo obscuros, mas gratificantes comandos, não poderiam apoiar uma iniciativa daquelas.

Obscuro comando, eu disse? De fato era um obscuro comando, um maligno comando. A voz que eu, todo ouvidos, escutava, era a voz de Tamar e também o sussurro do pergaminho, este segredando-me: ouve, Shelá, ouve tudo que a mulher tem a dizer, guarda em tua memória, depois registra em mim essas palavras. De teu relato escrito serei fiel depositário. Pergaminhos, tu sabes, duram mais que pessoas (o que é a frágil pele do homem vivo comparada ao resiliente couro do animal morto?) e, quando já não estiveres aqui, continuarei, no silêncio da caverna, contando essa história e guardando, junto com as letras que em mim traçaste, a lembrança de Tamar: de alguma forma estareis juntos, e disso darei testemunho através dos tempos, inclusive para aqueles que um dia, daqui a muitos séculos, me encontrarão, extasiando-se com o texto shelaiano. Tua paixão, ainda que solitária, atravessará a barreira do tempo, querido Shelá. É o que eu te garanto, e em mim podes confiar: pergaminhos não mentem. Podem ser veículos, a contragosto, de mentiras, mas eles mesmos não mentem, anseiam pela autenticidade.

(Sabia como me seduzir, aquele pergaminho, safado pergaminho, que sem dúvida, e sob a forma de pele, um dia revestira o corpo de alguma depravada fêmea: uma cabra a quem o pastor possuía na intimidade de uma caverna? Talvez, mas não uma cabra passiva — uma fescenina cabra, capaz de seduzir rapazes inexperientes com sensuais balidos. Morrera, essa cabra, mas seu couro estava ali, conservando em cada fibra a ânsia da cópula. Não por outra razão o rascar da ponta do estilete em sua superfície produzia um som lúbrico, um som que me excitava e me fazia prosseguir, palavra após palavra, letra após letra.

Tão logo Tamar me deixou, corri para a caverna, peguei meu material, e de imediato comecei a escrever: "A noite de núpcias: ela, nervosa, mas, apesar de nervosa, ardendo de desejo. Um desejo que sentia desde a adolescência e que agora chegava ao auge. Queria homem, mas seu homem, o homem com quem viveria para sempre, estava ali, e nada acontecia, nada. Deitados lado a lado, nus ambos, ela aguardava. Er, imóvel, tinha o olhar perdido. Cautelosamente, ela acariciou-o, sem resultado. Inútil tentar excitá-lo".

Terminei de escrever, e aconteceu: a ereção. Sim, diferentemente de meu irmão no leito nupcial, eu era um homem, um homem cheio de tesão. Assim o decidira meu pênis, que lentamente se erguia, como um réptil que no fundo de sua caverna escura levanta a cabeça, adivinhando excitado a presença de uma possível presa.

Aquilo me deu vergonha. Sobretudo, deu-me culpa. Enorme culpa. Em lugar de ajudar meu irmão Er, eu me limitava, com espantoso egoísmo, com espantosa insensibilidade, a descrever seu sofrimento, a registrar sua desventura num pergaminho. Pior, fazia-o de pau duro. O cúmulo da insensibilidade, o cúmulo da depravação. Eu merecia queimar para sempre nas chamas do inferno.

Cheio de remorsos, fui procurá-lo. Como era seu costume agora, ele fora, sozinho, apascentar o rebanho de cabras num lugar isolado, na encosta de uma montanha próxima. De longe avistei-o, sentado numa pedra, queixo apoiado na mão, olhar distante. Aproximei-me, chamei-o. Teve um sobressalto — mais um, coitado, mais um sobressalto em sua sobressaltada existência. Mas depois sorriu, um sorriso triste, pediu que eu me sentasse junto dele. Parecia contente, naquele momento, e isso (mas eu era, mesmo, um péssimo ser humano) me irritou. Como podia estar contente um homem que não cumpria suas obrigações matrimoniais, que não dava prosseguimento à linhagem da família? Foi o que eu lhe disse, brusco: tu precisas, Er, fazer o que tem de ser feito, aquilo que todos, tua mulher principalmente, esperam que faças.

Mirou-me, de novo com aquela expressão — a expressão do animal ferido, acuado. E pôs-se a chorar. Chorava convulsivamente, o corpo sacudido pelos soluços. Lágrimas lhe escorriam dos olhos. Num impulso, abracei-o. Salva-me, irmãozinho, salva-me, soluçava ele. Eu não sabia o que dizer, não sabia o que fazer. Acho que ele percebeu que eu não podia ajudá-lo. Pediu que eu o deixasse só. Foi o que fiz. Sem uma palavra, desci a montanha. Passei o dia vagando, longe — não queria falar com ninguém, não podia falar com ninguém.

À noite, quando regressei à aldeia, encontrei meu pai alarmado.

— Er desapareceu — anunciou numa voz trêmula, uma voz que dele eu nunca ouvira.

Haviam encontrado as cabras na encosta da montanha — mas de Er, nem sinal.

Empunhando tochas, fomos procurá-lo. Passamos a noite e boa parte do dia seguinte numa busca que se revelou inútil. Finalmente, alguém teve a idéia de entrar numa caverna e lá estava ele, sentado no chão, encostado a uma grande pedra, os olhos arregalados — morto.

Foi Deus quem o matou, diziam todos. Deus matou-o porque ele não cumpriu suas obrigações como marido, como homem. Morrera de olhos abertos, arregalados, exatamente por causa disso, porque, no último instante, vira diante de si a implacável face de Deus.

Mas não era verdade. Não fora Deus quem o matara; disso tive certeza ao encontrar, no fundo da caverna, certas plantas recém-colhidas e das quais não falei a ninguém, nem mesmo a meu pai e minha mãe. Eram plantas venenosas que Er, como muitos de nós, certamente conhecia e com as quais se suicidara: preferira a morte à humilhação. Isso só fez aumentar minha culpa. Afinal de contas, provavelmente eu fora o último a vê-lo vivo, o último, e talvez o único a receber seu desesperado pedido de ajuda. Mas eu não o ajudara. Porque não sabia o que fazer, porque no fundo tinha raiva dele — o certo é que não o ajudara. E pagaria por isso um preço. Daí em diante seu espectro me perseguiria sem descanso.

Meu pai sofreu muito. Tanto pela perda do filho — o primogênito, em quem depositava suas maiores esperanças —, como pela vergonha e pelo remorso. Er falhara por causa dele. Eu não fui um bom pai, recriminava-se, eu não soube fazer desse filho um homem:

— Morreu desonrado. Por minha culpa, morreu desonrado.

Onan nada dizia. Nem mesmo chorou no enterro. Em parte porque era assim, contido; em parte porque nunca gostara realmente de nosso irmão; mas também porque, acho, antecipava o que estava por vir. E o que estava por vir não tardou muito.

Passado o período de luto, nosso pai chamou-o. Foi uma longa conversa, cujo resultado eu, diante da casa, aguardava ansioso. Tão logo Onan saiu, corri para ele:

— E então?

Ele me olhou, sombrio:

— O pai quer que eu case com a Tamar.

Para mim, não chegou a ser surpresa. O patriarca estava simplesmente seguindo uma rígida e antiga tradição de nossa gente, segundo a qual uma viúva sem filhos deveria ser engravidada por um irmão ou parente do falecido. Com isso as propriedades a que este tinha direito continuariam na família. Que, por outro lado, daria seu apoio a uma mulher desamparada. Por último, mas não menos importante, um filho seria gerado, o que, para um pequeno grupo humano como o nosso, o grupo dos hebreus, era importante.

Tradição à parte, o semblante carregado de Onan não antecipava nada de bom. E de fato ele estava furioso, revoltado. Para ele, a ordem que o patriarca lhe dera, antes de mais nada, era uma humilhação:

— Ele me vê, Shelá, como um simples fornecedor de esperma, como alguém cuja única serventia é preservar a linhagem familiar. Fecundarei uma mulher, mas na verdade não serei o pai das crianças que nascerem. Para ele, está ótimo. Para aquela Tamar também.

O ódio com que pronunciou o nome de nossa cunhada era impressionante. Ódio que não hesitava em admitir. Sim, detestava Tamar; via-a como um símbolo do mal, alguém que, como Eva ou aquela diabólica Lilith, primeira mulher de Adão e amante do demônio, viera à Terra para tentar os homens.

— Nada deterá essa mulher, irmãozinho, nada. Mas se ela pensa que vai me liquidar, como liquidou o Er, está muito enganada. Essa vadia não sabe com quem está lidando. Realmente, não sabe.

Eu o ouvia, calado, olhos baixos. Podia entender sua fúria, mas não podia aceitá-la. Pérfida, Tamar? Eu tinha minhas dúvidas. De Er ela apenas exigira o cumprimento das obrigações matrimoniais. As mesmas obrigações que agora incidiam sobre Onan. Ele a odiava — ou queria odiá-la, ou precisava odiá-la, por algumas razões que eu compreendia e por outras que para mim era obscuras, e talvez para ele também —, mas o que fazer, se eu era seu único confidente? A ninguém mais poderia falar de seus sentimentos, nem à nossa calada, sofrida mãe, nem ao nosso pai, cujas ordens não podiam ser discutidas — sobretudo uma ordem que correspondia a um costume ancestral de nossa gente.

Informada da decisão de meu pai, Tamar nada disse. Desde a morte de Er guardava persistente silêncio. Aparentemente sofrera com a perda do marido, qualquer que houvesse sido sua relação com ele. Mas eu, que a observava constante e disfarçadamente, uma vez a vi sorrir. Um sorriso breve, fugidio, que logo deu lugar à sua impassibilidade habitual — altiva impassibilidade, a impassibilidade de uma rainha. Aquele sorriso me inquietava. De que sorria, ela? Sorrir não era comum entre nós. Chorar, sim. Não nos faltavam motivos para chorar, na áspera, difícil, e, não raro, curta existência que levávamos. Chorávamos pelos doentes, pelos mortos, pelos órfãos. Não tínhamos do que sorrir, muito menos do que rir. Verdade, Sara rira quando Deus lhe anunciara que estava grávida de Isaac, mas qual teria sido a causa daquele riso? Alegria ou incredulidade?

Não, risos e sorrisos não eram bem-vistos. Sorrisos eram particularmente afrontosos. O riso podia resultar de um impulso incontrolável: a visão de uma cena cômica ou grotesca. O sorriso, não. O sorriso resultava de uma manifestação interior, era o produto de uma elaboração. Sorridentes eram vistos com suspeita. Quem sorrisse, mesmo que só — principalmente se só —, estava, ainda que involuntariamente, debochando dos outros, das agruras dos outros. Sorrisos atraíam, no mínimo, olhares de censura. O que estava tramando, aquele que sorria? Que planos secretos tinha? Nada de sorrisos, pois. A expressão facial adequada — sobretudo para mulheres, e sobretudo para viúvas, e sobretudo para aquelas que tinham enviuvado em circunstâncias penosas —, era de seriedade, compungida seriedade. Ar reservado, olhos baixos, de preferência o rosto coberto por um véu. Tamar não andava de olhos baixos, não usava véu, não vestia luto. Não chegava ao extremo da viuvinha alegre, o que poderia custar-lhe muito caro, mas também não chorava, o que surpreendia e irritava a gente da tribo. Porque nossas mulheres, carpideiras em potencial, choravam, e choravam muito. Era só alguém morrer, mesmo que não fosse uma pessoa particularmente apreciada, e lá estavam elas, chorando e gritando, principalmente gritando, ai que desgraça, a vida é uma desgraça. E para muitas delas a vida era mesmo uma desgraça; era por elas próprias que choravam, e isso era tacitamente aceito por todos. Mais, isso era esperado por todos. A impassibilidade de Tamar era estranha e, para muitos, ofensiva, mesmo porque Onan não era o único a detestá-la. Minhas primas — prima era coisa que não me faltava, com aquela quantidade de tios — a detestavam. Claro que invejavam sua beleza, mas não era só isso. Adivinhavam nela ânsias, ambições, e um desejo incontrolável por homem. Essa aí, diziam, é pior que a mulher do Putifar, aquela que tentou seduzir o nosso José. Tamar não se atirava sobre os homens, mas, disso as primas estavam seguras, no íntimo era o que queria fazer, era o que faria, se pudesse. Queria sexo. Também queria riqueza e poder.

Estava nas mãos de Onan fazer o que Er não conseguira: domar aquela mulher, transformá-la numa criatura dócil, apagada. Estava nas mãos de Onan extinguir aquele enigmático, inquietante sorriso. Isso só aconteceria quando o ventre dela crescesse, quando sua vida passasse a girar em torno da gravidez e da maternidade.

Onan não dizia nada. Continuava entregue à sua faina cotidiana, apascentando os rebanhos — coisa que agora parecia tomar-lhe muito mais tempo do que o habitual. Como se quisesse ficar longe da aldeia, longe do falatório, longe dos olhares inquiridores, longe do meu pai, e, sobretudo, longe de Tamar. O que fazia nessas horas, não sei. Uma vez perguntou-me se eu lhe ensinaria a escrever. O que me deixou intrigado: para quem queria escrever? Para o nosso tio José? E por que escreveria a nosso tio José? Para contar-lhe algum sonho? Para, como o faraó, interrogá-lo quanto ao futuro? Para pedir socorro ao potentado? Ou estaria pensando em escrever para si mesmo, como eu? Mas já não bastava um maluco na família?

Ouvi-o em silêncio, não comentei o pedido. Dispus-me a ensinar-lhe: quando quisesse, eu estaria à disposição. Agradeceu-me efusivamente: tu és um bom irmão, sei que posso contar contigo. Mas não falou mais no assunto. A partir de certo momento, parecia inteiramente voltado para o casamento que se aproximava. O que era bom. Ou, pelo menos, era o esperado.

A cerimônia matrimonial foi presidida por meu pai. Muito simples, muito sóbria: não era caso de grandes festas, ainda estávamos de luto. Diante de uns poucos convidados, meu pai abençoou o casal, lembrando, muito enfaticamente, o crescei e multiplicai-vos.

Onan e Tamar foram morar juntos, na casa que pertencera a Er, o que a mim pareceu ominoso, mas que Onan aceitou de bom grado. Aparentemente as coisas entre eles estavam bem — corretas, pelo menos. Eram sempre vistos juntos; nada de grandes demonstrações de afeto, mas isso não era, mesmo, comum entre nós. O que todos esperavam, e esperavam ansiosamente, era a notícia da gravidez de Tamar.

Mas ela não engravidava.

Meses se passaram e Tamar não engravidava. Não se notava nela aquele ar beatífico, o olhar sábio, terno e irônico das grávidas. Impassível, fazia o que tinha de fazer, sem falar muito. Minhas primas estavam ansiosas para lhe perguntar a respeito; mas não se atreviam. Nem eu perguntava a Onan o que estava havendo. Poderia fazê-lo, afinal eu era irmão, mas não tinha coragem para tanto. Alguma coisa estranha entre os dois acontecia, disso eu tinha certeza. Meu pai também desconfiava de algo. Uma vez chamou Onan para uma conversa a sós. Conversa tensa, enraivecida; ouvido colado à porta (nunca fui totalmente inocente) eu escutava abafadas e iradas exclamações. Quando saíram dali, nenhum dos dois disse nada, o que só aumentou minha preocupação.

Como Er, Onan começou a se isolar. Quando saía para pastorear as ovelhas, ia cada vez mais longe; às vezes só voltava tarde da noite. Aquele isolamento aparentemente, e paradoxalmente, fazia-lhe bem. Agora mostrava-se tranqüilo; contente até, eu diria. Como um menino que fez uma traquinagem e não foi surpreendido. Para mim, era difícil entender o que se passava na cabeça de meu irmão. Criando coragem, perguntei-lhe a respeito. Não respondeu de imediato. Olhou-me, como que me avaliando, e por fim decidiu:

— Vem comigo, vamos juntos apascentar o rebanho.

Fomos. Por algum tempo caminhamos em silêncio, ele cantarolando baixinho, o que não era seu costume e só fazia aumentar minha inquietação: parecia-me estranho, Onan. Muito estranho, inusitadamente alegre.

Percorremos uma boa distância. Então, Onan se deteve, sentou-se numa pedra, convidou-me a sentar também. Durante alguns minutos permanecemos, ambos, quietos. Até que ele se decidiu e falou:

— Já deves ter percebido que alguma coisa estranha se passa entre aquela mulher e eu. Mas isso acontece porque eu quero que aconteça. Tu sabes que nunca aceitei esse casamento, mesmo que seja parte de nossa tradição. E também sabes o que acho dela: foi a grande responsável pela morte de nosso irmão. Eu te falei que ia vingá-lo, não falei? Pois consegui o que queria. Consegui vingar o Er.

O modo pelo qual ele se vingava (de Tamar, mas também, obviamente, de nosso pai) era uma coisa alucinada, chocante. Foi com esforço que fiquei ali, imóvel, ouvindo-o falar. E ele, deliciado, falava sem cessar, descrevendo com volubilidade e nos mínimos detalhes o que se passava entre ele e Tamar.

Os dois deitados, ele se punha a acariciar-lhe o rosto, as coxas. Beijava-lhe a boca, o pescoço, o ventre, chupava-lhe os seios, deixava-a louca. Penetra-me, Onan, gemia ela, faz de mim uma mulher, sou toda tua. Onan penetrava-a. E aí vinha algo que ele considerava, mais que uma habilidade, verdadeira arte: no exato instante de gozar, retirava o pênis e ejaculava fora, no chão de terra batida.

Olhou-me, triunfante:

— Entendeste? Eu me acabo fora. Não me acabo na vagina dela; me acabo no chão, na terra. E sabes por quê? Porque prefiro dar meu sêmen à terra do que dá-lo a uma depravada, a uma mulher que só quer se aproveitar de nós.

Soltou uma teatral gargalhada:

— Precisavas ver a cara dela, irmãozinho. Fica possessa,

simplesmente possessa. Em primeiro lugar, porque não goza. Ela, gozar? Isso eu não permitiria de maneira alguma. Gozar, ela? Não enquanto eu estiver vivo. Não a faço gozar. E nego-lhe a minha semente, a semente de nossa família, a semente à qual ela crê ter direito. Isso a leva ao auge da loucura. Sabes o que fez ontem, Shelá? Tão logo ejaculei, jogou-se no chão, pelada, esfregando ali a vagina, para ver se aproveitava algum restinho de esperma. Eu, morrendo de rir, gritava: "Rápido! Rápido antes que seque!".

Eu ouvia, fascinado e aterrorizado. Deus, aquele não era Onan, o irmão que brincava comigo, que me contava histórias, que explorava comigo as cavernas da montanha. Eu estava diante de um desconhecido, de alguém capaz das maiores crueldades. A vontade que eu tinha era de sair correndo. Mas fiquei ali, paralisado, enquanto ele, agora em silêncio, sorria ainda — sorriso sinistro, parecia-me agora —, saboreando a história que acabara de me contar.

Não pode ser verdade, eu pensava. Isso não pode ser verdade. É uma história que ele inventou para se divertir à minha custa. História de mau gosto, mas história de qualquer maneira, coisa imaginada — mentira, enfim, que ele logo desmentirá com um "era tudo brincadeira".

Mas Onan não desmentiu nada. Permaneceu calado, o olhar distante. Por fim, e sempre em silêncio, regressamos para a aldeia.

Naquela mesma noite resolvi ver com meus próprios olhos o que estava acontecendo. Fui até a casa deles, uma casa pequena, de pedra, como eram todas as casas da aldeia, e que nós todos tínhamos ajudado a construir — um presente da família para o nosso irmão Er.

Por uma fresta, fiquei espiando. Vi quando se deitaram, primeiro Tamar — nua, e que corpo perfeito era aquele, que corpo perfeito — e depois Onan. E tudo aconteceu exatamente como ele descrevera: as carícias, os beijos, o pênis, o grande pênis penetrando — ela gemendo, cada vez mais alto, cada vez mais alto — e então aquilo, o pênis bruscamente retirado, o sêmen esguichando no chão, e ela uivando de raiva e de frustração.

Não pude agüentar aquilo. Saí correndo, subi a encosta da montanha e só parei lá em cima, ofegante. Não sabia o que pensar, não sabia o que fazer. Ah, se pelo menos Onan não tivesse me contado — se pelo menos eu não tivesse visto o que vira. Mas tendo ouvido, e tendo visto, eu agora era participante de uma transgressão. De um crime.

Que não poderia ficar oculto por muito tempo. Como de outras vezes, tomei o pergaminho e escrevi; mas agora era com dor e amargura que o fazia. Esforço enorme custou-me redigir umas poucas linhas. A certa altura não agüentei mais; com raiva, atirei o estilete no chão. Eu deveria queimar aquele maldito pergaminho e o relato que ele continha. Mas não o fiz. Aquilo, por assim dizer, já não me pertencia. A escrita, eu agora descobria, é uma espécie de entidade independente, à espera do leitor, que pode ser para quem escreve um semelhante, um irmão espiritual, mas muitas vezes é um desconhecido que ainda está para nascer. Para esse desconhecido eu, por assim dizer, pedia socorro. A quem mais poderia fazê-lo?

Escrever, porém, não bastava. Decidi falar com Onan, contar-lhe o que estava sentindo. No dia seguinte, cedo (e depois de uma noite em que não preguei olho), ofereci-me para acompanhá-lo no pastoreio, com o que concordou. Caminhamos em silêncio, eu angustiado, pressionado pela obrigação de lhe dizer as coisas, mas não sabendo como começar. Ele acabou por dar-se conta do que estava acontecendo, mesmo porque eu não sabia disfarçar. Deteve-se, encarou-me:

— Fala. Eu sei que tu queres me dizer alguma coisa. Fala. Desembucha. O que te perturba?

Abri a boca, mas não consegui dizer nada. Tentei uma vez, tentei duas vezes, três vezes, e nada, as palavras simplesmente não saíam. Ele — era meu irmão mais velho, não era? — veio em meu auxílio:

— Já sei o que vais dizer, irmãozinho. Vais dizer que pensaste muito sobre aquilo que te contei e chegaste à conclusão de que sou um pecador. Um filho indigno de nosso pai, um traidor de nossa gente. Se é isso o que tens para me dizer, poupa tua saliva: dessas coisas eu próprio me acuso todos os dias. Sim, sou um pecador, é o que me digo. Sim, sou filho indigno, sou traidor, sou um monstro até. Sou tudo isso, e continuarei sendo tudo isso. Porque não vou parar, Shelá, não vou parar de fazer o que faço com aquela mulher, a Tamar. E sabes por que não vou parar? É por causa da vingança, claro, mas é também porque agora estou gostando disso, estou gostando do jogo. Sim, Shelá, é um jogo. Um jogo de gato e rato. Às vezes eu sou o gato, às vezes o rato. Com ela acontece o mesmo. Quer me aprisionar, Shelá. A vagina dela é uma armadilha, uma ratoeira. Dizem que, em regiões distantes, existem mulheres com dentes na vagina, dentes que trituram qualquer pênis. A vagina dela é pior, porque dali não se escapa, nem mesmo com o pênis devorado. Ali eu ficaria preso, e pelo resto da vida. Sabe disso, a Tamar. E faz o possível para me prender. Enquanto temos relações ela me abraça, me beija, murmura ternas palavrinhas ao meu ouvido — e me segura, Shelá. Aquelas mãos dela, Shelá, aquelas mãos tão delicadas, tão macias, não são mãos, são tenazes, como eu constato todas as noites. E as unhas não são unhas, são garras. Quando ela me abraça preciso ficar alerta, Shelá. É como se eu estivesse à beira de um abismo: qualquer descuido, e rolo lá para baixo. É por isso que derramo meu sêmen na terra.

Ficou um instante em silêncio, depois continuou:

— Sim, isso me amargura, Shelá. Cada vez que ejaculo no chão morro um pouco. Porque estou ali, Shelá, no meu esperma.

Eu ali sou milhões, milhões de criaturinhas pequeninas, invisíveis, que perecem em silêncio, mas cujo derradeiro apelo eu adivinho: pai, pai, por que nos abandonas? No esperma que coagula, seca, e vira pó eu estou, e cada dia morro um pouco. Até morrer de todo.

Olhou-me, e as lágrimas corriam por seu rosto:

— Não te preocupes comigo, Shelá. Não vou durar muito, tenho certeza. O esperma derramado emite um eflúvio venenoso que está me fazendo adoecer e que logo me matará. Breve estarei na companhia do nosso irmão Er. A maldição do Senhor cai sobre mim — e morrerei sem deixar filhos que conservem a lembrança de quem fui. Será o supremo castigo.

Eu o escutava aterrorizado, sobretudo por causa do tom de resignação e de absoluta certeza com que falava. Não estava fazendo uma hipótese; estava, como José, prevendo o futuro, e não com base em sonhos: com base na realidade. Sua certeza era contagiosa: naquele instante convenci-me de que em breve meu irmão morreria mesmo. Inclusive, e principalmente, porque não queria viver. Como um rato que cai no poço e não pode escapar, ele cansara de se debater na água lodosa, cansara de buscar uma pedra onde subir e repousar, exausto. Agora se deixaria afundar, e para sempre. O peso de sua culpa o arrastaria para o fundo. Transgressor, Onan agora tinha clara consciência de que havia cometido vários pecados, pelos quais teria de pagar. Sua arrogância, sua agressividade, já não o protegiam. Era agora um menino desamparado e cheio de remorsos.

Sorriu, triste:

— É isso, irmãozinho. Eu vou, mas podes ter certeza: lá do outro mundo, se é que tal coisa existe, continuarei olhando por ti. E espero que lembres de mim, e que, escrevendo, contes minha história. Eu te amo, Shelá. Te amo muito, irmãozinho querido.

Num impulso abraçou-me. Ficamos ali, enlaçados, alguns

minutos, eu soluçando. Depois soltou-me e foi em frente com o rebanho. Não o acompanhei. Não tinha forças para isso.

Aquela foi nossa última conversa. Poucos dias depois ele adoeceu de uma doença misteriosa. Todas as doenças eram para nós misteriosas, mas aquela era mais misteriosa ainda — e devastadora: o antes forte e vigoroso Onan simplesmente começou a definhar. Sem sofrimento aparente; ao contrário, quando já não pôde andar e teve de ficar confinado ao leito, sorria constantemente, um enigmático sorriso que lhe iluminava a pálida e escaveirada face, um sorriso que lhe dava uma aura de — santidade? — sim, de santidade. Quaisquer que tivessem sido seus pecados, deles agora estava redimido; o sorriso era prova disso, era o sorriso de quem estava tendo visões do Paraíso.

Meu pai nada dizia. Não sei até que ponto ele sabia do que se passara entre o filho e Tamar; mas seguramente suspeitava de algo, porque duas ou três vezes falou no castigo divino que estava sendo imposto a Onan. Uma atitude que correspondia a seu papel de patriarca, para quem os desígnios do Senhor, por cruéis que fossem, estavam acima do amor paterno. Tenho a certeza, porém, de que, sozinho, chorava, e chorava copiosamente. Apesar de tudo, Onan era filho; apesar de tudo, ele era pai. Pai de um transgressor, mas pai.

Tamar se mantinha imperturbável. Durante aquelas semanas não a vi derramar uma única lágrima; fazia o que era necessário fazer, preparando a comida, lavando as roupas do marido (que tinham de ser trocadas constantemente, de tanto que ele suava). Mas quem cuidava mesmo de Onan era minha mãe. Sempre quieta, não abandonava o filho. Dia e noite estava ali, amparando-o, tomando-o nos braços — no final da doença ele estava tão mirrado que ela, sem esforço, carregava-o no colo, como fizera com Onan bebê.

Quanto a mim... Eu escrevia. Que mais podia fazer? Tinha

a sensação, ou a esperança, de que escrevendo sobre Onan preservaria sua lembrança, como era seu desejo. Não: escrevendo sobre ele eu o redimiria, porque o texto purifica. Escrevia, pois. Contei o que se passara com ele, contei tudo e em detalhes, mas não mostrava a ninguém os manuscritos. Ao contrário, mantinha-os escondidos na caverna, guardados na ânfora. Só ali, ao abrigo da corrupção do mundo, conservariam seu mágico poder, à espera de alguém que, no futuro, os lesse e os entendesse.

Em poucos dias, Onan entrou em agonia. Nos derradeiros momentos não saíamos de perto dele, meu pai, minha mãe e eu. Olhos fechados, fisionomia tranqüila, parecia dormir. Pouco antes de morrer, pediu-me que, quando fosse enterrado, eu colocasse junto a seu corpo um pouco da terra do chão daquele quarto. Um pedido aparentemente estranho, mas que para mim era dolorosamente compreensível. Não se tratava de levar consigo uma lembrança do lugar em que vivera, pelo qual, aliás, não tinha nenhuma estima. Não, era a sua semente, agora seca, agora reduzida a partículas invisíveis que desejava ter junto a si e que, numa outra vida, reunir-se-iam para formar o filho que não tivera.

Enganava-se, o pobre Onan. As partículas que tanto amava e nas quais depositava tantas esperanças jamais se reuniriam; ventos e águas as disseminariam pelo mundo. Uma partícula faria parte de uma pedra, outra estaria na casca de uma fruta, outra na córnea de um leão, no pêlo de uma raposa, no osso de um ser humano. Se ele se recusou, até o derradeiro momento, a aceitar esse fato, foi porque acreditava na possibilidade de permanência. Permanecerei, irmãozinho?, era a pergunta que no fundo ele gostaria de me fazer. Permanecerei? Continuarei de alguma forma a existir?

Eu gostaria muito de responder afirmativamente: claro que sim, Onan, tu permanecerás. Afinal, negar a morte faz parte de nossa precária condição humana, e recorremos a todos os malabarismos do pensamento, a todas as formas da fantasia para atingir esse objetivo. Mas não adianta, não é? Não adianta. Metáforas consolam, mas não resolvem nosso problema. Vamos adoecer, vamos morrer, e as partículas não nos preservarão. Partículas não pensam, não almejam, não tentam antecipar o futuro. Partículas não anseiam por se reunir, partículas não anseiam por reconstituir o ser humano de que um dia foram parte. Partículas não atendem por um nome, partículas não têm sonhos nem desejos, partículas não escrevem em pergaminhos. Eu não podia, portanto, ter ilusões, não aquela ilusão, pelo menos. Podia escrever (outra forma de ilusão?) e foi o que eu fiz: tão logo meu irmão expirou, corri para a caverna para registrar no pergaminho seus últimos momentos: "Pouco antes de morrer, pediu-me que, quando fosse enterrado, eu colocasse junto a seu corpo um pouco da terra do chão daquele quarto".

Um pedido que, contudo, não deixei de atender: logo depois de sua morte e antes do sepultamento entrei no quarto e, com uma faca (a faca que, menino ainda, recebera como presente de meu pai: muito cedo tínhamos de aprender a nos defender), raspei o chão junto à cama, juntando dali um pouco de terra seca e dura. Ao fazê-lo, algo me ocorreu. Algo que me fez estremecer.

Onan amava Tamar. Apaixonara-se por ela naquela tarde em que, com meu pai e Er, fôramos à casa de sua família. Naquele momento Onan a descobrira como mulher, a mulher com quem, sem o saber, sempre sonhara. Um amor que teria de manter em segredo, talvez por toda a vida. No devido tempo nosso pai lhe arranjaria uma mulher; com essa mulher ele se casaria e com ela teria filhos. Cada vez que a possuísse, porém, estaria pensando em Tamar. Ou então, e em suas fantasias, possuiria uma Tamar imaginária, em tudo semelhante à Tamar real, mas que seria dele, só dele.

A morte de Er de repente lhe entregara Tamar. Mas, cruel paradoxo, ele não podia ter a mulher de seus sonhos se quisesse preservar aquilo que considerava sua dignidade. E essa dignidade ela a preservaria, lutando contra tudo e contra todos, lutando principalmente contra Tamar, possuindo-a e recusando-a a um tempo, bebendo até o fim o cálice de sua amargura. "Eu te amo, Tamar, tu és a mulher de minha vida"? Jamais. Isso não podia dizer de jeito algum. Cortaria, antes, sua língua para não pronunciar tais palavras, para não dizer aquilo que, no fundo, muito no fundo de seu ser, sabia que era verdade. Tinha de mentir. Mentir para ela e, muito mais difícil, mentir para si próprio: eu não amo essa mulher, eu penso que amo essa mulher mas na verdade não a amo, eu a odeio, tenho de odiá-la porque se admitir que a amo estarei perdido, perdido para sempre, não posso me deixar subjugar por esse sentimento, tenho de manter minha lucidez.

Fria lucidez, cruel lucidez, implacável lucidez, graças à qual ele conseguia, no momento decisivo, desprender-se daquele corpo, a cratera em que borbulhava viva e ardente a lava da paixão, para então ejacular na terra, naquela terra que, molhada por minhas lágrimas, eu agora estava raspando. Tamar grávida? Nunca, jamais o admitiria. Mas isso também significava que ele, renunciando à paternidade, estava matando, antes que nascesse, o filho que, virtual, esperava pelo pai Onan — e cujo espectro tentava espantar: sai da minha vida, visão medonha, tu não és meu filho, tu és filho do morto, filho de Er, é o que diz a tradição, e a tradição é mais forte do que tu e eu juntos. Não gerou, assim, a criança que poderia uni-los, a criança que lhes daria, quem sabe, forças para deixar a aldeia e ir embora, recomeçando a vida num outro lugar, com outros nomes.

Mas Onan, como Judá, era um patriarca; um patriarca em embrião, mas patriarca. Como o patriarca Judá, queria ter sua mulher e seus filhos — a mulher por ele escolhida, os filhos por ele desejados, filhos que teriam nele o único pai. A mulher que queria era de outro, de seu irmão Er; a mulher com quem se deitava não era, portanto, a Tamar com quem sonhara, era outra, uma criatura artificial, um autômato confeccionado para enganá-lo. O mesmo rosto, os mesmos olhos, a mesma boca, o mesmo corpo — mas era outra Tamar, uma Tamar que não lhe pertencia, uma Tamar que queria odiar, apesar de seu amor, ou justamente por causa de seu amor. Mentia, Onan, ao me dizer que odiava Tamar? Mentia ao dizer que via nela uma depravada, uma mulher que só queria se aproveitar de nós, uma mulher cuja vagina era uma ratoeira? Mentia ao dizer que sentia prazer em derramar seu sêmen sobre a terra?

Não, a rigor não mentia. Melhor dizendo: mentia, mas precisava acreditar que dizia a verdade, precisava enganar a si próprio para poder enganar a Tamar e a mim, seu irmão. A pergunta que eu me fazia agora, raspando a terra com a faca, era se antes de morrer Onan se dera conta da medonha farsa que, com enorme esforço, encenara. Não teria ele, num derradeiro instante, trocado com a mulher o olhar que enfim revelara a verdade, o olhar que enfim os unira, sem enganos, sem ódio, permitindo-lhe impregná-la com a sutil e poderosa essência de sua paixão?

Dúvida, mais uma das muitas dúvidas que agora marcavam a minha vida. Uma dúvida que teria de guardar para mim próprio. A quem poderia perguntar a respeito? A Tamar? Mas quem me garantia que ela conhecia a verdade? Quem me garantia que também ela não mentia a si própria, arrebatada pelo turbilhão de equívocos e falsidades em que se transformara sua vida?

O enterro foi simples, como costumavam ser nossos enterros. O corpo, envolto num sudário, foi colocado numa cova rasa aberta no deserto, a pouca distância dali. Algumas pedras por cima — para que os chacais não desenterrassem o cadáver e o devorassem — e pronto. Onan já não estava entre os vivos.

Quando voltamos, meu pai teve uma crise, a crise longamente contida. Galopava pela casa, batendo a cabeça nas paredes e uivando como um animal ferido. O castigo do Senhor atingia-o também: Onan falhara como marido, mas ele falhara como pai. Num determinado momento agarrou-me e ficou a mirar-me, olhos esgazeados, perguntando, onde é que errei, Shelá, onde é que errei.

Não respondi. Não tinha como responder. Na minha mente acumulavam-se agora as questões sem resposta, angustiantes questões. Mais do que isso, o futuro me parecia incerto. Na infância eu fora um menino feliz, tão feliz quanto alguém poderia ter sido naquela dura existência. Tivera uma família, dois irmãos mais velhos em quem podia confiar, que me protegiam contra todo mal. Agora ambos estavam mortos, e o que me restava fazer, senão apascentar os rebanhos deles — e escrever? Eu escrevia muito, escrevia cada vez mais. No fundo tinha a secreta esperança de, escrevendo, entender o mundo. Achava que, transformando os eventos em palavras, teria resposta para minhas interrogações. Engano. A confusão, a amargura, não me abandonavam. E mais estava por vir.

Tamar voltou para a casa do pai. Quase não tinha contato com nossa família. Era a vontade dela e acho que era também a vontade de meus pais. Minha mãe, em particular, a odiava. Nunca falava a respeito, mas à simples menção do nome da ex-nora seu rosto se toldava. Meu pai também mudara em relação a Tamar, mudara muito. Já não parecia aquele sogro do início que a tratava com amabilidade, com carinho até excessivo — um carinho suspeito, na opinião de minhas primas, que viam malícia em tudo e que gostavam de se meter em nossa vida. Agora, não. Não falava da ex-nora, não perguntava por ela. Não sei se continuava achando Er e Onan transgressores e se via a morte deles como castigo, mas obviamente Tamar era, para ele, assunto encerrado.

Tamar não pensava assim, como viríamos a descobrir. Assunto encerrado? De maneira nenhuma. Tinha conosco uma questão pendente, e queria resolvê-la; tinha contas a ajustar, e queria ajustá-las. E nada a deteria, nada.

Um dia a irmã dela veio me procurar com um recado: Tamar precisava falar comigo, mas a sós. Queria que, ao anoitecer, eu a procurasse em certa caverna da montanha.

Hesitei. Alguma coisa me dizia que não deveria ir. Não, pelo menos, sem falar com meu pai, sem pedir sua autorização.

Mas eu queria ir. De alguma forma aquele chamado representava uma afirmação de minha individualidade, de minha masculinidade, até. Era a mim que Tamar estava chamando, não a meu pai. Assim, não disse nada a ninguém; ao cair do sol subi a montanha e lá estava ela, junto à entrada da caverna. Vestia uma leve túnica — era verão — e parecia mais linda do que nunca. Entramos na caverna, iluminada por um fraca lamparina que projetava sombras estranhas nas anfractuosidades. Perto dessa lamparina nos sentamos. Durante alguns minutos ela me olhou fixamente, sem nada dizer. Quando falou, foi direta:

— Eu te quero para marido.

Puxou-me para si e beijou-me na boca. Um beijo apaixonado, violento, um beijo no qual se misturavam desejo, frustração, raiva.

Adolescente, eu nunca havia tocado numa mulher — e muito menos beijado uma mulher. E de repente vinha aquela mulher linda, linda, linda, aquela mulher que eu tanto desejava, e me beijava — beijava-me com fúria, com uma paixão que me fez estremecer. De desejo, mas sobretudo de terror. Num salto, levantei-me e fugi. Simplesmente fugi.

Durante horas, corri a esmo pelo deserto. Correr parecia-me a única forma de escapar da confusão de sentimentos que de mim se apossara. Eu queria esfriar a cabeça, queria pensar no que tinha acontecido. Quando, ofegante, por fim me detive e sentei-me numa pedra, não conseguia raciocinar. Voltei para casa e, sem falar com ninguém, deitei-me. Mas não dormi, não conseguiria dormir. Um cataclisma tinha ocorrido em minha vida. Nada mais seria igual, nada. Eu agora era outro — e esse outro que eu era, eu não entendia.

Tamar me queria para marido. Demanda razoável, aparentemente: depois de Er, depois de Onan, era a minha vez. Ela estava exigindo seus direitos. Reivindicação de caráter legal, uma espécie de indenização? Talvez, mas não só isso. Eu o sentira na boca faminta, na boca que Er se recusara a beijar, que Onan beijara fingindo paixão, ou fingindo para si próprio que fingia paixão. Tamar continuava querendo homem. Seria eu, o homem que ela queria? Eu não tinha resposta para essa pergunta. Para começar, ainda não era homem-feito, recém saíra da adolescência. Mas Tamar obviamente não queria esperar; o tempo passava, sua cama continuava vazia, sem homem, seu desejo certamente crescia. E eu também não queria esperar. Eu a amava. Simples assim: eu a amava. Eu não queria ser apenas o substituto de meus irmãos. Eu queria ser o homem dela. Se dependesse de mim -

Mas não dependia de mim. Esse era o problema: não dependia só de mim. Havia uma vontade acima da minha — e da dela. A vontade do patriarca. A vontade de meu pai, Judá. Judá, raposa. Judá, leão. Com ele teria de falar. Mas não tinha coragem para tanto. Simplesmente não tinha coragem para tanto.

Três dias depois, ele mandou me chamar. Deixei as ovelhas que apascentava e fui correndo: pressentia que tinha chegado o momento decisivo em minha vida.

Entrei em casa. Ali estava ele, sentado, sozinho: certamente mandara todos saírem. A conversa seria privada. Mirou-me de cima a baixo e, como era seu costume, foi direto ao assunto:

— Tamar veio falar comigo. Ela te quer como marido.

Fez uma pausa, como que a sondar minha reação, e continuou:

— Eu disse que não. Agora, não. Ela pode ter direitos, mas,

de acordo com nossa lei, tu ainda não te tornaste homem. Quando isso acontecer, voltaremos a conversar.

Se uma montanha, uma enorme montanha de pedra, tombasse sobre mim, eu não me sentiria tão arrasado quanto me senti com aquela declaração, feita em tom absolutamente definitivo. O incipiente macho que eu tinha dentro de mim fora instantaneamente aniquilado; diante do patriarca eu voltava a ser o menino que chorava baixinho de noite com medo do escuro e que urinava na cama. Menino, sim. Bebê. Feto.

Não, eu não podia aceitar aquilo, não podia me render sem luta. Agora era um homem, mesmo que não formalmente. O beijo de Tamar me transformara em homem, e eu queria mostrar a meu pai que um homem não se dobra, que um homem tem sua vontade, sua dignidade — sua virilidade.

— Mas, pai — comecei, e de imediato as forças me abandonaram. Porque ele me olhou, e no momento em que o fez, descobriu a verdade. "Mas, pai -": não precisava mais do que isso, aquele homem astuto, implacável, para dar-se conta do que acontecera. Sabia que eu estivera com Tamar. Sabia que ela me beijara. Sabia que eu a desejava mais do que a qualquer coisa sobre a Terra.

Contudo, permaneceu impassível. Melhor dizendo: esforçou-se por permanecer impassível. Mas uma ruga formou-se em sua testa, aquela testa ampla que deveria dar testemunho de sua sabedoria. Uma ruga de estranheza, de preocupação, de contrariedade. No fundo daquela ruga, eu me vi, verme minúsculo em enorme fosso, lutando para escapar, mas sabendo que não escaparia, em primeiro lugar porque ele não me deixaria escapar, e depois, e mais importante, porque eu não queria, ou, melhor dizendo, a criança dentro de mim, a criança que ainda brincava com as toscas figurinhas moldadas em barro, os camelinhos, os jumentinhos, as ovelhinhas, os cabritinhos, os demoninhos (bonitinhos, aquele com chifre e rabo, e o outro, com cara de bode), aquela criança não queria escapar do domínio paterno, do afeto paterno. Eu ainda era infantil, e meu pai sabia disso. Vontade teria eu de gritar: sim, pai, sou infantil, sou um menino — mas um menino louco por mulher, pai! Um menino que tem de escrever sobre suas fantasias porque ainda não pode fazer sexo, pai! Eu quero ser homem, pai, deixa-me ser homem, dá-me a Tamar!

Mas não gritei. Fiquei quieto. Quem falou foi ele, e no tom de sua voz misturavam-se a mágoa, a resignação, o pesar, mas também o sofrimento e o ódio, e talvez até a astúcia, parte intrínseca de seu modo de ser: ele não conseguia deixar de ser astucioso, como a raposa não consegue deixar de ser astuciosa.

— É por ti que estou fazendo isso, meu filho. É para te salvar. Porque teus irmãos -

E aí não agüentou mais: era demais para ele, para o homem que perdera, em rápida sucessão, os dois filhos mais velhos. Caiu num pranto convulso. Abracei-o, chorando também, e ali ficamos, muito tempo, soluçando. Por fim, conteve-se; tinha de se conter, era o patriarca. E numa voz neutra, que, no entanto, mal disfarçava a ira, disse:

— Essa mulher, essa Tamar, ela traz a morte. Ela é a morte.

De novo me olhou, e agora era medo que eu via em sua expressão — medo por mim, por seu filho, pelo pequeno Shelá:

— Eu preciso te salvar, meu filho. Preciso te salvar dessa maldição. Perdi dois filhos, não agüentaria perder o terceiro. Eu -

Interrompeu-se, de novo lutando com a emoção, enquanto eu o olhava, sem saber o que dizer, sem saber o que fazer. Longos minutos se passaram. Por fim voltou-se para mim, agora perfeitamente controlado:

— Está bem. Quando chegar o momento, e se chegar o momento, eu te avisarei. Agora vai.

Fui. O que podia fazer? Fui. Saí dali triste, confuso. Mas não vencido; vencido não. Aquilo não era uma derrota definitiva. Eu trataria de me recuperar (e o pergaminho me ajudaria nisso) e, no devido momento, voltaria à carga. Era o que eu aprendera com o próprio Judá, raposa e leão. Recuar para depois atacar.

Poucos dias depois, a família de Tamar mudou-se. Nada de novo nisso: durante muito tempo fôramos uma tribo de nômades, mudança para nós era coisa corriqueira, ainda que naquele caso houvesse razões especiais para tal. As relações de meu pai com o pai de Tamar eram agora tensas. Na verdade, ela continuava sob o poder do ex-sogro; mas isso não impediu o sacerdote de decidir levar a família a outra aldeia.

Antes de ir, Tamar despediu-se de mim. Havia gente por perto, de modo que teria de ser uma coisa formal, como de fato foi: não me esquece, ela disse, num tom mais neutro que afetuoso, e beijou-me, suavemente, na testa. Não havia paixão naquele beijo. Havia formalidade, mas também uma certa malícia. Quanto de malícia, quanto de formalidade? Um terço de malícia, dois terços de formalidade? Três quartos de malícia, um quarto de formalidade? Deus, tu que és onisciente, tu que fazes esses cálculos como ninguém — quanto de malícia e quanto de formalidade entravam na composição daquele rápido beijo? Ah, não sabes. E se tu, que tens todas as respostas, não sabes, como haveria eu de saber? Como poderia eu escapar daquela confusão de sentimentos, daquele labirinto no qual eu corria como um rato desorientado?

Nos primeiros tempos, eu chorava muito. Escondido em minha caverna, chorava, chorava; depois enxugava as lágrimas e ia escrever. Continuava registrando no pergaminho a história dos meus irmãos, a história de Tamar.

Eu não conseguia esquecê-la. Bem que tentei. No fundo, tinha certeza de que meu pai protelaria aquele casamento por anos e anos, até que Tamar cansasse da espera e, renunciando às pretensões em relação à nossa família, arranjasse um marido qualquer, o que o livraria do compromisso. Se e quando isso acontecesse, eu estaria — na visão do meu pai — salvo, livre das garras da predadora. Casaria com a filha de algum outro patriarca — união, como de costume, arranjada entre famílias —, teria filhos, tornar-me-ia também patriarca... Seguiria seus passos, enfim. Para ele, tratava-se de um objetivo maior, talvez o mais importante em sua vida. Meu pai estava ficando velho. Leão, sim, mas envelhecido. Raposa, sim, mas envelhecida. Em sua velhice apegava-se a mim: afinal, eu agora era o seu único filho. O que aumentava minha responsabilidade e me deixava ainda mais atormentado.

Sobre Tamar já não falávamos. Meu pai nem sequer mencionava o nome dela. Quando sentávamos juntos, e muitas vezes sentávamos juntos, conversávamos sobre tudo, sobre cabras e ovelhas, sobre o deserto e as tempestades; falávamos do sonho de Jacó, falávamos de José e de seu triunfo, falávamos até de Er e de Onan (sempre coisas boas); mas Tamar era tema tabu. Para evitá-lo, tínhamos de falar compulsivamente, ininterruptamente. E então, e por simples exaustão, nos calávamos; calados, éramos, ambos, possuídos de similar aflição; porque ela estava na mente de nós dois. Visão partilhada, que procurávamos, ambos, negar.

Não, eu não conseguia esquecer Tamar. Refugiado em minha caverna evocava o seu rosto, o seu corpo; podia sentir de novo seus lábios nos meus; e podia, em imaginação, abraçá-la, possuí-la. De imediato, o pênis endurecia. Levantava-se, aquele pênis, abria caminho entre as dobras da túnica e surgia, triunfante, à luz da lamparina para bradar: estou aqui, não morri como teus irmãos, estou vivo e anseio por mulher; não me sacaneies, não me venhas com fantasias, com explicações. Se o teu pai, aquele velho ranzinza, não quer a Tamar na família, é problema dele, eu a quero, sim, quero aquela vagina úmida e quente, aquela vagina que pede pênis, que espera ser penetrada. É o que eu quero, e é só o que eu quero, se não me consegues a Tamar, trata de providenciar alguma solução, porque não agüento mais.

Providenciei. E providenciei ponderando para mim mesmo que aquele pênis não me deixaria em paz, que nenhum argumento o convenceria a recolher-se à sua insignificância. No fundo, porém, eu queria era explorar a escura caverna do desejo, descobrir o sexo. Providenciei uma solução de notável criatividade. Fiz uma Tamar. Uma Tamar de barro.

Teoricamente era fácil: depois de tantos camelinhos, jumentinhos, ovelhinhas, cabritinhos, demoninhos, tinha adquirido prática. Aliás, não se tratava só de prática, tratava-se de Arte, com A maiúsculo. Eu matéria de modelagem eu era um artista. Verdade que o barro ajudava — agora entendia por que Deus recorrera àquela matéria-prima para criar o primeiro homem. Como escultor, eu, modéstia à parte, não ficava muito atrás de Deus. Mas, e este era o problema, estava me arriscando em terreno desconhecido. Em primeiro lugar, por causa das dimensões da obra que se esboçava em minha imaginação — não se tratava de nenhuma miniatura, de nenhum camelinho ou cabritinho; tratava-se de uma escultura de mulher em tamanho natural, o que para mim era um desafio. Em segundo lugar eu estava fazendo uma coisa proibida. Se meu pai soubesse que, escondido numa caverna, eu moldava uma figura humana, e mais, se soubesse que a figura era de uma mulher, da mulher que ele odiava, certamente teríamos um conflito, um sério conflito. Só que eu não dava a menor importância para essa possibilidade. Guiado pelo imperioso desejo, trabalhei rápido, inspirado mesmo, caprichando nos mínimos detalhes. Quando terminei, ali estava ela, a minha Tamar (e aquela Tamar era minha, de mais ninguém) a me olhar do chão. Parecia viva, ela. Fala!, eu poderia dizer-lhe, entusiasmado, mas não faria isso: não precisava que falasse, não queria que falasse, que sussurrasse ao meu ouvido coisas como, vem, possuime, sou tua. Nossa comunicação, ainda que intensa, deveria ser silenciosa, não verbal. O corpo que tinha diante de mim falava por si, convidava-me de forma excitante; porque era um corpo tentador aquele, a boca entreaberta, os lábios brilhantes (efeito da umidade, mas que bendito efeito da umidade!), os seios — aos quais eu dedicara especial atenção, talvez como resultado de alguma fixação infantil, o que a mim não importava — empinadinhos, e, sobretudo, a vagina, larga e profunda o bastante para acomodar meu pênis, que não era dos menores, mas, ao mesmo tempo, um pouco estreita — não tão estreita que dificultasse a penetração, mas suficientemente estreita para opor ao pênis certa resistência. Resistência que daria a ele, pênis, a sensação de conquista mediante luta. Porque aquele pênis não queria vitórias fáceis; preferia a resistência da virgindade. Cheguei ao requinte de colocar ali um equivalente do hímen, feito com uma bexiga de cabra, para que o pênis pudesse ter a glória de desvirginar Tamar, se não a verdadeira, então a de barro.

Havia, contudo, um pequeno problema: era fria, aquela Tamar. Não frígida — em minha imaginação ela ansiava por abraçar-me, por ser possuída —, mas fria, pela simples razão de que era frio o barro da caverna; aliás, a própria caverna era gelada, no inverno. Quente, a Tamar artificial não ficaria: faltava-lhe, para tanto, o sangue correndo nas veias, aliás faltavam-lhe as veias, também, e as artérias, e o baço, e o cólon... Falhas que mostravam a inevitável limitação de meu trabalho; não, eu não era o Divino Escultor, eu era humano, demasiado humano; podia modelar o barro, modelá-lo de forma soberba, mas não podia fazer dele matéria viva. Podia prover formas, mas não funções. Descobri, contudo, um modo de aquecer a vagina da *fake* Tamar. Enchia uma bexiga de carneiro com água quente e deixava-a ali dentro por algum tempo. O calor da água passava para o barro e pronto, a grutinha do prazer tinha condições de me acolher com um calor que, se não era o calor humano, ao menos tinha temperatura equivalente.

Em suma: trabalho nota dez. Pensei eu, em algum momento, em usar minha habilidade de outra forma, de uma forma, digamos, mais empresarial? Pensei eu na produção de bonecas em série, para fins eróticos? Talvez tenha pensado, e por boas razões: certamente haveria no mundo uma demanda reprimida por bonecas destinadas ao sexo solitário (a rigor, não tão solitário assim). Seria um empreendimento bem-sucedido, a confecção em série de bonecas de barro, sobretudo se associado a iniciativas paralelas; por exemplo, excursões eróticas às cavernas do desejo — venha e encontre nesse ambiente romântico e misterioso a boneca de seus sonhos, deitada no chão, à sua espera. Almoço incluído, satisfação garantida.

Mas não, não pensei. Ou talvez tenha pensado; talvez o meu lado empreendedor, herança do Judá raposa, tenha pensado. Seja como for, não era o triunfo industrial ou comercial que eu almejava, era o triunfo erótico. E este eu obteria, a qualquer preço.

Estava tudo preparado para aquilo que eu chamava de noite de núpcias. Expressão não muito exata: não seriam núpcias, e não aconteceriam à noite. À noite eu tinha de ficar em casa — por causa de meu pai, que agora se mostrava inquieto quando eu me afastava. Quando, de manhã, eu saía para apascentar o rebanho, pedia-me, num tom de súplica, que voltasse antes do pôr do sol. A morte de Er e Onan tornara-o inseguro, e sua insegurança se acentuava com o passar do tempo.

De modo que a união com a fictícia Tamar teria de se realizar à tarde. Mas qualquer hora seria uma boa hora: eu passava o tempo todo excitado, manhã, tarde e noite, às vezes chegava a olhar com certa volúpia para as cabras, ainda que ter relações com elas não me passasse pela cabeça: era abominação, e uma abominação difícil de manter em segredo. Cabras são animais sensíveis;

se começassem a me seguir, balindo, a aldeia inteira desconfiaria. Escândalo insuportável.

Devo dizer que no dia da imaginária boda eu estava possuído de uma incontida emoção, tão incontida que chamou a atenção de meu pai: estás estranho, hoje, disse, desconfiado. Desconversei e saí para apascentar o rebanho. Antes do crepúsculo subi a montanha, entrei na nossa caverna, acendi a lamparina — e lá estava Tamar, no chão, imóvel, esperando-me com as pernas de barro escuro abertas. Sim, gritei, sim, eu te quero! Num ímpeto, joguei-me sobre ela, introduzi o cacete no competente orifício...

Aquilo foi fantástico. Melhor do que eu esperara, muito melhor. Eu gemia de prazer, eu berrava de prazer — até que, por fim, veio o cataclismo: uma verdadeira torrente de esperma jorrando. Que prazer, meu Deus, que prazer, que êxtase! E não me senti culpado, nem um pouco culpado. Sim, como Onan eu derramara minha semente sobre a terra, mas não era qualquer terra, era a terra feita Tamar. Minha Tamar, minha adorada Tamar.

Só que, constatei ao me levantar, não era mais Tamar que estava ali. Resultado dos meus espasmódicos, brutais movimentos, a pobre tinha sido completamente destruída,voltara a ser uma massa informe de barro. Como muitos outros, na história da humanidade, eu destruíra o objeto de minha paixão. Verdade que a matéria-prima não ajudava muito. Se fosse um material elástico, inflado de ar, as voluptuosas formas teriam se preservado. Mas eu só dispunha de barro, e o jeito seria a partir dele modelar outra Tamar, o que, para um jovem apaixonado, configurava-se tarefa urgente. A tal tarefa me entreguei de imediato, mobilizando meu talento artístico e minha paixão.

Mal tinha começado, porém, quando senti uma ferroada na perna. Baixei a lamparina e constatei, supreso: o lugar estava cheio de formigas, enormes formigas pretas que circulavam com desenvoltura entre os fragmentos da minha amada. Estranho, porque eu nunca vira tantas formigas na caverna. O que as teria atraído?A beleza de Tamar, a sensualidade da figura que eu criara?

Não. Era outra coisa. Examinando-as mais de perto, vi que transportavam uma espécie de grânulos esbranquiçados — o meu esperma, semicoagulado. Num primeiro momento, fiquei orgulhoso: pelo menos as formigas apreciavam meu sêmen, pelo menos elas o desejavam. Mas no momento seguinte tive de me perguntar, intrigado e apreensivo: o que fariam com aquilo? Obviamente estavam a caminho do formigueiro, mas o que aconteceria no formigueiro? Usariam meu esperma como alimento, aproveitando suas propriedades nutritivas? Ou queriam-no como esperma propriamente dito, para com ele, talvez, fecundar a rainha? Muito honroso, fecundar uma rainha (ainda que formiga), mas que ser nasceria desse bizarro cruzamento? Eu podia imaginar um gigantesco e monstruoso híbrido, com corpo de formiga, patas de formiga, antenas de formiga — e cara humana, a minha cara, perplexa cara. E se esse humano formigão falasse, se me chamasse de papai, que remédio teria eu então senão assumir minha paternidade, carregá-lo no colo, alimentá-lo, brincar com ele? E se não fosse apenas um, o filho formiga, se fossem vários, milhares, milhões, a gigantesca descendência que era o sonho de Judá? De repente eu me veria na condição não apenas de pai, mas de patriarca, de chefe de imensa e espantosa tribo. Poderia disso tirar partido, baseado no fato de que, ao contrário das cigarras que só sabem cantar (e só cantam no verão), formigas trabalham diligentemente, dia e noite, inverno e verão, sem descanso: dócil e aplicada mão-de-obra, capaz de edificar castelos, fortalezas, templos, pirâmides; capaz de fabricar roupas, armas, utensílios vários. Produção maciça, ilimitada, a custo praticamente zero, produção para inundar mercados globais. E os mercados teriam de aceitá-la; eu contaria para isso com a ameaça representada por um exército disciplinado, feroz, imbatível, formado de formigas humanóides. Ou seja, a combinação ideal: dócil operariado, exército determinado. Operariado e exército que poderiam se multiplicar ao infinito, mediante metodologia similar àquela usada pela divindade na criação do primeiro homem. Com uma pequena modificação de técnica: em vez de sopro divino no barro, ejaculação nesse mesmo barro. As formigas da caverna fariam o resto.

Mas não era esse o objetivo que eu perseguia. Na verdade, o episódio me perturbara. Minha transgressão tinha testemunhas, mesmo que essas testemunhas não passassem de silenciosos insetos. A meus olhos tratava-se de acusadoras implacáveis, talvez a serviço da justiça divina — não teriam sido, as ferroadas, o prelúdio do castigo que me aguardava, hoje ferroadas, amanhã o tridente, não de um demoninho (aquele com chifre e rabo ou o outro, com cara de bode), mas do verdadeiro Diabo, o Diabo com D maiúsculo, a me espetar nas profundezas do inferno? Ameaça sombria e, ao que tudo indicava, permanente: as formigas não desapareceriam; habitavam o barro que havia sido a matéria-prima de meus sonhos, e não pareciam dispostas a mudar-se apenas porque o invasor da caverna resolvera dar ali vazão a seus instintos.

Não, com aquele barro eu não podia contar mais, quando mais não fosse por causa da possibilidade de ferroadas no membro viril. Mas talvez houvesse, nisso, uma oculta e sábia mensagem do destino sugerindo que minha aproximação à adorada Tamar fosse feita de outra maneira, menos terrena, mais espiritual. Nada de barro ou de qualquer outro material. Eu teria de possuí-la pela imaginação; teria de vê-la, em pensamento, esperando-me nua, boca entreaberta, lábios úmidos, vem, Shelá, vem, meu macho adorado, fode-me, sou toda tua.

Devaneio arrebatador. Mas, e o pênis? Meu problema não eram as fantasias, que essas eu podia produzir ininterruptamente, com a mesma facilidade com que produzia figurinhas de barro. Meu problema era o pênis, aquele reivindicador pênis que certamente não se satisfaria com uma Tamar imaginária. Exigiria mais, exigiria contato físico, estímulo material. Não me venhas com sonhos e devaneios, diria esse pênis, quero experiências sensoriais, quero um gozo real. Havia lógica nisso: ao fim e ao cabo a matéria vem antes do espírito. O problema estava posto: o que substituiria a vagina de barro?

A mão, era a óbvia resposta. Poucas coisas, afinal, nos fazem mais humanos do que a mão. E a mão que eu agora examinava atentamente, avaliando-a do ponto de vista técnico, tinha tudo para desempenhar uma missão erótica: habilidade, sensibilidade — e podia até adquirir um formato especial, em concha, similar ao da vagina.

Contudo, eu hesitava em apelar para o sexo manual. Em primeiro lugar, e por incrível que pareça, nunca tinha ouvido falar de alguém que praticasse esse tipo de coisa. Depois, havia a nossa severa, impositiva tradição: mão é para trabalhar, era o que eu ouvia desde a infância, mão é para empunhar o cajado do pastor e o cabo do martelo, para segurar a rabiça do arado. Trabalho, para nós, era mais que uma necessidade, era um dever ético. Claro que a mão não era só isso, uma ferramenta, um instrumento laboral; era também veículo de afeto. A mão podia ser usada para dar tapinhas nas costas de um amigo, para acariciar o rosto de uma criança. Agora... mão na genitália? Mão fazendo coisas vergonhosas? Não seria eu punido por isso, como punido fora Adão ao provar do fruto proibido, como fora Caim ao cometer seu crime? Deus poderia marcar-me com um estigma: por exemplo, fazendo brotar cabelos na palma da minha mão. Cabelos longos, escuros e crespos dariam a todos testemunho de minha perversão ("Lá vai o Shelá, o desavergonhado manipulador, o cara da mão peluda"). E de nada adiantaria cortá-los ou raspá-los; estimulados pela divindade, à qual nenhuma calvície, temporária ou permanente, pode resistir, voltariam ainda mais abundantes, sem necessidade de implante ou tônico capilar.

E daí, eu me perguntava, já irritado com minha própria indecisão, qual o problema? Imposições morais e fantasias, por mais ameaçadoras que sejam, envolvem contudo um elemento de tentação, de desafio, que pode se tornar apelo sedutor e irresistível, sobretudo se a recompensa pela ousadia é o orgasmo. Eu estava prestes a iniciar um jogo, perigoso jogo, mas jogo, de qualquer modo, que só tornava mais titilante o desejo. Mesmo porque desafio não era coisa nova para mim. No alto da montanha onde estava minha caverna havia uma fenda sobre um profundo abismo. Saltar por sobre aquela fenda era coisa que volta e meia eu fazia, para testar minha própria coragem. Tomava impulso, corria e pulava. Enquanto estava no ar, suspenso entre o céu e a terra, vivia um momento de apavorante mas transcendente incerteza: chegarei do outro lado ou cairei lá embaixo? Eu sabia que, de alguma maneira, aquilo representava um treinamento, uma antecipação dos riscos da vida. Se queria o prazer do sexo, precisava igualmente saltar sobre um abismo — o abismo das proibições, dos interditos e dos meus próprios temores. Mais do que isso, teria de aceitar os revezes, teria de reagir à altura contra os agravos do destino. Deus queria me castigar? Que me castigasse. Que fizesse brotar os malditos cabelos na minha palma. Com cabelo ou sem cabelo a mão funcionaria, disso eu tinha certeza.

Longas horas duravam essas divagações, mas a mim isso não importava. Afinal, boa parte do tempo que eu passava na caverna era mesmo destinada a sonhos, divagações e conjecturas. O ócio, ali, não deixava de ser criativo, resultando na invenção de novos métodos de satisfação sexual. Que, à diferença da prática introduzida por Onan, não causariam sofrimento a ninguém. Ao contrário, eu estava dando ao auto-erotismo uma dimensão prática, coisa que no futuro poderia ser útil aos solitários. Eu previa que muita gente seria grata ao jovem que adivinhara os seus anseios. Previa, eu disse? Disse-o bem: aos poucos, e junto com a imaginação, despertava em mim essa capacidade de sondar o futuro, coisa que provavelmente eu herdara de José. Diferentemente dele, contudo, eu não precisava de sonhos que me servissem de ponto de partida; não, eu antecipava acontecimentos, e pessoas, e as circunstâncias do futuro, simplesmente baseado na minha poderosa imaginação.

Encorajado (e excitado) por essa imaginação, preparei-me para o Grande Salto para a Frente, que aconteceu numa cálida tarde de verão. Entrei na caverna, tirei toda a roupa (por causa do aspecto simbólico: afinal de contas eu me preparava para um ato sexual), respirei fundo. E aí, pequeno dilema: qual das duas mãos? Ambas, naturalmente, eram candidatas à missão, ambas fremiam, impacientes. Mas resolvi ser justo. Num mundo de destros, a mão direita é, em geral, prestigiada; a esquerda, humilde, e não raro desajeitada, sempre teve poucas oportunidades. Resolvi conceder-lhe aquela chance. É possível que, movido por certa culpa ou por uma não admitida astúcia (herdada de meu pai, certamente), eu tenha pensado algo como, se Deus resolver me punir pela transgressão, que o faça cortando a mão que uso menos. Tratei, contudo, de convencer a mim mesmo de que me moviam, única e exclusivamente, bons sentimentos: generosidade, solidariedade com os marginalizados, com os excluídos, categoria na qual se enquadrava a mão esquerda. Todos têm o direito ao prazer e todos têm o direito de se transformar em instrumento de prazer, foi o que pensei.

Já impaciente com aquele debate interior — afinal eu estava ali para gozar, não para elucubrar —, resolvi partir para a ação e sussurrei baixinho: vai, querida mão, vai, livre como o pássaro que nenhuma gaiola prende, vai em busca do pênis, ele espera por ti, aguarda impaciente esse encontro amoroso, como o amante aguarda, pela primeira vez, a chegada da mulher amada. Contem com minha bênção; unam-se e sejam felizes, se possível para todo o sempre, ou pelo menos por alguns instantes.

Lá foi ela, a boa e obediente canhota. Rapidamente entrou em ação, pondo-se a manipular o pênis, a princípio lentamente, desajeitadamente, logo mais rápido e com mais habilidade, o prazer crescendo, crescendo cada vez mais, eu gemia de prazer, eu gritava de prazer, e era *aaai*, e era *uuui* — e por fim aquilo, o cataclismo do orgasmo, a abundantíssima ejaculação. Funcionava! Sim, eu tinha conseguido! Transpusera todos os obstáculos, era um vencedor!

Exausto, deitei-me no chão da caverna, lágrimas de emoção e de alegria escorrendo pelo meu rosto. Alcançara um grande triunfo, um triunfo de auto-afirmação. Descobrira um segredo do corpo e da mente, algo que me colocava entre os exploradores da natureza humana. Acabara de criar um método, e isso um dia seria reconhecido — como o método de Onan, que, eu tinha certeza, imortalizaria seu nome, mesmo que de maneira equivocada e depreciativa: o pobre Onan não buscava a satisfação (talvez a buscasse, mas como subproduto, não como objetivo principal); estava, ao interromper o coito, vingando-se e vingando o irmão. Quantos saberiam que Onan se via como um instrumento de justiça, ainda que bizarra? Quantos, mesmo entre os cultos, mesmo entre senhores sisudos e voltados para projetos moralizantes, saberiam usar o termo "onanismo" na acepção correta?

Eu ignorava o nome que seria dado a meu método (shelaísmo, por analogia a onanismo?), e nem me atrevia a pensar num, mas esperava que não se transformasse em objeto de ridículo, de desprezo. Pretendia estar ensinando uma grande lição aos pósteros: amai-vos a vós mesmos. E fazia-o baseado no meu êxito pessoal.

Outros ter-se-iam contentado com esse sucesso. Outros tê-lo-iam transformado em uma rotina repetitiva e monótona. Não eu. Nesse ponto eu era como meu pai: queria novos horizontes, não me deitaria sobre os louros conquistados. Rotulei a vitória como modesta, como provisória. Alto nível de exigência? Talvez. Mas eu sabia que podia me superar, que podia ir mais além. Descobrira uma nova forma de fazer sexo; ótimo, coisa muito meritória, mas nada impedia que a aperfeiçoasse. E aperfeiçoá-la significava reconsiderar, com toda a seriedade, com toda a honestidade, o papel da mão, canhota ou destra. Sim, a atividade manual era importante, mas, a humanidade compulsivamente evoluindo, um dia a mão seria relegada a um segundo plano, a mente assumindo por completo o comando da existência humana. Tudo o que as mãos faziam — lavrar a terra, confeccionar roupas, construir casas, escrever em pergaminhos — ficaria a cargo de máquinas. Impunha-se uma mudança de rumo. Na verdade, não uma completa mudança, porque um primeiro passo na nova senda eu já dera ao confeccionar uma mulher artificial. Agora, tratava-se não apenas de prescindir da Tamar de barro, como de seu sucedâneo, a manipulação. Em suma, e sem trocadilhos, abrir mão de processos auxiliares. Todo poder à imaginação era agora a minha divisa. Desde que, claro, essa imaginação incluísse a visão de uma arrebatadora Tamar implorando para que eu a possuísse.

Eu já fizera planos para que a mudança fosse gradual, prudente, cautelosa; não queria enfrentar a dupla revolta do pênis e da mão. O processo se desenrolaria em etapas. Primeira etapa: reduzir a amplitude dos movimentos manipulatórios. A mão teria de se conformar com o fato de que seu espaço no mundo (como o espaço de todas as criaturas) era limitado, de que seu tempo no mundo (como o tempo de todas as criaturas) era limitado.

Essa etapa deu trabalho — implicava domar a mão, conter sua impaciência, seus arroubos —, mas teve um resultado surpreendente. Fiz uma descoberta: à medida que diminuía a área pela qual incursionava ritmicamente a mão, aumentava, proporcionalmente, a sensibilidade da pele do pênis. Aumentava e, espacialmente falando, concentrava-se, resultado talvez de uma misteriosa ânsia peniana, ou de um processo de adaptação da demanda erótica à oferta manipulativa. Fui reduzindo cada vez mais a amplitude dos movimentos da *palmita de la mano*; em algumas semanas a área erógena considerada prioritária estava do tamanho de uma moeda, de uma moedinha de escasso valor, incapaz de resistir a qualquer pressão inflacionária — e continuou diminuindo. Por fim era um ponto, um único ponto, diminuto marco a assinalar a entrada da vasta e escura caverna em cujo fundo dormia seu leve e inquieto sono a fera do desejo; sono do qual ela podia ser despertada quase sem estímulo, graças ao meu fantástico poder de concentração.

Agora eu podia ir além. Na etapa seguinte, dediquei-me a eliminar por completo a necessidade do contato físico. Consegui-o: chegava ao orgasmo sem tocar o pênis. Definitivamente relegada a um segundo (ou terceiro, ou quarto, ou centésimo) plano, a mão teve de se conformar: valor mais alto se alevantava, o valor da imaginação, que, como foi dito, tinha agora todo o poder. Eu pensava em Tamar, pensava na boca de Tamar, nos seios de Tamar, nas coxas de Tamar e pronto, sucedia-se uma rápida ereção e em seguida o esperma esguichava, aliás com uma violência de derrubar muralhas (ao menos as imaginárias muralhas representadas pelo medíocre sexo convencional, o estilo papai-mamãe, que, no caso de meu papai e de minha mamãe representava — pelo menos assim eu achava, ou queria achar — muito pouco sexo).

Na trajetória a que me propusera, essa etapa foi absolutamente crítica, decisiva. Porque surgia uma outra e perturbadora possibilidade, uma possibilidade que em mim provocava sentimentos contraditórios, ansiedade e êxtase; ansiedade e êxtase anunciando, como sabem os místicos e os profetas, a verdadeira transcendência, a superação completa das limitações inerentes à condição humana (e mais inerentes ainda à condição adolescente). Eu estava descobrindo que podia dispensar Tamar, melhor dizendo, a figura tamariana, como estímulo orgásmico. Isso não significava, é bom assinalar, uma renúncia à paixão que meu pai tornava, ou tentava tornar, impossível. Pelo contrário, aí a paixão alcançaria a plenitude. Tamar desapareceria apenas como pessoa física, como individualidade. Em essência (mas tal essência incluindo, claro, aquela boca carnuda, aqueles seios, aquela vagina), eu a teria incorporado. Tão impregnado estaria dela que constituiríamos uma perfeita unidade: seríamos uma única entidade, em termos de corpo e em termos de alma. De alma, sim; a espiritualidade também desempenhava um papel importante no processo. Não era só tesão, era mais que isso. A Tamar virtual seria mais importante que a Tamar real; o orgasmo seria então um componente intrínseco, imanente de minha existência, tal como respirar. Eu estaria em estado de coito contínuo com ela, em estado de orgasmo permanente, dia e noite, verão e inverno: tempo integral, dedicação exclusiva. E esse orgasmo não dependeria de nada, mas de nada mesmo, nada físico, nada mental, nada na mente, nada no coração. Ah, sim, e nada na mão: nada na mão esquerda, nada na mão direita. Olha, mamãe, sem as mãos (pobre mamãe, se soubesse o que o filho fazia na caverna, sua carga de sofrimento chegaria a um nível insuportável). Enfim, eu poderia prescindir até mesmo de minha imaginação. Chegaria ao orgasmo mergulhando no Nada Absoluto.

E aí iria mais longe. Minha imaginação agora estava solta, eu já não a controlava nem queria controlá-la. Voejava pela caverna, essa imaginação, não como um pássaro que qualquer gaiola pode aprisionar, mas como um morcego (eles ali eram vários). Um morcego livre e feliz — se é que morcego pode ser feliz: quem sabe da felicidade dos morcegos? E aí esse morcego que portava em suas asas os meus anseios precipitou-se para fora e subiu,

subiu, e voou, voou na noite estrelada, entre os astros que o Senhor criara no início dos tempos. Seu vôo era o vôo das minhas fantasias, as fantasias mediante as quais eu antecipava o futuro, as surpresas do futuro, as maravilhas do futuro. Um poder maior, inclusive, que o de José, porque eu não precisava apoiar-me num sonho para praticar a sondagem do futuro, era só voar nas asas da imaginação. Eu via coisas estranhas e deslumbrantes. Via aquele lugar que ficava além do oceano e ao qual eu tanto ansiava chegar: um lugar desconhecido, um lugar imenso, de lindas praias, de terras férteis, de florestas, de montanhas verdejantes; via ali uma gente amável, de feições diferentes das nossas, falando uma língua para mim desconhecida; via enormes cidades. Via estradas em que se deslocavam estranhos veículos, aparentemente dispensando qualquer tipo de tração animal. Via grandes construções, que, ao contrário de nossas modestas e precárias casas de pedra, podiam abrigar dezenas, milhares de pessoas. Numa delas, bela construção, elegante construção, situada no alto de uma montanha e rodeada por matas e jardins — havia um salão, e nesse salão muitas pessoas escutavam atentamente um homem que lhes falava. Eu sabia quem era esse homem — um professor famoso —, e ele sabia quem eu era: lera e analisara cuidadosamente o manuscrito que, milênios antes, eu guardara na ânfora; sem dar a mínima para direitos autorais (a verdade é que eu tinha caído em domínio público), obtivera até uma cópia desse manuscrito. Citava-me constantemente, sorrindo ao mencionar um ou outro detalhe mais picante. Baseado no que eu ali escrevera, ele se achava capaz de, retroagindo no tempo, conceber-me como uma figura real: "Shelá, sim, posso vê-lo numa caverna, dedicado ao aperfeiçoamente de certas técnicas de manipulação...".

Podes me ver, senhor? Muito obrigado. Sei que isso resulta de um esforço de tua imaginação, semelhante ao que eu fazia na caverna; pelo que te agradeço comovido, assim como agradeço o texto que, em colaboração com teu amigo escritor, sobre mim escreveste, e que estás apresentando a teus colegas. Se me vês, desde esse futuro distante em que vives, se pensas em mim como autor dessa invenção que é a paixão solitária, sinto-me consolado, sinto-me justificado em minha mísera existência, ainda que deva fazer uma correção: aquilo que, afoitamente e até levianamente, chamas de "certas técnicas de manipulação", representava para mim (e acredito que para muitos) um momento culminante da existência humana, uma transfiguração. Não digo que dessa maneira cumpria-se a promessa feita pela serpente a Adão e Eva, "e sereis como deuses"; digo, e sei do impacto que minha declaração causará, que na verdade eu me sentia êmulo das divindades, ao menos daquelas mencionadas no paraíso pela serpente (de Jeová não vamos falar; melhor deixá-lo fora disso porque o Senhor não admitiria desafios nem comparações). Equivocas-te, portanto. Mas perdôo-te; sei que te moveu simplório entusiasmo, o mesmo simplório entusiasmo que te leva todas as manhãs a calçar tênis tão coloridos quanto a túnica de José (e que certamente te causam quase tantos problemas quanto a dita túnica causou ao jovem José). Falha tua, falha de caráter quem sabe, mas compensada pela generosidade com que me evocas diante de seleta audiência. Tentas compreender-me, falas de mim não com a indignação que em outros meu relato despertaria, mas com afeto, com admiração até. Mergulhas brava e generosamente nesse fundo poço de enigmas que me tornei; sondas as águas turvas do passado e, ao retornar à superfície, sorves um longo hausto de ar e depois falas ao mundo sobre Shelá: um personagem fascinante, um narrador que leva a imaginação ao paroxismo mas que escreve com autenticidade surpreendente, coisa que, como disseste numa entrevista, mobilizou teu próprio imaginário; cito: "Não consigo falar sobre esse misterioso Shelá com a neutralidade e com o distanciamento que em geral caracterizam os estudos históricos. Sinto-me obrigado a inovar, a recorrer ao inusitado, ao inesperado, ao não-convencional". Fim da citação, e obrigado, professor. A homenagem que assim me fazes justifica *a posteriori* a minha existência. Mantém-me vivo, e por isso te agradeço.

Estou exagerando, estou me enganando? Claro que estou exagerando, que estou me enganando. "Mantém-me vivo" é apenas modo de dizer. Daqui a séculos ou milênios a entidade que sou — pobre entidade, modesta entidade, lamentável entidade — terá desaparecido quase por completo. Estarei reduzido a diminutas partículas, partículas que ventos e águas disseminarão pelo mundo. Uma partícula fará parte de uma pedra, outra estará na casca de uma fruta, outra na córnea de um leão, no pêlo de uma raposa, no osso de um ser humano. Dispersão à parte, é isso permanência? Eu gostaria muito de responder que sim; negar a morte faz parte de nossa condição humana. Mas não adianta, não é? Não adianta. Metáforas consolam, mas não resolvem nosso problema: adoecemos, morremos, e as partículas não nos preservam. Partículas não pensam, não almejam, não tentam antecipar o futuro. Partículas não anseiam por se reunir, como ansiaram por reunir-se as pessoas a quem falas, caro professor; partículas não anseiam por reconstituir o ser humano de que um dia foram parte. Partículas não atendem por um nome, partículas não têm sonhos nem desejos, partículas não escrevem em pergaminhos. Não posso, portanto, ter ilusões. Evocar não é ressuscitar. Essa história de "viverá para sempre na memória dos pósteros" é mentira, piedosa, consoladora, mas mentira.

Não devemos, contudo, pensar nessas coisas. Como o esperma que, de um jato, se projeta do membro, devemos, sem vacilar, projetar-nos para o futuro. Há incerteza nisso, sim, há muita incerteza. Mas é uma incerteza benéfica, a do futuro: é ela que nos permite sobreviver às pedradas e flechaços de um ultrajante destino. Podemos esquecer um pouco a ansiedade da existência mediante pequenos exercícios de antecipação. De premonição, eu diria, com certo atrevimento, com muito atrevimento. O atrevimento daqueles que se entregam à imaginação. Que é, também, o desespero dos que se entregam à imaginação. Nós sondamos o futuro em busca daqueles que um dia evocarão o nosso nome. Nós fechamos os olhos, vemos paisagens estranhas, pessoas desconhecidas e procuramos, entre elas, alguém, o nosso escolhido. Por que é o nosso escolhido? Por causa das afinidades eletivas que existem mesmo entre pessoas separadas por milênios. Tu, professor, és o meu eleito. Sei que comigo estás sintonizado, sei que presente estou em tua imaginação; mas muito mais, confesso-te, não sei. Não consigo imaginar como és fisicamente; é muito difícil esse exercício de antecipação, mesmo para quem, como eu, recorre à imaginação como forma de vida ou como forma de suportar a vida. Que altura tens, dileto mestre? Quanto pesas? Qual a cor de teus olhos? Que expressão tem o teu olhar? E o nariz, como é o teu nariz, reto, adunco? E a tua testa? É lisa, serena, ou marcada pelas rugas de uma existência atormentada? De que te alimentas? Sofres de prisão de ventre? Urinas bem? Peidas à noite? E nesse caso tua mulher (se és casado, se tens companheira) protesta? Protesta muito? Anseias por algum caso extraconjugal, quem sabe ocorrendo nesse mesmo evento de que participas, o triunfo sexual coroando o triunfo intelectual?

Nada disso importa, afinal. O que importa é que pensas em mim, que escreves sobre mim. Não num pergaminho, não usando estilete e tinta. Não, vives numa época em que a ação do cérebro sobre as coisas é mediada por sofisticadas máquinas e dispositivos. E, diferentemente do pergaminho que permaneceu numa ânfora por séculos aguardando leitores, o público de imediato teve acesso a teu texto — com enorme interesse, presumo (e, presumo, sem falsa modéstia, que minha pessoa fomentou um pouco, ou muito, esse interesse).

Num ensaio que escreveste a meu respeito, rotulas-me como "um possível inventor da masturbação". Expressão um pouco grosseira, convenhamos, apelando mais para o sensacionalismo que para a exatidão; poderias ter falado em possível inventor do auto-erotismo: seria mais elegante. Mas eu te perdôo. Remedia um pouco esse erro o belo texto que, junto com o teu amigo escritor, sobre mim elaboraste e que estás lendo, com emoção, com ironia, para a platéia que te ouve atenta.

Chega de digressões, porém. Voltando à minha história: no dia seguinte — quase sempre é um anticlímax, o dia seguinte — e por causa das solitárias aventuras na caverna, por causa daquele festival de sexo imaginário, acordei cheio de vergonha e culpa. Culpa é foda; e foda também pode gerar culpa, sobretudo quando é foda imaginária, quando é a manifestação de um vício solitário. Sentia-me culpado, quase tão culpado quanto Caim depois de ter matado Abel. Só faltava o Senhor me aparecer, perguntando, como ao assassino: "Onde está teu irmão?". Caim ainda se saiu com um "Acaso sou o vigia de meu irmão?", mas eu não poderia recorrer ao truque de responder a uma pergunta com outra. Não, eu era o vigia de mim mesmo. Tudo o que acontecera na caverna era de minha responsabilidade. Ali eu me encerrara, ali vertera o meu sêmen. Do ponto de vista do meu pragmático pai, esperma não utilizado para fecundação era desperdício. E o esperma era, e é, matéria viva, elaborada por meu organismo a partir do alimento que eu ingeria, um alimento que o mundo generosamente me proporcionava e que deveria ser a fonte da energia para o trabalho, para as preces. Não era: eu o desperdiçava. Onan pelo menos usara o seu sêmen para protestar. Eu não. Eu simplesmente gastava o meu sêmen de maneira maluca; no máximo as formigas tiravam dele algum proveito. Na contabilidade orgânica e emocional, eu era devedor, e devedor relapso, estava no vermelho, correndo o risco de perder o crédito. Não fazia jus ao alimento que despejava goela abaixo (e eu gostava demais de comer; nesse sentido, não correspondia, ao menos naquele momento, à imagem clássica do jovem masturbador, anorético — e pálido, e magro, e espinhento). Num mundo faminto eu me mostrava um inconsciente, um alienado. Quando do Juízo Final, Deus me condenaria com uma simples frase, a mesma que depois dirigiria, por meio de um profeta, a certo tirânico rei: "Foste pesado na balança e julgado muito leve". Leve, por quê? Falta de virtudes? Não, virtudes não pesam. A minha insustentável leveza resultaria de algo material e muito avaliável: um déficit no balanço orgânico por causa do esperma inutilmente derramado e que, com o tempo, chegaria a milhões de litros. Infiltrado na terra, esse esperma originaria um vasto lençol freático que por sua vez alimentaria um verdadeiro oceano espermático no qual grotescas criaturas nadariam em bando; as mesmas que, eu adivinhava, existiam no sêmen e eram responsáveis, no todo ou em parte, pela geração de bebês; porém com seu tamanho monstruosamente exagerado, resultado inexorável de um crescimento sem limites no vasto oceano espermático. Sulcado também por numerosas naus que, tripuladas por assanhados adeptos do prazer solitário, iriam em busca não de uma terra de florestas verdejantes e grandes montanhas, mas do prazer, do país do prazer, do lugar em que o prazer reina soberano.

Não, eu não poderia continuar vivendo num mundo de fantasias. Para sair dele só havia uma solução: abandonar a Tamar fictícia (a Tamar de barro ou a Tamar imaginada) e ir em busca da Tamar verdadeira. Voltar ao ponto de partida, portanto: ela me queria, eu a queria, tínhamos de viver juntos. Mas, para isso, precisaria, mais uma vez, falar com meu pai.

Providência difícil. Quando estávamos juntos, e freqüentemente estávamos juntos, ficávamos em silêncio, mergulhados em nossos pensamentos que confluíam como as águas dos rios confluem no mar — mar de sofrimento, no caso, não o obsceno oceano antes referido. A sombra dos mortos pesava sobre nós. Papai tornava-se rapidamente um homem alquebrado, permanentemente esmagado pela pungente lembrança dos filhos mortos. Eu também pensava, com muita dor, em Er e em Onan; mas precisava seguir meu próprio caminho, e esse caminho me levaria, disso eu tinha certeza, a Tamar.

Tinha, pois, de superar o impasse com meu pai. Seria direto, categórico: agora é para valer, pai, o tempo passou, já sou um homem, quero a Tamar, temos uma obrigação com ela e além disso eu a amo. Repetindo essa frase para não esquecê-la ("Agora é para valer, pai, o tempo passou, já sou um homem, quero a Tamar, temos uma obrigação com ela e além disso eu a amo"), e também para reforçar meu próprio ânimo, deixei o rebanho que apascentava e voltei para casa. Entrei chamando por ele, mas, para minha supresa, não o encontrei. Acho que está na montanha, disse um dos servos.

Na montanha? O que o teria levado à montanha? A resposta era óbvia: fora lá para isolar-se, para pensar.

Subi a íngreme encosta e, de fato, ali estava papai, sentado — espantosa coincidência — na mesma pedra em que Er costumava descansar, com o queixo igualmente apoiado na mão; o olhar, como o de Er, perdido, tão perdido que não me viu chegar.

Por um instante fiquei a observá-lo, coração apertado. Imóvel, de vez em quando ele deixava escapar um fundo suspiro. Imagem melancólica, que quase me fez desistir de meu propósito: eu, filho, não tinha o direito de aumentar seu sofrimento de pai, um sofrimento que podia até matá-lo, considerando sua avançada idade, sua fragilizada condição. Por outro lado, também não devia renunciar à minha paixão, à paixão que me afirmaria como homem. Aquele era o momento, o momento decisivo, o momento do desafio, do salto sobre o abismo. Aproximei-me, pois, e respeitosamente — com todo o respeito que, como filho, lhe devia — recitei a frase que cuidadosamente memorizara. Vacilei um momento e acrescentei:

— Tamar é a mulher de minha vida, pai. Quero ser para ela o que meus irmãos não foram.

Sua resposta foi imediata. Sem me olhar, disse, seco:

— Não.

Não: pronto. Falara o patriarca. Falara a autoridade, falara o poder. Com uma única palavra, um monossílabo, decidia a minha vida, remetia-me de volta à minha insignificância, à minha fraqueza. Com uma palavra tornava-me, de novo, uma criança desamparada. Com uma palavra encerrava-me novamente na caverna, com minha boneca de barro, minha mão esquerda, minha imaginação desvairada, doentia, até. Quem me tiraria agora da caverna? Quem diria a palavra mágica capaz de me libertar? E que poderia eu lhe dizer, que poderia eu fazer?

Não disse nada, não fiz nada. Em silêncio, lutando com as lágrimas, desci a montanha. No sopé, detive-me, indeciso. Devia voltar para casa, o sol já se punha. Mas não voltei. Não pude, simplesmente não pude. Partilhar o pão com meu pai? Estava acima de minhas forças.

Vaguei pelo deserto o dia todo e toda a noite, um turbilhão de pensamentos girando na cabeça. Ao clarear o dia, tomara uma decisão. Não aceitaria aquela negativa, ainda que em parte a compreendesse. Precisava tornar-me homem e o faria de qualquer maneira. Deixaria a casa paterna e iria em busca de Tamar. Tinha certeza de que ela me receberia; juntos, começaríamos uma nova vida. Sem as bênçãos do patriarca, sem as propriedades dele. Bênçãos, propriedades, isso já não importava, ele que enfiasse no rabo bênçãos e propriedades. Eu viveria com Tamar. Estaríamos juntos e pronto.

Partiria sem levar nada, nem mesmo uma muda de roupa, nem mesmo um pouco de comida. Para apanhar roupa e comida teria de ir até a casa, teria de enfrentar meu pai. A verdade é que tinha medo de fazê-lo. Apesar de tudo, apesar de todas as resoluções, eu o temia. Se ele me dissesse, não, não irás em busca de Tamar, vais ficar aqui, eu obedeceria, não teria forças para contrariá-lo. Partiria, portanto, o mais depressa possível, antes que as vacilações me detivessem. Tomei o rumo do sul, em busca da casa do pai de Tamar, bem longe dali.

Não tinha andado muito quando ouvi alguém chamar-me pelo nome. Continuei caminhando, sem voltar-me. Não queria fazê-lo, não devia fazê-lo. Se me voltasse ficaria paralisado, transformar-me-ia, como a mulher de Lot, numa estátua de sal. Mas o chamado repetiu-se, insistente:

— Espera, Shelá, preciso falar contigo, por favor espera.

Parei, virei-me. Era um jovem pastor, filho de um de nossos vizinhos. O que queres, perguntei, impaciente. Ele me olhou, a angústia estampada na face. Claramente, tinha alguma coisa para me dizer, alguma coisa importante, grave, mas não conseguia fazê-lo. Fala, insisti, o que aconteceu? Finalmente ele conseguiu transmitir a mensagem.

— Sinto muito, Shelá, mas tenho de te dizer: tua mãe acaba de falecer. Teu pai está arrasado, chama por ti sem cessar...

Minha mãe morrera. Subitamente. A mulher triste, silenciosa, morrera como vivera, sem se queixar, sem gemer. O rapaz não me deu detalhes, mas não era necessário. Eu podia adivinhar como ela morrera: acordara no meio da noite, invadida pela súbita e aterradora certeza de que seu filho, o único que lhe restava, deixara a casa e estava no deserto, prestes a iniciar uma jornada para ela maldita, a jornada que, ao fim e ao cabo, levaria seu pequeno Shelá à mulher que ela odiava. Só havia um meio de trazer esse filho de volta: tinha de morrer. E morrera. Morrera para que eu regressasse, para que ficasse ao lado de meu pai.

E ao lado de meu pai fiquei. Tinha de fazê-lo, para que ele

não morresse também. Porque não queria mais viver, o velho patriarca. Não o dizia, mas era evidente. Nos primeiros dias não dormia, não comia. Ficava sentado na cama, absorto em seus pensamentos, ou melhor, em um único pensamento: a morte.

Eu o ajudava como podia. Não era fácil. Eu não estava apenas ressentido, estava tomado pelo ódio. Um ódio profundo, abissal, ódio como eu jamais sentira. De alguma maneira culpava-o pela morte de minha mãe. Se tivesse consentido em minha união com Tamar, eu não teria pensado em abandonar a casa. E se não tivesse pensado em abandonar a casa, minha mãe não teria morrido. Ficaria contrariada, e muito, por causa de minha união com Tamar, mas sobreviveria. Assim, de um golpe, papai me privara das duas mulheres da minha vida. Eu devia castigá-lo, deixar que morresse. Devia até estimulá-lo a isso: morre, velho, morre, não serves para nada, o mundo não sentirá tua falta. Morre, desagrega-te. Talvez as partículas que te compõem sejam mais úteis do que tu foste. Morre, some.

Mas não podia fazer isso. Não podia, porque, como eu próprio lhe afirmara, já era homem. A infância ficara para trás, a inocência, tudo. A criança agora era meu pai. Uma criança senil. Eu voltara para assumir o lugar que ele, dilacerado pela dor, deixara vago.

Filho transformado em pai, tratei de cuidar dele, de fazer com que se recuperasse. Processo que teria de ser, necessariamente, gradual. No início, em silêncio, oferecia-lhe algo para comer. Também em silêncio, recusava. Era uma espécie de jogo, eu insistindo com o alimento, ele afastando-o com a mão trêmula, enfraquecida. Mas sentia fome e lá pelas tantas estava mastigando um pedaço de pão, tomando uma caneca de leite. Para mim, era uma vitória. Vitória amarga, que eu celebrava com não pequena ambivalência. Essa ambivalência eu precisava superar; precisava esquecer minhas frustrações e dedicar-me por inteiro à tarefa de alimentá-lo, de trazê-lo de volta à vida.

Tive sucesso; em pouco tempo começou a ganhar forças. Quando isso aconteceu, tirei-o da cama e obriguei-o a caminhar, o que fazia num passo trôpego, vacilante. Fosse como fosse, andava; amparado por mim, mas andava. Às vezes, e sem dizer palavra, sentava-se numa pedra, na posição em que eu o vira na montanha, quando fora lhe anunciar o propósito de ir em busca de Tamar. Deixa-me aqui, dizia então, numa vozinha rouca, fraca. Por ele ficaria sentado, imóvel, imerso na dor, até morrer.

Isso eu não permitiria. Fazia-o levantar-se, forçava-o a andar e forçava-o a falar. Comentava as coisas ao nosso redor: olha aquela cabra, que interessante, eu dizia. Nada tinha de interessante, a cabra, era exatamente igual às outras, mas tratava-se de um artifício para vinculá-lo de novo ao mundo, para trazê-lo de volta à realidade. Com meu fingido entusiasmo, esperava recuperar um homem que caminhava no vale das sombras da morte. Caminhava, não, arrastava-se, olhando uma sombra da morte, olhando outra sombra, com medo, mas também com mórbido desejo: acolham-me, sombras da morte, amparem-me, conduzam-me, levem-me para onde estão meus filhos e minha mulher. Sombra da morte também quero me tornar, quero renunciar a essa matéria vil que é o meu corpo. Já sou quase sombra, já sou quase morte. Ajudem-me: matem-me.

Claro que me doía vê-lo assim. Afinal, tratava-se de um ser humano, tratava-se de meu pai, o homem que cuidara de mim, que me embalara, que guiara meus primeiros passos, que me ensinara a orar, a cuidar das cabras, que me contava histórias, a de seu irmão José e tantas outras. Eu sentia piedade, sim, mas também, não posso negar, certa raivosa satisfação ao ver aquele homem outrora poderoso, leão e raposa, reduzido a uma deplorável condição. O homem que, secamente, taxativamente, implacavelmente, me dissera "não", o homem que destruíra meu sonho de amor agora estava, por sua vez, destruído. Piedade, raivosa satisfação, quanto de cada? Um terço de piedade, dois terços de raivosa satisfação? Três quintos de piedade, dois quintos de raivosa satisfação? Conta difícil, mesmo porque não se tratava só de piedade, só de raivosa satisfação; havia, em meus sentimentos, outros componentes, cômicos inclusive: não deixava de ser engraçado, por exemplo, dar-lhe comida na boca, só mais um pouquinho, vamos lá, pai, vamos lá, seja um bom menino. Amena brincadeira, divertida encenação.

Que funcionou. Aos poucos, ele foi melhorando. De repente, já falava; numa voz ainda fraca, ainda rouca — mas falava. Monossílabos — mas falava. Estava voltando à vida.

O que acabou se manifestando por intermédio de um episódio perturbador, para não dizer chocante.

Eu dormia junto dele. Desde que mamãe morrera, instalara meu catre em seu quarto. Tinha medo de que, à noite, se levantasse e caísse, tão fraco estava.

Uma madrugada acordei ouvindo-o gemer. Gemer era coisa que fazia constantemente, no sono — por causa dos pesadelos, claro, pesadelos em que decerto via meus irmãos e minha mãe. Mas aqueles gemidos eram diferentes. Não eram gemidos de sofrimento, e sim de prazer. Levantei-me e vi, à luz da lamparina, a saliência no manto que o cobria. Num primeiro momento achei que fosse uma ilusão criada pela bruxuleante luz da chama, luz essa capaz, como a caverna me ensinara, de criar ilusões, de transformar camelinhos em grandes camelos. Mas não, era aquilo mesmo, meu pai estava tendo uma ereção. E aí me deu raiva, uma raiva imensa. Mulher morta, filhos mortos — mas ao renitente macho nada disso importava, o velho safado queria sexo. Invadido pela revolta, pela amargura, tive de me esforçar para não saltar da cama e ir embora de vez.

Mais uma vez me contive, porém. Respirei fundo, tratei de me acalmar. Aos poucos a incredulidade e a raiva deram lugar à aceitação. Afinal de contas, acontecera durante o sono, aquela coisa. Não se tratava da vontade de meu pai, tratava-se de um impulso, obsceno ou não, gerado por seu próprio corpo. E se eu queria que aquele corpo se recuperasse, tinha de aceitar também aquilo, a ereção, evidência, tanto quanto a fome ou a sede, da vitalidade que retornava. No fundo, o que eu estava vendo era um triunfo da vida. Um triunfo para o qual eu colaborara. Safado ou não, meu pai era um ser humano.

Depois disso, e talvez por causa disso, a recuperação de meu pai se acelerou. Agora ele comia sozinho; alimentava-se bem, com apetite. Tornou-se loquaz: conversava longamente comigo, com parentes, com os amigos que o visitavam. Um dia até riu. A propósito de uma historinha qualquer, contada por um parente que nos visitava, ele riu. Uma risadinha curta — mas risadinha, de qualquer maneira, e até satisfeita e até — até! — debochada. Normal: se o homem já havia até tido uma ereção, por que não riria?

Eu não ri. A história era engraçada, mas eu não ri. Daí por diante — estava bem claro para mim — eu não mais riria. A vida já não tinha graça. A graça, para mim, estivera representada na Tamar. Graça, alegria, paixão, tudo. Mas Tamar se fora.

Eu não tinha notícias dela; nem eu, nem ninguém de nossa família. Certamente soubera da morte da ex-sogra e do duro transe pelo qual passava o ex-sogro, mas não viera ver-nos, não mandara nenhuma mensagem de solidariedade. Compreensível, dado seu ressentimento. E também evidência de um fato consumado: Tamar nada mais tinha a ver conosco. Tamar não seria minha. E a vida, daí em diante, tornar-se-ia triste, cinzenta, amarga rotina.

Três anos se passaram assim. Uma tarde, voltando para casa, encontrei meu pai muito contente. Hirá, seu velho amigo de Adulam, viera visitá-lo e convidara-o para ir a Timna, onde, todo ano, realizava-se a festa da tosquia das ovelhas. Patriarcas da região ali se reuniam; faziam negócio, confraternizavam, celebravam alianças políticas, comiam, bebiam.

O convite deixara meu pai animado: seria uma boa oportunidade para encontrar gente conhecida. Encorajei-o: vai, sim, mudar de ares será muito bom para ti.

Ajudei-o a preparar-se, enchi um alforje com alimentos. Foi com orgulho que tirou do armário os objetos de sua dignidade patriarcal, que sempre levava nas viagens: o sinete, que trazia ao pescoço pendurado num cordão, e sobretudo o cajado, com seu símbolo gravado, o leão (a raposa ali não aparecia. Raposas são astuciosas, agem na sombra).

— Com este cajado — disse, solene — trilhei muitos caminhos, meu filho. Espero que ele me traga de volta à vida.

Como oratória aquele pronunciamento não era grande coisa, mas não seria eu quem o diria a um homem que, afinal, precisava ser ajudado. Estou certo de que essa viagem será muito boa para ti, eu disse. Perguntei como pretendia chegar a Timna. Vou pelo caminho de Enaim, respondeu.

Tive um sobressalto. Havia, naquele nome, uma mensagem oculta. Enaim designava um lugar, o lugar de uma fonte; mas também podia ser entendido como significando "olhos", e isso de imediato despertou em mim maus pressentimentos. Que olhos estariam postos sobre ele, naquela viagem, eu me perguntava. Não olhos benévolos, disso estava seguro; olhos malignos, olhos do demônio. Mau-olhado era uma coisa que as tribos da região temiam; era comum as pessoas usarem um amuleto que representava a palma de uma mão com um olho nela desenhado: a mão que deteria o mau-olhado. Mas amuleto algum protegeria meu pai. Eu estava seguro de que o destino lhe preparava uma armadilha, mas disso não lhe falei. Não queria estragar seu prazer, não seria justo. Guardei meus temores para mim mesmo. O que, no futuro, seria causa para mim de dúvidas e de tormentos.

Para não viajar sozinho, meu pai juntou-se a um grupo que se dirigia a Timna. Foi bem recebido por aqueles homens que o miravam com respeito; afinal, tratava-se de um patriarca, de uma figura quase lendária, o filho de Jacó, o irmão de José, figurão do império egípcio. Mas também sentiam por ele muita piedade: sabiam da tragédia que se abatera sobre sua existência. Sabiam de Er, sabiam de Onan, sabiam da morte de mamãe (de mim, ninguém sabia nada. De meus sonhos, de minhas desgraças, ninguém sabia. Nem mesmo meu nome era conhecido). Assim, se dispuseram a ajudá-lo. E, todos juntos, partiram.

Em Enaim, e tal como previsto, a caravana parou para descansar. Era um lugarejo pacato, batido pelos ventos do deserto, que ali levantavam redemoinhos de areia. Convidado por amigos, meu pai acompanhou-os à estalagem para tomar alguma coisa. O vinho local era bom, era forte; depois de alguns copos, meu pai, semi-embriagado, começou a sentir-se um tanto estranho. Pediu desculpas: estava cansado, queria repousar por algumas horas.

Saiu da estalagem, caminhou um pouco, em busca de um lugar à sombra onde pudesse deitar-se, e aí avistou, junto à estrada para Timna, o templo. Uma pequena construção em madeira e pedra dedicada a uma deusa pagã qualquer.

Meu pai era um homem crente em seu Deus, o único verdadeiro. Esse Deus não permitia que dele fizessem imagens, não permitia o culto a deuses ou deusas. Meu pai sempre acreditara nisso, sempre defendera sua crença. No entanto, agora sentia-se tentado a entrar no templo pagão. Por quê? De onde viria aquele inquietante impulso? Talvez fosse apenas curiosidade, perversa curiosidade, mas curiosidade, de qualquer modo. Ou talvez, e movido por súbita rebeldia, por amargo ressentimento, quisesse desafiar, ou ofender, o Deus que matara seus filhos. Talvez estivesse em busca de uma divindade mais compassiva, uma deusa que, exatamente por ser deusa, entendesse melhor a aflição humana.

O que não sabia meu pai (ou sabia, mas fingia ignorar) era que, detendo-se diante do templo, mudava sua vida. Porque, naquele exato momento, sua atenção foi atraída por mulheres vestidas em cores berrantes sentadas à sombra do templo: prostitutas. Nada de estranho nisso. Era próprio dos cultos pagãos oferecer mulheres aos crentes, prática que meu pai via como abominação. Deveria, como patriarca, desviar os olhos daquela cena, enojado. Deveria cuspir no chão e ir embora de cabeça erguida.

Com o juízo perturbado pela bebida, meu pai sentiu-se subitamente excitado pela visão daquelas mulheres. Uma delas atraía-o particularmente, perturbava-o mesmo. Como as outras, usava um véu; dela só se viam os olhos (Enaim!), pesadamente maquiados. Aqueles olhos exerciam sobre meu pai um estranho e poderoso fascínio — o olhar magnético da serpente sobre o pássaro prestes a ser devorado. Ele não podia deixar de mirá-la, também, e de mirá-la com desejo. Num passo vacilante, aproximou-se:

— Eu te quero.

A mulher aparentemente ignorou-o; não respondeu. Meu pai insistiu: eu te quero, e te quero agora. O que me dás?, perguntou ela, numa voz baixa, quase indistinta. Meu pai pensou um pouco. Perguntas assim nunca lhe haviam sido feitas; nunca tivera relações com prostitutas. Mas sabia que aquela era a regra nos templos pagãos. Indagou da mulher o que queria. Ela pediu, não dinheiro — as moedas de uma região raramente valiam em outra —, mas algo que parecia razoável: um cabrito gordo. Cabritos meu pai não levara, só ovelhas; cabritos ele tinha em sua propriedade. Mas, pressionado pelo desejo, disse que sim, que pagaria com um cabrito.

— Vamos logo, estou com pressa.

Sem mirá-lo, ela se levantou, disse-lhe que a seguisse. Conduziu-o a uma tenda ali perto. No lugar, mal iluminado, apenas uma enxerga muito simples. Ela deitou-se. Sob as vestes meu pai podia adivinhar um corpo escultural, um corpo que, no entanto, não veria: a mulher não se despiu, nem sequer tirou o véu. Contentou-se em levantar um pouco a túnica.

— Vem. Vem logo.

Gemendo de desejo, meu pai jogou-se sobre ela. Quando terminaram, ele se levantou. Exultante: recuperara a virilidade, era homem de novo. Mas, ao mesmo tempo, sentia remorsos. Estava vivo, desfrutava dos prazeres do sexo, enquanto a mulher e dois filhos jaziam em covas no deserto, cadáveres cobertos por pilhas de pedras.

Suspirou; de nada adiantaria ficar remoendo essas coisas, muito menos falar com a prostituta sobre elas. Despediu-se, pois, e já ia embora quando a mulher o segurou pelo braço, perguntando pelo cabrito.

Certo, tratava-se do pagamento combinado, e ele tinha de pagar; afinal era um patriarca, um homem de respeito. Não imaginara que a cobrança viesse de imediato, tipo toma-lá-dá-cá: gozou, paga. Embaraçado, explicou que estava de passagem pelo lugar, que não tinha cabrito, mas que podia enviá-lo por um portador dentro de alguns dias. Ela que confiasse nele; era um patriaca conhecido, um homem de palavra, costumava honrar seus compromissos. A mulher não contestou, mas disse que, nesse caso, queria uma garantia de que a dívida seria paga, coisa que deixou meu pai surpreso e irritado. Garantia? Que atrevimento. Uma prostituta, uma mulher de má vida, exigindo de um homem honrado uma garantia! Sentiu ímpetos de bater na mulher. Mas conteve-se: não podia provocar um escândalo. E, afinal de contas, a prostituta devia ter razões para aquela demanda. Provavelmente fora enganada algumas vezes, ou muitas vezes, e aprendera a lição. E que garantia queres, indagou.

— Teu cajado — foi a pronta resposta. — E também teu sinete, teu cordão.

Os símbolos da dignidade patriarcal? De novo, meu pai não

podia acreditar no que ouvia. Uma prostituta exigindo dele objetos dos quais nunca se separara?Aquilo estava passando dos limites, só podia ser brincadeira. Mas a expressão do olhar da mulher mostrava que ela estava falando sério, muito sério. Disse que também tinha sua dignidade, e que em nome dessa dignidade é que pedia garantias.

— Caso contrário -

Não completou a frase. Não era preciso. A ameaça de escândalo estava bem clara. Podia imaginar a mulher aos gritos, diante do templo: esse patriarca de merda abusou de mim, me enganou, não quis me pagar. Era só o que lhe faltava, depois do sofrimento por que passara. E depois, era uma entrega temporária: tão logo enviasse o cabrito, e pretendia fazê-lo assim que retornasse, recuperaria sinete, cordão e cajado.

Com um suspiro entregou-lhe os objetos, e, ao fazê-lo, por alguma razão, o rancor se desfez: a verdade é que a mulher lhe dera muito prazer, e ele se sentia grato por isso.

— Quero te encontrar de novo — disse, à guisa de despedida. — Talvez no próximo ano...

— Tu me encontrarás — replicou ela. — E mais cedo do que imaginas.

Frase enigmática, que deixou meu pai perplexo — e preocupado. O que estaria a mulher querendo dizer com aquilo? Pensou em interpelá-la a respeito, mas ela já se fora. Deu de ombros e foi se juntar aos companheiros, que o aguardavam para seguir viagem.

Dois dias depois chegaram a Timna, que formigava de gente. A feira era uma colorida festa; o ar ressoava com os balidos das ovelhas e os gritos dos vendedores apregoando mercadorias. Lá, como esperava, papai encontrou amigos, sentiu-se consolado pela presença deles. Comeu, bebeu, divertiu-se; ao cabo de uma semana, regressou revigorado, animado — tão animado que me contou, com detalhes até, a história de seu encontro com a mulher, coisa que em outras circunstâncias jamais faria.

Para mim era penoso imaginar meu pai tendo relações sexuais. Em criança muitas vezes eu ouvira, no silêncio da noite, sussurros e gemidos vindos do aposento que ele ocupava com minha mãe. Nessas ocasiões tapava os ouvidos e procurava dormir, com a esperança de que aqueles sons se diluíssem em sonhos, que com eles se confundissem (nos sonhos começam as ilusões). Agora, porém, era da própria boca de meu pai que eu ouvia, numa voz trêmula, mas excitada, um relato que em outras circunstâncias me abalaria, mas que eu tinha de escutar, ainda que com o coração confrangido: meu pai dirigia-se a mim como homem, como companheiro. Escutei-o, pois, em silêncio. Quando terminou, ficou me olhando, ansioso. Obviamente, queria minha aprovação, que era agora importante para ele, e que eu não neguei: tudo bem, eu disse, és um homem, és viúvo, nada há de errado no que fizeste. Um apoio que agradeceu efusivamente: eu sabia que podia contar com tua compreensão, tu és um bom filho.

Tinha, contudo, uma preocupação: e se alguém o espiara? Tendas são de pano, e em panos há buracos. Um olho aplicado a qualquer minúsculo buraco da tenda poderia ter visto cenas capazes de prejudicar sua reputação de patriarca. Queria que eu o tranqüilizasse, e eu o tranqüilizei; que nada, ninguém te viu, as mulheres que estavam por perto expulsariam o abelhudo. A ponderação o acalmou, mas sua dúvida acabou por mobilizar minha própria inquietação, motivada não pela possibilidade de que tivesse sido visto, mas porque me pareceu que havia algo de estranho na conduta da mulher. Eu pressentia (pressentir era algo que fazia parte do nosso jeito de ser) que aquilo não era um episódio encerrado, que a coisa teria desdobramentos.

No mesmo dia meu pai pediu ao amigo Hirá que levasse um cabrito à mulher. Queria pagar a dívida, naturalmente, mas, sobretudo, queria de volta o cajado, o sinete, o cordão: patriarca, ele não podia ficar sem os emblemas de sua dignidade, seria um vexame. O adulamita, que gostava de papai, dispôs-se a cumprir a tarefa; mas não sabia de que mulher se tratava, nem onde encontrá-la. Meu pai não perguntara o nome da prostituta — detalhe para ele irrelevante —, mas descreveu-a da melhor maneira possível (enfatizando os olhos negros, profundos), acrescentando, como referência, que a encontrara sentada perto do templo. Hirá partiu. Retornou dois dias depois — com o cabrito e com más notícias:

— Procurei a mulher por toda parte — foi logo dizendo — e ninguém sabe dela, ninguém sabe quem é.

Meu pai franziu a testa.

— Mas como? Se era uma prostituta do templo, deveria ser conhecida. A menos -

Não completou a frase. Não era preciso. A menos que não fosse uma prostituta do templo, era o que estava lhe ocorrendo, e a idéia o deixou apreensivo. Se não se tratava de prostituta, quem seria a misteriosa mulher? Por que teria se oferecido daquela maneira? Por um cabrito? Não era tanta coisa, um cabrito. Ali havia algo que não estava claro, mas que parecia ameaçador.

A preocupação de meu pai era também a minha. Eu sentia que meus temores começavam a se confirmar, e que estávamos à beira do inesperado, de algum fato novo capaz de, mais uma vez, mudar drasticamente nossas vidas.

Confuso, meu pai me pediu que fosse a Enaim em busca da mulher. Talvez tenhas mais sorte do que o Hirá, disse. Esperança infundada, claro, evidência do desespero que se apossara dele, mas dispus-me a atender ao pedido, inclusive para acalmá-lo: sua agitação era tão grande que temi por ele, por seu precário equilíbrio emocional.

Fiquei um dia inteiro em Enaim. Fui primeiro ao lugar onde estavam as prostitutas do templo. Riam ao me ver, convidavam:

vem, jovem, vem aprender as artes do amor. Tratei de aproveitar aquele clima receptivo, que inclusive estimulei, distribuindo algumas moedas, e interroguei-as. Sim, lembravam-se de meu pai, do homem que entrara na tenda com seu cajado, seu sinete e seu cordão e dali saíra sem aquelas coisas; mas sobre a mulher com quem fizera sexo não queriam falar. Não era das nossas, garantiam. Tratava-se, ao contrário, de uma intrusa, que se vestira como prostituta para roubar-lhes clientes. Estavam determinadas a expulsá-la, mas não fora preciso: logo depois de receber o patriarca ela sumira.

Sumira. Aquilo reforçava minhas suspeitas.

Voltei para casa sem saber o que fazer. Contar? Não contar? As duas alternativas eram péssimas, mas se eu não contasse, papai continuaria me pedindo para procurar a mulher. Assim, e escolhendo bem as palavras, revelei-lhe o que havia descoberto.

Ele me ouviu quase em pânico: perder suas insígnias, e daquela maneira, era um vexame terrível, capaz de cobri-lo de opróbrio. O pior é que não havia nenhuma lógica na história. Mesmo que a mulher fosse uma ladra, mesmo que tivesse aplicado um golpe, o que poderia fazer com o cajado? Ou com o sinete, com o cordão? Vender? Ninguém compraria, aquilo obviamente tinha dono. Para ela, um cabrito seria mais útil, pelo menos lhe serviria de alimento por vários dias. Por que não ficara à espera do portador deste, como combinado? E o que, afinal, pretendia fazer com os objetos?

Sem resposta para essas perguntas, meu pai estava muito abalado. Provavelmente não recuperaria suas insígnias. Uma desgraça a mais na sombria seqüência de infortúnios.

E não seria a última. Três meses depois recebemos, de parentes, uma mensagem tão inesperada quanto chocante. Tamar estava grávida.

Tamar, grávida? Não era só transgressão, era ultraje: de alguma maneira ela continuava ligada a nossa família. Não por outra razão quisera que eu fosse seu homem — pedido que ainda dependia de uma resposta definitiva do patriarca. Enquanto ele não desse tal resposta, teria de comportar-se como a viúva enlutada que era. Teria de honrar a memória de meus irmãos, abstendo-se de contato com homens. Mas não o fizera. Movida por alguma paixão insensata, entregara-se a alguém cujo nome era ignorado. E desse desconhecido agora carregava o filho no ventre.

A fúria apossou-se de meu pai, uma fúria que a todos impressionou: estava simplesmente transtornado. De repente, todo o sofrimento pelo qual passara se transformava em ira, ira imensa, descomunal.

— Aquela cadela — bradava —, matou meus filhos e agora me desafia. Mas ela pagará por isso, pagará com a vida.

Eu ouvia sem dizer nada. E, no entanto, era a mim que cabia falar. Primeiro a recusa de meu pai, o humilhante "não"; agora, a traição de Tamar. Nunca a teria, nunca. Ela simplesmente me trocara por outro, um homem, um macho, não um rapazinho inexperiente. Além da dor da perda, o insulto. Apesar de tudo, eu não queria que ela morresse, a simples idéia de que isso pudesse acontecer era desesperadora. Eu a amava. Que não fosse minha, mas que permanecesse viva, cuidando do filho que agora certamente seria o centro da existência. Interceder por ela seria, contudo, inútil. Meu pai, que agora se reafirmava como patriarca, já havia decidido. E não voltaria atrás, por mais que eu lhe implorasse.

No mesmo dia fez reunir a nossa gente. Fui ofendido em minha dignidade de patriarca, anunciou, num tom grave, sombrio, fui mortalmente ofendido por aquela mulher. Mentindo, enganando, Tamar não desonrara só a ele, desonrara a todos. Um crime punível com o castigo máximo: ela deveria morrer. O método de execução habitual nesses casos era o apedrejamento; mas havia um agravante: Tamar era filha de um sacerdote. Assim, ela traíra inclusive sua herança ética e religiosa. Papai ordenou que fosse queimada viva: só o fogo purificador poderia extinguir os vestígios da traição. Que fosse reduzida a cinzas, e que o vento dispersasse aquelas malditas cinzas, era o que o meu pai queria.

Ele próprio organizou tudo, cuidando de cada detalhe, como se fosse uma cerimônia tribal — e era, mesmo, uma sombria cerimônia tribal. A primeira coisa que fez foi mandar prender Tamar, para que não fugisse. Homens de sua confiança detiveram-na.

Surpreendentemente, Tamar não resistiu e deixou-se aprisionar. Foi trazida à nossa aldeia e amarrada numa árvore. Ali ficou uma noite inteira. Por expressa ordem de meu pai, ninguém deveria chegar perto dela nem dirigir-lhe a palavra.

Era uma noite fria, enluarada. De longe eu a espreitava, dilacerado pela dúvida. Deveria aproximar-me, contrariando a determinação do patriarca? E, se me aproximasse, o que faria, o que lhe diria? Qual seria a reação dela ao me ver? Como reagiria eu próprio? Manteria a serenidade, cairia em prantos — ou a agrediria, tomado de incontida indignação? Só havia uma maneira de obter resposta a essas perguntas. Faca na mão, fui até a árvore.

Ali estava Tamar, imóvel, cabeça erguida, o ventre levemente protruso anunciando a ímpia gravidez. Ao me ver, não disse nada. Por alguns instantes ficamos a nos olhar, ela sorrindo, um sorriso terno, mas também enigmático, sinistro, até.

— Vou te soltar — anunciei. — E tu vais fugir. Vais salvar a tua vida.

Sacudiu a cabeça:

— Não. Não farei isso.

Ela agora parecia furiosa:

— Não ouviste o que te falei? És surdo? Não quero que me soltes. Quero que voltes para tua casa, quero que fiques fora disso. O que vai acontecer comigo não é problema teu, ouviste? Não é problema teu.

— Não quero que me soltes — repetiu. — Volta para casa, fica fora disso. Não é problema teu.

Não era problema meu? Como, não era problema meu, se eu a amava, se ela era a mulher por quem eu faria qualquer coisa — até desafiar meu pai? Ela, que me quisera para marido, agora simplesmente me dispensava, me eliminava de sua vida, do pouco de vida que lhe restava?

Fiquei ali imóvel, ainda empunhando a faca com que ia cortar as cordas que a prendiam e que agora tinha vontade de enterrar no seu peito. Não sabia o que fazer, não sabia o que dizer. Continha-me para não chorar convulsivamente, como chorava na infância — a infância que eu imaginava ter ficado para trás, mas da qual continuava prisioneiro. Não, eu não era o varão resoluto que pretendia aparentar, eu continuava um garoto desamparado. Era assim que Tamar me via. Não expressara em palavras sua rejeição; não dissera algo do tipo, tu não és o homem de minha vida, o homem da minha vida foi aquele que me emprenhou. Mas claramente esta era a mensagem que estava em seu coração e em seu ventre: o pai daquela criança era agora, para ela, amo e senhor. Minha vida se extinguia naquele momento. Não desapareceria em meio às labaredas de uma fogueira, como a dela, mas já se transformara em cinzas. Em silêncio, como viera, voltei para casa. E ali fiquei, sentado, aguardando o amanhecer.

Mal raiou o sol, nossa gente começou a se concentrar junto ao sopé da montanha, o lugar habitual de reunião. Ali meu pai falava para a tribo, do alto de uma pedra achatada. E ali estava ele, altivo, nas suas vestes patriarcais, ainda que sem as insígnias.

— Aqui viemos — bradou — para julgar. Aqui viemos para cumprir os preceitos de nossa lei, a lei que recebemos de nossos antepassados e que transmitiremos a nossos filhos e descendentes.

Mandou que trouxessem a prisioneira. Dois homens foram até lá, desamarraram-na e conduziram-na para junto da pedra. Estava desfeita, ela, depois daquela noite. Mas, para minha surpresa — e, devo dizer, para meu horror —, sorria. Um sorriso desafiador, que enfureceu a multidão. Gritos de "queima, queima" começaram a soar, mas meu pai calou-os com um gesto.

— A mulher que aqui está — disse — cometeu um grave crime. Ela atraiçoou a memória daqueles a quem devia fidelidade. É uma adúltera, é duplamente adúltera. Em nome do Senhor, eu a condeno à morte! Que seja queimada viva!

Gritos de fúria apoiaram sua decisão. Mas então Tamar, com uma calma que a mim impressionava, e assustava, ergueu o braço. Queria falar. Todos se calaram, surpresos com aquela audácia: queria falar, a maldita? Queria defender-se, ela que cometera uma transgressão inominável? Mas Tamar queria falar, sim, e tinha direito a isso, poderia formular uma última declaração. Dirigindo-se a Judá, fez-lhe uma pergunta, em voz firme, tranqüila e até — mas aquilo era incrível — irônica:

— Não gostarias de saber quem é o pai da criança que trago no ventre?

Fez-se silêncio, um silêncio só rompido pelo sussurro do vento e pelo balido das cabras, à distância. E antes que meu pai pudesse dizer qualquer coisa, ela fez um sinal para a irmã, que ali estava e que viera — pensávamos — para confortá-la nos últimos momentos. A garota, envolta num manto, aproximou-se.

— Mostra! — bradou Tamar.

E a jovem tirou de sob o manto o cajado, o sinete, o cordão. Não era preciso dizer a quem pertenciam.

— Isto — prosseguiu Tamar, num tom de selvagem triunfo — eu recebi como penhor do homem com que me deitei, o homem que me emprenhou. E que está aqui, querendo julgar-me.

Apontou para meu pai:

— Esse homem! O patriarca de vocês! O homem que me negou o marido a quem eu tinha direito!

Todos os olhares voltavam-se agora para Judá. Por um instante, ele baixou a cabeça. Mas só por um instante; logo em seguida voltou a erguê-la. E, numa voz rouca, uma voz enfraquecida pelo cansaço e pelo sofrimento, admitiu:

— Tens razão, mulher. Deitei contigo. Tu me enganaste, passando por prostituta; aliás, tenho de te cumprimentar, o disfarce foi perfeito, perfeito demais, para dizer a verdade. Mas isso não importa. Sou o pai do teu filho. Tens direito à minha proteção. Eu não te dei a Shelá, como seria justo. Agora, porém, cuidarei de ti.

Mandou que a soltassem e que a tribo se dispersasse. Todos se foram, Tamar inclusive, acompanhada pela irmã. Só eu fiquei ali, imóvel, junto ao sopé da montanha, naquele absoluto silêncio quebrado apenas pelo gemido do vento.

Em que pensava eu? Pensava nos meus irmãos. Ali estavam, diante de mim. Imóveis, como eu. Em silêncio, como eu. Olhando-me, impassíveis. De alguma forma eu partilhara o destino deles. Também a minha vida acabara; ainda que pudesse andar, falar, comer, faria isso como um autômato, como um boneco (não de barro; boneco articulado, com alguma mobilidade). Aquela mulher, aquela Tamar, nos liquidara. No fim, vencera a todos nós, com sua astúcia, a astúcia da raposa, e com sua coragem, a coragem do leão.

— Eu não te abandonarei, Shelá.

Voltei-me. Era ela. Claro que era ela. Claro que não me abandonaria. A caminho de casa, detivera-se e voltara para me procurar. Por quê? Porque continuava precisando de um marido, era a resposta óbvia. Meu pai definitivamente não se prestaria a esse papel. Poderia protegê-la, poderia sustentá-la, mas não seria seu homem, mesmo porque estava velho e aqueles infortúnios todos certamente abreviariam sua existência. Quem sobrava? Sobrava eu, o garoto que agora se tornava homem. Não muito homem, para dizer a verdade, mas homem o suficiente para servir-lhe de marido, de pai para o fruto de seu ventre, e para atender, claro, aos reclamos do sexo.

Permaneci em silêncio, mirando-a.

— Eu sei que tu me odeias — continuou. — E posso entender o teu ódio. Mas quero te dizer que continuo te querendo, mesmo que não me queiras.

Falou, então. Falou muito. De início, com raiva, a leoa atacando: fora oprimida e enganada, forçada a casar com um homem que não gostava de mulher e com outro que derramava o sêmen sobre a terra para assim mostrar sua revolta. Tudo em nome da tradição, de uma tradição que girava em torno de um Deus autoritário e enigmático. Um Deus homem, não uma deusa como aquelas que outros povos da região veneravam, deusas eróticas que inspiravam mulheres a fazer sexo. Depois, porém, seu tom mudou: parecia mais resignado, mais doce até. E foi com certa ternura que falou de meu pai.

— Ele me odeia, o que dá para entender; afinal enganei-o, mas agora tenho por ele um certo carinho — afinal é o pai do meu filho. Quanto a ti...

Quanto a mim: aquela expressão, de algum modo, trouxe de volta minha raiva, minha amargura, sobretudo por causa das reticências, que pretendiam ser promissoras, mas envolviam um elemento de zombaria: quanto a mim... Desembucha, Tamar: quanto a mim, o quê? Hein? Que dizes, mulher esperta, astuciosa? Quais são os teus prognósticos quanto a mim, quais são as tuas propostas, se é que prognósticos e propostas tens? Quanto a mim, o que anuncias? Quanto a mim, o que pretendes?

Ela sorriu, mas seu sorriso era para mim agora apenas uma superficial demonstração de cordialidade. Já estava longe de mim, tão longe quanto estavam, naquele momento, seres estranhos, vivendo em terras distantes e falando um idioma incompreensível; separava-nos aquele ventre protruso, a gravidez que a transformara em uma nova mulher.

— Se quiseres, serei tua esposa. Esposa fiel, dedicada, a esposa a que tens direito por nossa lei. Serei tua mulher, estarei sempre a teu lado, meu corpo será teu, e não apenas por obrigação, por afeto também. Talvez até por paixão...

Mas o que era aquilo? Deus, o que era aquilo? Aquela oferta, o que era? Uma indenização por tudo que eu sofrera? A disposição de manter a proposta de casamento que me fizera, tempos antes? A necessidade de arranjar, de alguma maneira, um marido? Ou de repente, não mais que de repente, se apaixonara por mim?

A amargura cresceu dentro de mim como uma vaga, inundou o meu ser. Mas antes que uma resposta me ocorresse, uma resposta que seria necessariamente violenta, agressiva, uma resposta que expressaria toda a minha frustração, minha mágoa, minha raiva, ela estendeu a mão e tocou meu rosto. Um leve, levíssimo toque. A polpa de seus dedos sobre minha pele. Em termos de superfície de contato, muito pouco, quase nada, um milímetro quadrado, se tanto. Mesmo assim, estremeci violentamente. Era mais forte que eu, aquilo. Aquele toque mobilizava de forma instantânea e avassaladora minha paixão. Meu corpo falou mais alto, o desejo emergiu, violento. Seguindo meu impulso, eu deveria atirar-me sobre ela e possuí-la ali mesmo, naquele chão pedregoso junto à montanha. Eu tinha tudo para fazer isso. Era jovem, o sangue fluía impetuoso por meu corpo, que vibrava como um caniço ao vento forte.

Mas resisti. Como resisti, por que resisti, é algo que não sei dizer. Por causa do espectro dos meus irmãos, talvez? Por causa do ventre grávido, marca de meu pai, símbolo de interdição? Ou deixara, instantaneamente, de amá-la, para, em vez disso, odiá-la? Não sei. Só sei que fiquei ali parado, hirto, sem dizer nada. Sem nem sequer olhá-la: era para a montanha que se dirigia meu olhar, um vago olhar.

Ela não insistiu. Retirou a mão e, sem uma palavra, voltou-se e foi embora.

Nos dias seguintes a tranqüilidade voltou à nossa aldeia. Até meu pai parecia apaziguado — aliviado, mesmo. Ainda que de forma grotesca, o preceito tribal fora cumprido. Quanto a Tamar, agora andava por ali, altaneira, a dignidade recuperada, o futuro assegurado: cumprindo a promessa, meu pai abrigava-a (dera-lhe a casa em que ela morara com Er e Onan), vestia-a, alimentava-a.

Estava escrito, contudo, que o episódio não se encerraria sem luta. E essa luta, estranha luta, ocorreu no mais improvável dos cenários: o útero dela.

Finalmente chegou o momento do parto — atribulado, esquisito — e Tamar deu à luz gêmeos, Perez e Zerá. Os dois garotinhos desempenhariam um papel importante em minha vida. Eu teria tudo para odiá-los. Eles nascendo, eu estava definitivamente marginalizado. Nem mesmo a missão que, de acordo com nossa tradição, eu poderia invocar — a necessidade de substituir meus irmãos, dando à viúva deles minha semente — tinha sentido. E Tamar -

E aí veio a surpresa. Fui visitar Tamar logo depois do parto. Era para ser uma coisa formal, uma demonstração de cortesia, mas, ao ver os bebês, mudei por completo. Eles simplesmente me cativaram. Mexiam com algo dentro de mim, um incipiente instinto de paternidade, talvez. Despertavam minha ternura, e continuaram a fazê-lo à medida que cresciam. Eu adorava aqueles meninos, bonitos, robustos. Agitados, estavam sempre brigando — por comida, por roupas, por brinquedos. Como dizia Tamar, era a continuação da disputa que começara no útero dela. Perez, mais valente e mais astuto (leão e raposa) levava sempre a melhor. Nas brincadeiras, terminava por derrubar o irmão e, subjugando-o, gritava triunfante.

Os garotos também gostavam de mim, recebiam-me com uma alegria que me comovia. De certa forma eu era para eles o pai que Judá não quisera ser; ele até evitava os meninos, talvez porque lhe lembrassem a humilhação por que passara, os filhos mortos. Mas nunca se mostrou rancoroso ou agressivo. Reconhecia suas obrigações, atendia aos pedidos de Tamar, conservando-se, contudo, à distância. O que, claro, tinha conseqüências: Zerá temia-o; chorava toda vez que o via. Perez falava, com raiva, no "velho caduco".

Com Tamar sempre ocupada com uma coisa e outra — era ela quem administrava as propriedades, os rebanhos —, quem tomava conta dos gêmeos era eu. Levava-os a passear pelas montanhas, ensinava-lhes a fazer figurinhas de barro, camelinhos, jumentinhos, ovelhinhas, cabritinhos, demoninhos (uns com chifre e rabo, outros, com cara de bode). Mas nunca permiti que entrassem em minha caverna; dizia-lhes que ali havia fantasmas (e de certa forma havia mesmo, os fantasmas das lembranças registradas nos pergaminhos), que a mim não incomodavam, mas que não queriam saber de crianças: uma explicação que, para meu alívio, eles aceitavam.

Tamar ficava muito grata pela atenção que eu dava aos garotos. Tens vocação de pai, dizia-me, sorrindo. Frase que expressava sincera admiração, mas que também poderia ser entendida como gentil insinuação. Mas essa insinuação eu agora preferia ignorar.

Os anos passavam, os gêmeos cresciam, Tamar envelhecia, e eu também. Às vezes nos olhávamos e sorríamos; um sorriso triste, que resultava de afinidade, mas não de paixão. Paixão, não. Nunca mais me apaixonei, ainda que não fossem poucas as mulheres interessadas em mim — sem contar as filhas de patriarcas que periodicamente me eram oferecidas. Eu as tratava cordialmente, mas mantinha-as à distância, mesmo aquelas com quem eventualmente tive casos, aí incluídas algumas casadas. Mas eu próprio não casei, e, para desgosto de meu pai, não lhe dei netos (Zerá e Perez o fariam). Não porque assim o desejasse, ao contrário; bem que gostaria de ter sido um patriarca como Jacó, como o próprio Judá; bem que gostaria de ter usado o cordão, o sinete, o cajado que ele me deixara, mas não: o cordão e o sinete ficaram em algum canto qualquer da vasta casa da qual me tornei o único morador. O cajado, sim, passei a usá-lo como bengala: uma incômoda e persistente dor na perna me dificultava os movimentos. Em suma: não me tornei, tenho de admiti-lo, uma figura venerável e respeitada, capaz de conduzir o povo. Voltando-me para mim próprio, abdiquei de toda conexão com o mundo. Meu universo é a caverna da minha infância; sempre que posso ali me refugio. E o que faço? Penso, penso muito. Penso no que ficou para trás, penso nos meus pais, nos meus irmãos. E escrevo. Já não preciso roubar pergaminhos; tenho-os à vontade. Herdeiro de um patriarca, dono de rebanhos, dinheiro não me falta. Poderia escrever ininterruptamente, se quisesse. Gastar muitos pergaminhos, muitos estiletes, rios de tinta. Mas não, agora escrevo pouco; lembranças e pensamentos cuidadosamente destilados da confusa mistura da existência, as lembranças, as reflexões, as fantasias. Sim, tenho fantasias. Melhor dizendo: o pequeno Shelá dentro de mim tem fantasias, eu as acolho e cuido delas, convivo com elas.

É solitária, a vida na caverna? Nem tanto. Fazem-me companhia as figurinhas de barro que meus hábeis dedos um dia modelaram, os camelinhos, os jumentinhos, as ovelhinhas, os cabritinhos, os demoninhos (uns com chifre e rabo, outros, com cara de bode), a maioria desfazendo-se, mas alguns ainda inteiros, evocando meu passado. Um dos camelinhos desperta em mim particular ternura, e muitas vezes eu lhe falo, ou falo à sua sombra projetada pela lamparina no fundo da caverna. Falo sobre minhas dores, minhas mágoas. O camelinho e/ou a sombra me ouvem num silêncio simpático, compreensivo. Depois tentam, camelinho e/ou sombra, ajudar-me: deves viajar, se quiseres, nós camelinhos (e nós, sombras; principalmente nós, sombras) formaremos uma caravana, uma grande caravana como aquela que transportava o bálsamo de Guilead, e te levaremos para a costa. Embarcarás num navio que já estará à tua espera, e, viajante intrépido, cruzarás o vasto oceano chegando, depois de longa jornada, a uma desconhecida e maravilhosa região: um lugar imenso, de lindas praias, de terras férteis, de florestas, de montanhas verdejantes. Verás ali uma gente amável, de feições diferentes, falando uma língua para ti desconhecida; verás enormes cidades. Verás estradas em que se deslocam estranhos veículos, aparentemente dispensando tração animal. Verás grandes construções, que, ao contrário das modestas e precárias casas de pedra que conheces, podem abrigar dezenas, milhares de pessoas. Numa delas, bela construção, elegante construção, situada no alto de uma montanha e rodeada por matas e jardins — encontrarás um salão, e nesse salão muitas pessoas escutando atentamente um homem que lhes fala. E de que falará, esse homem? De ti. Do Shelá. Falará da estupenda imaginação de Shelá, dos dons de Shelá, do método erótico inventado por Shelá. E será aplaudido, entusiasticamente aplaudido.

Isto é o que o camelo-sombra propõe com generoso fervor, com gratidão por aquele que o criou. Tenta assim ajudar-me naquilo que decerto considera meu desamparo (e que é de fato desamparo). Camelo e sombra são como filhos, são como pais, exercendo pois papéis que, como sei por experiência própria, não se excluem. Sua devotada atenção, os conselhos que sabiamente me dão, deveriam ser aceitos por mim com gratidão, com incontido júbilo.

Mas não posso fazer isso. Não posso ir embora, não posso (ainda que navegar seja preciso) partir em busca de terras desconhecidas. Não posso sequer ir para Timna, não posso ir para Enaim, reduto de olhos promissores e/ou ameaçadores. Não posso me afastar da caverna. Aqui dei forma a meus sonhos, no barro e no pergaminho; sobre esta terra derramei meu sêmen, aquele sêmen que, coagulado, foi levado por formigas, tão implacáveis quanto diligentes, para lugar incerto e não sabido. A propósito, ainda vivem aqui, as formigas; estão agora muito velhas, movem-se com insolente lentidão. De vez em quando alguma delas me dá uma ferroada. O que permito. Deve ser, penso, a rainha, que assim se vinga, e por uma boa razão: tu me esqueceste, canalha, eu me deixei impregnar por teu sêmen, tive de ti uma imensa prole, e tu me deixaste: seduzida e abandonada aqui fiquei. Mata-me, pois; pelo menos assim a minha vida terá sentido, serei daqui por diante a rainha-mártir, aquela que depois de morta continuou rainha, e santa, mata-me, mas não me esqueças, não quero que me esqueças, minha ferroada é para isso, para lembrar-te do passado. E eu relembro o passado, relembro as únicas criaturas que partilharam e partilham comigo a caverna, na qual, afora eu, ninguém jamais entrou.

Do sêmen derramado naquela terra já não há mais sinal (talvez um tênue resíduo, semelhante ao resíduo dos sonhos). Sumiu, e com ele sumiu a esperança que eu acalentava desde a infância e que correspondia aos sonhos de nossa gente: a esperança de fecundar uma mulher, de gerar filhos. Mas de alguma maneira o sonho se realizou. Filhos reais não tenho, mas do fundo da caverna olham-me filhos imaginários, uma legião deles, uns magrinhos, outros gordinhos, uns baixinhos, outros compridinhos, uns feinhos, outros bonitinhos — sem falar nos híbridos, aqueles com cara humana e corpo de formiga. Olham-me em silêncio; um silêncio que poderia representar uma acusação, mas não é, sei disso, uma acusação. É o silêncio da conformada tristeza, o silêncio que nos aproxima e nos une: eu me resigno à solidão; eles resignam-se à condição de seres virtuais.

Muitas vezes ocorreu-me divulgar o método que, sozinho, sem recorrer a nenhum guru, a nenhuma bibliografia, eu criei:

um jeito simples e eficiente de fazer sexo prescindindo de outras pessoas, evitando conflitos e agressões, choro e ranger de dentes. Um método cujo princípio básico é simples: a modesta fricção dos dedos sobre a pele da verga substitui com inquestionável vantagem o problemático contato carnal e emocional entre humanos. Ou seja: é a solidão como antídoto para o sofrimento. Se egoísmo existe nesta solidão, ele seria neutralizado pelo genuíno altruísmo que move o desejo de divulgação do método. O desejo de ajudar pessoas que, por mil razões, não sabem como lidar com o desejo.

Divulgar, sim. Eu usaria um pergaminho, mesmo que fosse o último, principalmente se fosse o último, para nele escrever um texto a respeito de minha descoberta, um texto verdadeiramente, e sem trocadilhos, seminal. Um texto que expusesse de maneira didática, agradável (quem sabe sob a forma de monólogo), a doutrina, os pressupostos básicos e a técnica da paixão solitária. Um manual, enfim, que fosse, para muita gente, uma verdadeira revelação, capaz de dar novo sentido à existência, de tornar-se uma verdadeira causa capaz de arregimentar pessoas. A formação de um grupo de adeptos ocorreria de maneira espontânea, natural, inevitável até. Com o tempo, os membros desse grupo se multiplicariam pelo mundo inteiro, inclusive além do oceano. O "eu" que caracteriza o meu modo de viver e que caracterizaria também o meu texto seria progressivamente substituído pelo consolador "nós". Sei que este plural representa uma irremediável contradição para os cultores de uma prática intrinsecamente individualista como é o auto-erotismo. E daí? Somos contraditórios pela simples razão de que somos humanos. E sendo humanos, e portanto racionais, podemos estabelecer um equilíbrio entre individualidade erótica e vivência comunitária. No fundo, os auto-eróticos querem se reunir, querem trocar experiências; querem que suas vozes, graves, agudas, altas, baixas, agradáveis, desagradáveis, sejam ouvidas. Querem narrar, resmungar, murmurar, cochichar; querem divagar, tagarelar, recitar (monólogos, por exemplo); querem discursar, perorar, tripudiar, tergiversar, deblaterar, obtemperar, discordar. Querem ser como outras pessoas que se reúnem para falar ininterruptamente do trabalho, da vida alheia, da política, do esporte, da previsão do tempo; amenidades, enfim, com a diferença que os auto-eróticos sabem que na realidade não há amenidades, que sob a polpa mole e saborosa do ameno esconde-se o duro caroço do imprevisível, do insondável, do inevitável. Falar será, pois, o *primum movens* da reunião que, no futuro, antecipo, realizar-se-á num belo e retirado hotel.

A programação do evento será intensa e constará, em primeiro lugar, de depoimentos pessoais e voluntários a cargo de auto-eróticos. A regra será: total e mais completa liberdade. Quer, o depoente, ser eufórico? Que eufórico seja, que descreva em vívidas palavras o prazer que sente ao manipular-se. Quer ele falar de seus conflitos interiores, dos dilemas que o atormentam? Que fale de seus conflitos interiores, dos dilemas que o atormentam. Quer narrar episódios inusitados? Que narre episódios inusitados: "Criei-me numa fazenda distante, e ali havia um barranco, e no barro eu abri um orifício, e no orifício introduzi meu pênis, e fiz isso tantas vezes que um dia o barranco, talvez em sinal de protesto, desabou, matando duas ovelhas, uma das quais era minha namorada, o que me tornou um assassino e aumentou em muito o meu remorso". Fale tudo, não esconda nada. Fale em voz alta ou baixa, em tom risonho e franco ou choroso e vacilante. Fale de pé, fale sentado; fale deitado, os olhos fitos no teto. Fale de seus sonhos, se quiser. Descreva oníricas visões de cavernas profundas, escuras e acolhedoras, descreva sensuais bonecas de barro com lábios úmidos e vagina aquecida por uma bexiga com água quente. Mencione técnicas diversas usando ou não as mãos, a canhota ou a destra. Que fale *non-stop*. Falando, as pessoas trarão à luz (a luz que então se fará que iluminará suas escuras cavernas interiores) a experiência comum que marginaliza e ao mesmo tempo une. Isto deixará os auto-eróticos alegres e tristes; alegres porque descobrirão que não estão sós, e tristes porque, descobrirão, não estão sós.

Mas o tempo do evento não será gasto apenas com melancólicas, ou sábias, ou sábias e melancólicas ruminações. O objetivo do encontro será: a estimulante troca de idéias! O vivo e aceso debate! A erudita polêmica... A benéfica controvérsia... Enfim, a amorfa e esponjosa baboseira de sempre, que, no entanto, esconderá em seus poros um inquietante mistério a ser decifrado pelos participantes e que possivelmente gerará um documento final, talvez denominado "Declaração dos Direitos Auto-Eróticos".

Depois dos depoimentos e dos debates ocorrerá a muito esperada conferência magna, a cargo do professor antes mencionado, homem alto, magro, de basta cabeleira, enorme barba e um olhar que seus rivais (vários) não hesitam em rotular como desvairado. Ele se apresentará num impecável terno, mas com tênis coloridos, provocando risinhos que a ele não afetarão.

Conhecido pela extraordinária cultura, o professor falará do pergaminho encontrado num deserto do Oriente Médio e de seu presumido autor. Mostrará que Onan inventou apenas o coito interrompido e que a masturbação deve ser atribuída a Shelá. E narrará a minha história de forma entusiasmada e original — um monólogo no qual, misturando realidade e fantasia (portanto, bem dentro do espírito do auto-erotismo), falará como se fosse ele próprio o Shelá, inclusive, e para escândalo de alguns e delícia de outros, imitando certos gestos, gemendo em certas passagens. Coisa, para mim, perfeitamente aceitável, que não fará chacoalhar meus ossos na remota, desconhecida, cova em que jazem e que permitirá aos circunstantes rever, ainda que com algumas distorções e numa linguagem que não é a minha, uma história que, modéstia à parte, o mundo deve conhecer: a minha história.

Minha história. Já não é tão curta, a minha história. Estou

com sessenta e sete anos. Provecta idade para nós que, de doença ou violência, morremos relativamente cedo (os patriarcas são exceção, mas é por isso que são patriarcas, porque estão predestinados a durar). Uma idade em que a vida já deve estar definida, mas não é meu caso; por isso, para encontrar o sentido da existência, o significado último das coisas, continuo a escrever.

Escrevendo, evoco meus antepassados, meus pais, meus irmãos. Evoco Tamar. Não a envelhecida Tamar de hoje, a Tamar enrugada, a Tamar que constantemente resmunga sozinha e que tem fama de maluca, mas a bela e sensual jovem de outrora. Vive comigo, essa Tamar, está constantemente em minhas lembranças; nada tem a ver com a real Tamar que encontro às vezes.

Entro na caverna e lá está ela, a imaginária Tamar, olhando-me sorridente, o rosto iluminado pela lamparina. Sento-me junto dela; por um momento, ali ficamos, de mãos dadas. E então ela me beija. Não aquele beijo voraz com o qual, num passado já remoto, expressou seu desesperado e raivoso desejo; não, é um beijo terno e ao mesmo tempo apaixonado. Deitamo-nos no chão e ali a possuo, não violento, não desajeitado, mas com infinita delicadeza, os camelinhos, os jumentinhos, as ovelhinhas, os cabritinhos, os demoninhos, aquele com chifre e rabo, e o outro, com cara de bode, a nos mirarem com olhos marejados (a eterna umidade da caverna). Após o que ela se levanta e, tão misteriosamente como surgiu, desaparece. Mas sei que retornará. Como eu, precisa da caverna, desse reduto onde se refugiam as melancólicas fantasias do passado. Aquele filete de água que continua manando lá no fundo é a fonte da nossa juventude. E o barro em que continuo a modelar minhas figurinhas ainda é matéria-prima de sonhos.

Os dias passam, os meses, os anos. As estações se sucedem, aquela dos ventos, aquela das chuvas (poucas, nesta região). Escrevo, escrevo. Cada letra é um pouco de vida que deixo no pergaminho; aliás, é cada vez menor o estoque de pergaminhos. Eu poderia ter providenciado outros, tenho dinheiro para isso, mas acho que há no fato um significado simbólico: a disponibilidade de pergaminhos corresponde à duração de minha própria existência; quando terminarem, terminarei também. A tinta que neles seca é como o esperma que coagulou no chão pedregoso da caverna, um símbolo da vida que se vai.

É com mágoa que o constato? Com medo? Com resignação? Não sei. Talvez se trate da soma de todas essas coisas, um terço de mágoa, um terço de medo, um terço de resignação, ou três quintos de mágoa, um quinto de medo, um quinto de resignação; de qualquer modo nem mágoa, nem medo, nem resignação detêm a marcha inexorável do tempo. Fica a esperança de que um dia — ou uma noite, de preferência uma noite — alguém lembre de mim, alguém fale de mim para um atento e interessado auditório. Animado por essa tênue esperança, assino meu nome no pergaminho, guardo-o na ânfora. Encerrada a tarefa, entrego-me à fantasia e ao devaneio. Fantasia e devaneio que, para mim, representam o princípio e o fim de todas as coisas, e que são a matéria-prima deste manual da paixão solitária.

O terceiro dia do evento começou com um grande reboliço. Os participantes estavam sentados no restaurante do hotel, tomando o café-da-manhã e conversando, quando uma mulher alta e bonita, usando óculos escuros, muito maquiada e espalhafatosamente vestida, irrompeu no salão. Num primeiro momento fez-se um perplexo silêncio. Logo em seguida começaram os cochichos e risinhos.

Explicáveis. Tratava-se de Diana Medeiros, historiadora e professora universitária, conhecida em todo o Brasil e em outros países por suas teorias heterodoxas e sobretudo por seu gênio rebelde. Estudante de história (campo que escolhera, segundo dizia, para ajudá-la a entender a revolução através dos tempos), Diana fizera parte de um grupo de jovens rebeldes famoso pela tentativa de incendiar um museu no Rio de Janeiro — ato que pretendia demonstrar — dizia o manifesto divulgado na ocasião — que a história verdadeira deve estar nas ruas, não em museus. Na ocasião a foto de Diana apareceu na primeira página de vários jornais: uma jovem de cabelos revoltos, olhos brilhantes, expressão irada. Ficou detida brevemente e, liberada, voltou a seu curso de história.

Ali descobriu uma nova causa: combater o professor Haroldo, já então famoso no meio universitário. Para isso Diana tinha, segundo dizia aos colegas (falava muito; agir em silêncio não era a sua tática), boas razões. Haroldo não apenas debochava abertamente dos historiadores de esquerda, como estava ligado, segundo rumores, à ditadura que, aliás, chegava ao fim. Junto com colegas, Diana fez várias demonstrações contra ele e numa ocasião, durante uma das aulas de Haroldo, tirou a roupa para mostrar que buscava "a nudez da verdade".

Com o tempo e com a idade Diana perdera um pouco de seu ímpeto revolucionário, mas ainda era figura difícil. Notável historiadora e professora, passara por várias universidades, sempre saindo devido a brigas e disputas. Casada três vezes (e três vezes separada em divórcios litigiosos), sem filhos, com poucos amigos e muitos inimigos, era uma presença constante na mídia, exatamente por dizer o que lhe vinha à cabeça da forma mais direta e franca possível. Nos programas de tevê assombrava e deliciava os espectadores com pronunciamentos contundentes, não raro entremeados de palavrões (o que lhe valera o apelido de Diana Boca-Suja).

Não era difícil adivinhar a razão da presença de Diana naquele evento. Estava ali por causa de sua obsessão; por causa do professor Haroldo. Talvez viesse para um — quem sabe definitivo — ajuste de contas, diante de pessoas que, pela qualificação, formavam o público ideal. Mas a João Domício Ferraz, que, pressuroso, viera saudá-la, disse que pretendia apenas fazer uma apresentação sobre o tema do encontro, tema que, por coincidência, vinha estudando com interesse. Uma apresentação, garantiu, muito original, e que certamente causaria sensação. Não estava inscrita para falar, mas esperava a compreensão e a ajuda dos organizadores para isso.

Ferraz, homem experiente, sensato, ficou em dúvida. Em primeiro lugar, não acreditava muito naquilo: Diana, estudiosa da Bíblia? Desde quando? Mas as pessoas mudam, e quem sabe ela havia, mesmo, se voltado para os estudos bíblicos, quem sabe até em função de uma mudança ideológica ou de uma crise existencial — afinal, estava envelhecendo. Por outro lado, sua presença no palco despertaria o interesse dos participantes e animaria o evento. Seria necessário um remanejamento da programação, coisa que ele resolveu fazer de imediato, e ali mesmo, mediante consulta aos colegas. Pediu a atenção de todos e, sorridente, anunciou:

— Gente, a professora Diana, que muitos de vocês conhecem, está me pedindo para fazer uma apresentação sobre o tema de nosso encontro, uma apresentação que sem dúvida será bem interessante. Não temos espaço no programa, mas há uma possibilidade: hoje à noite haverá, como vocês sabem, um coquetel de confraternização. Se os colegas concordarem, podemos ouvir a professora Diana antes do coquetel. Proponho que a gente decida numa votação rápida e simples. Por favor, levante a mão quem está de acordo com essa modificação do programa.

O apoio foi praticamente unânime: a expectativa era mesmo grande. Diana hospedou-se no hotel e, naquela mesma noite, subiu ao palco para fazer sua apresentação. Histriônica como sempre, vestia uma túnica, provavelmente alugada numa loja de fantasias, que evocava a época bíblica. Foi saudada com aplausos e assobios. Na introdução, e como era de prever, inevitavelmente falou no professor Haroldo:

— Sei que o mestre Haroldo, o famoso mestre Haroldo, transformou Shelá em personagem de um monólogo. Não é por espírito de imitação, mas pretendo fazer coisa parecida. Minha personagem será a Tamar, com a qual tenho, por razões óbvias para aqueles que me conhecem, forte identificação. Acho que Tamar foi uma figura inspiradora para as feministas e para os revolucionários em geral, uma brava mulher que lutou com os meios a seu

alcance para recuperar sua dignidade. E acho que se ela nos falasse sobre sua vida, seria mais ou menos nestes termos...

Apanhou de sobre a mesa um maço de folhas de papel, colocou os óculos e começou a ler:

O que posso dizer de minha infância? Posso dizer, com um razoável grau de certeza, com muita certeza até, que minha infância foi feliz. Feliz. Minha infância foi feliz. Minha infância com meu pai e minha mãe... foi feliz. Com meus irmãos e irmãs, foi feliz. Com as amigas, verdade que poucas, foi feliz. Com a minha gente, os moradores de nossa aldeia, feliz. Na paisagem, ainda que em grande parte desolada — o deserto, a pedregosa montanha com suas cavernas —, feliz. Em matéria de saúde, e à óbvia exceção das doenças da infância, feliz.

Agora qual a importância disso, de minha infância ter sido feliz? Felicidade não era, para nós, uma palavra-chave. Ao contrário: causava certa estranheza. Ninguém vivia para ser feliz. Na verdade ninguém sabia bem o que era isso, ser feliz. Que eu lembre, ninguém sequer usava essa palavra. Viver era cumprir obrigações, era seguir tradições, era manter o código moral herdado de nossos antepassados. A certeza que tenho de que fui feliz só encontra paralelo, portanto, no constrangimento que sinto por ter sido feliz. Pude fazer essa ousada afirmativa porque falou por mim a criança (feliz) que fui. Foi a vozinha dela que vocês escutaram, debil e fina vozinha. Uma afirmativa que minha voz, a voz de uma mulher velha (envelhecemos cedo, por aqui: a vida dura, as tensões do cotidiano, o vento e o sol crestando nossa pele, transformando-a em rígido, resignado pergaminho), uma voz rouca, surda, nostálgica, melancólica, ousou, contudo, repetir, talvez atendendo a um secreto desejo de vocês: minha infância foi feliz.

Dessa infância, lembro-me de muita coisa, muitos detalhes,

muitas histórias, muitas fantasias. E me lembro particularmente de alguém que marcou minha vida para sempre: meu pai.

Duas coisas me impressionavam naquele homem: os olhos, escuros, insondáveis. E a barba. Era uma barba negra, enorme, viçosa, uma verdadeira selva pilosa, um território misterioso povoado, assim eu imaginava, por estranhas criaturas, por maravilhosas criaturas. Aqueles anjos do sonho de Jacó, o que faziam eles quando, depois de descer as escadas do céu, chegavam à terra? Miniaturizavam-se, aqueles anjos, e iam voando em busca da barba do meu pai. Nela penetravam e sumiam por completo, magicamente; porque eram anjos, inefáveis criaturas, e porque naquela barba tudo sumia. Que barba era aquela, que barba. Nunca ousei tocá-la; nunca ousei aspirar o seu odor. Eu via papai como um homem distante; distante da mulher, distante das filhas (quatro) e dos filhos (dois). Quase tão distante quanto Deus. Aliás, na minha cabeça, Deus era igualzinho ao meu pai, os mesmos olhos escuros, insondáveis, a mesma barba negra, enorme, viçosa. Só depois de certa idade passei a imaginar Deus de barbas brancas (a velhice do Pai Eterno?); para a menininha Tamar, papai e Deus eram uma coisa só, partilhavam o mesmo tipo físico. Papai era um clone do Senhor.

Que barba era aquela, que barba. Todos os homens da tribo usavam barba, naturalmente, usar barba resultava de uma inflexível diretriz moral. Um rosto glabro, um rosto sem pêlos? De jeito nenhum, seria vergonhoso, obsceno, seria como estar nu. Lembro-me de um homem de nossa tribo que, por causa de uma doença qualquer, começou a perder a barba. Não toda a barba; partes dela. Os pêlos se iam, simplesmente se iam, sem que ele pudesse evitá-lo; o curandeiro que consultou disse que aquilo era uma fatalidade sem remédio. Clareiras se abriam na barba outrora bonita, e aparecia a pele, a safada pele da cara, a exibir-se despudorada, radiante: estou aqui, me olhem, constatem que eu existo;

quero cair na gandaia, quero botar pra quebrar, quero mandar a Lei à merda. Uma mensagem silenciosa, mas não menos explícita, uma mensagem que ao pobre homem envergonhava mortalmente, que ele não podia suportar. Um dia, pegou uma corda, procurou uma árvore perto da montanha e enforcou-se. Mas nem enforcado conseguiu terminar com seu vexame: no cadáver as ilhas de pele da face continuavam visíveis, mais visíveis que nunca até, por causa da cor arroxeada; e, visíveis, anunciavam, orgulhosas, vencemos, nós vencemos, derrotamos, ao menos nesta cara, a maldita barba.

Esse tipo de problema meu pai não teve, não poderia ter. Doença nenhuma ousaria atacar sua sacra barba. Meu pai era sacerdote. Sacerdote de uma pequena e obscura seita hebraica, mas sacerdote. Na condição de sacerdote, papai falava com Deus. Muitas vezes nós o víamos sentado em seu quarto, em silêncio, o olhar perdido. Não o incomodem, sussurrava nossa mãe, ele está falando com Deus, não pode ser perturbado. Era uma mulher magrinha, franzina, assustada; às vezes tinha pesadelos e acordava gritando. Papai não dizia nada sobre isso, mas ela não deixava de se punir; sou uma louca, dizia, sou uma doida varrida, eu tinha de me enforcar como o homem da barba falhada, não sou digna de estar casada com um homem que fala com Deus.

Meu pai falava muito com Deus. Sobretudo porque era portador de numerosos pedidos, súplicas, reivindicações: gente humilde procurava-o, e também altos dignitários. A todos recebia com cortesia, afavelmente; a todos prometia ajuda. Mas às vezes parecia cansar daquela coisa de falar sem parar com Deus, daquele permanente exercício de uma intermediação que podia ser penosa, acabrunhante: "Quero lhe apresentar, Senhor, o caso deste homem cujo irmão roubou-lhe a herança; quer se vingar matando o ladrão, após o que dará cabo de sua própria vida, pois, garante, não suportará o peso da culpa". Não era raro que ele, nos momentos em que supostamente devia estar falando com Deus, deixasse pender a cabeça num inesperado cochilo. Um cochilo que decerto resultava da imperiosa vontade de dormir, de sonhar, talvez; e, pelo sonho, escapar às injunções inerentes ao ofício sacerdotal e à representação credenciada junto à divindade. Sonhar não com o céu e seus disciplinados anjos tocando harpas, mas com regiões longínquas e desconhecidas, situadas além do oceano, regiões de lindas praias, de terras férteis, de florestas, de montanhas verdejantes; habitadas por gente amável, que andava sem roupa, com as vergonhas à mostra, e que não tinha a menor noção do que fosse pecado, culpa ou transgressão. Creio que para esse lugar meu pai iria, se pudesse; e, lá chegando, a primeira coisa que faria seria despir-se das incômodas vestes sacerdotais. Em seguida, e usando uma faca, ou uma concha ou uma pedra afiada, cortaria a imensa e negra barba, os anjinhos fugindo em pânico — e cairia na gandaia, o melhor antídoto contra o cansaço que acomete aqueles que carregam sobre as costas (e haja coluna para suportar esse pesado fardo) as dores e os pecados do mundo.

Se meu pai teve essas fantasias, guardou-as para si. Não as contaria a ninguém, nem mesmo à mulher, com quem, a maior parte do tempo, tinha uma relação aparentemente distante (aparentemente: eu não sabia como funcionavam na cama, cama essa que, movida pelo ciúme, ou pelo carinho, ou pelo ciúme e pelo carinho, eu imaginava às vezes como cenário de grandes paixões). Isso não impedia que mamãe se dedicasse ao marido de uma forma que chegava às raias da adoração. Via-o como um ser superior, mas frágil, vulnerável; um homem cuja barba, vestes sacerdotais e virtudes protegiam muito precariamente dos embates da existência num mundo mau e corrupto. Temos de cuidar do pai de vocês, dizia-nos, ele precisa da ajuda da família.

Sobrecarregado ou não, papai cumpria os deveres religiosos

com zelo admirável. Diferentemente dos sacerdotes pagãos, não administrava um templo cheio de imagens, muito menos imagens safadas (a pouca distância ficava um desses templos, onde havia uma escultura representando um enorme falo). Também não conduzia rituais; limitava-se a reunir os fiéis num salão construído junto à nossa casa. Ali transmitia-lhes a palavra divina e, sobretudo, ouvia-os, anotando em pergaminhos os pedidos. Numa época, precisou organizar uma lista dos postulantes, coisa para a qual só podia contar com a filha mais velha. Foi assim que aprendi a ler e a escrever.

Quando não estava falando com Deus ou com os fiéis, meu pai — para nosso alívio, para meu alívio — transformava-se: já não era aquele homem fechado, enigmático, era uma pessoa normal, simpática até. Falava com os familiares, com os vizinhos, falava com os estrangeiros que por ali passavam. Falava até, e gentilmente, com a mulher, a única, aliás, que tinha; poderia, por sua importância e pelas posses, manter mais esposas, mas não era o que queria. Prova de seu amor por ela? Talvez. O mais provável, contudo, era que isso representasse uma evidência da moderação e da sobriedade que aconselhava aos fiéis. A mulher lhe dera os filhos que queria, portanto não tinha necessidade de esposas adicionais ou de concubinas.

Dos filhos, e sempre à sua maneira reservada, gostava muito. Às vezes reunia-nos, contava-nos histórias: a história de Jacó e de seu sonho, a história de José e seus irmãos. Era um grande narrador, papai, desses que sabem encantar as pessoas. Era bom ouvi-lo. E era bom estar encolhida em seu colo, a cabeça encostada ao peito, aquele peito largo, em que ressoava, como num templo ou numa vasta e misteriosa caverna, sua voz grave. Ele falava, e falava, eu escutava-o, não raro semi-adormecida, a imaginação voando livre, livre, atravessando desertos e oceanos, chegando a lugares distantes.

Vida não é, contudo, só imaginação, vida é trabalho. E, nas duras condições em que vivíamos, muito trabalho. Eu, a mais velha das filhas, ajudava mamãe a limpar a casa, a preparar a comida, a lavar roupa. Habilidade não me faltava. Sabia trabalhar com as mãos, sabia cozer, sabia arrumar coisas que quebravam. E ah, sim, sabia esculpir em madeira. Essa arte, eu a aprendera com uma canaanita, que, acompanhando o marido mercador, passara por nossa aldeia. Ficara algumas semanas entre nós, tentando, sem êxito, vender as esculturas que expunha na empoeirada rua principal. Para passar o tempo, ensinava a menininha curiosa que eu era a esculpir. Gostava de mim, achava que eu tinha talento, e para estimular-me até me deu de presente algumas velhas e enferrujadas ferramentas, com as quais minhas mãos hábeis produziam coisas admiráveis. Em madeira, fiz para mim própria uma boneca que não mostrava a ninguém: mantinha-a escondida no oco de uma árvore perto de casa e às vezes, no meio da noite, levantava-me e ia em silêncio até lá, brincar com a Raquel, esse foi o nome que lhe dei. E que boneca era a Raquel, Deus, que boneca! Confeccionada na melhor madeira que eu pudera arranjar, e linda, lindíssima, deslumbrante. Os detalhes do rosto e do corpo, nos quais eu diligentemente caprichara, eram absolutamente perfeitos, a boca entreaberta, os lábios brilhantes (graças a um pouco de corante vermelho que eu extraíra de uma raiz da região), os seios — aos quais eu tinha dedicado especial atenção — empinadinhos. Tudo artificial, decerto, mas havia algo natural na Raquel: o cabelo, meu próprio cabelo, que eu cortara e que ali estava, colados a seu crânio, com uma cola que eu preparara com resina de árvores da região.

Eu tinha orgulho de meus cabelos, longos, negros. Todos os dias eu os penteava com um pente de madeira por mim própria fabricado. Digamos que para mim meus cabelos eram o equivalente do que a barba representava para meu pai e para os homens em geral. Equivalente em termos; equivalente, mas com óbvia conotação transgressora, pecaminosa. A barba era, para os homens de nossa gente, motivo de orgulho; orgulho modesto, orgulho de quem cumpre suas obrigações para com Deus, mas orgulho. Deixavam crescer a barba, mas não cuidavam dela: nada de ungüentos, nada de perfumes, coisas de pagão. E não a penteavam. Que cada fio seguisse seu destino. Destino modesto; era para a terra que se dirigiam os pêlos da barba, para o solo, onde um dia seria sepultado o homem que os gerara.

Os cabelos, não. Os cabelos, inicialmente brotavam viçosos, adubados pelos maus pensamentos emanados da turva mente feminina; cresciam não para baixo, como a modesta e reservada barba, mas para cima, como se quisessem atingir o céu onde estava Deus. Propósito arrogante, de antemão condenado ao fracasso: a vontade divina era incomensuravelmente mais forte. Diante dela os cabelos, por bonitos que fossem, perdiam sua soberba, e eram logo obrigados a uma inflexão que corrigia seu rumo e os dirigia implacavelmente para a terra, a mesma terra que, como destino final (és pó e ao pó retornarás), os fios da barba aceitavam com tão comovente humildade. De tal humildade, porém, não partilhavam os cabelos; como Satã, eles não se conformavam com a derrota. Se não podiam submeter a divindade a seus perversos desígnios, a eles submeteriam os homens, apelando para o que tinham, e têm, de mais vulnerável: o desejo sexual. Sutis tentáculos, sutis serpentes, mais sutis ainda do que a serpente do Paraíso, os cabelos envolveriam os descendentes de Adão e, com essa sedutora manobra, aprisionar-nos-iam para sempre. Pagãos falavam de uma terrível criatura, uma bela mulher cujos cabelos eram serpentes vivas e venenosas; na verdade, porém, todos os cabelos eram serpentes. Não por outra razão nossa lei ordenava que ficassem modesta e prudentemente ocultos e era o que eu, para evitar problemas para o meu pai, fazia; utilizando para tal um lenço escuro que minha mãe me dera e que era igual ao que ela e outras mulheres usavam. Mas os cabelos da minha boneca, esses lenço algum escondia. Uma transgressão, portanto. A própria boneca representava uma transgressão, na medida em que contrariava o preceito religioso proibindo a confecção de imagens. Isso pouco me importava; importava-me a Raquel, minha companheira, minha confidente. À boneca eu contava, sussurrando, meus segredos mais íntimos. E segredos não me faltavam, agora que a infância ficava para trás. Segredos e angústias; muitas vezes, me faziam chorar de forma inexplicável. Coisas estavam acontecendo em meu corpo, coisas que não entendia. Um dia menstruei. Deus, que susto. E o pior é que não tinha ninguém a quem falar sobre aquilo. Minhas irmãs eram mais moças que eu; minha melhor amiga, Laila, também. Quanto a mamãe... Deus, eu não podia contar com a ajuda daquela mulher frágil, nervosa. Restava a boneca. A ela eu falava de minhas apreensões, de meus terrores.

Aos poucos, o mal-estar foi diminuindo, à medida que o tempo passava e que eu me tornava mulher. Linda mulher, modéstia à parte. Não era muito de me olhar no espelho, objeto que nem sequer existia em nossa casa: meu pai dizia que era coisa de vaidoso, de gente leviana. Mas Laila tinha, sim, um espelho, e o que eu via ali fazia meu coração bater mais depressa. Deus, eu era linda. Tudo em mim era lindo. Os cabelos eram lindos, os olhos, escuros, eram lindos, os lábios, túmidos, eram lindos. Tu és linda, dizia Laila, não sem uma ponta de inveja; a coitadinha era meio mirrada e tinha um olho menor que o outro. Tu és linda, diziam minhas irmãs, quando crescermos vamos ser lindas como tu. Até minha mãe, timidamente, uma vez me disse que se sentia orgulhosa de ter uma filha tão linda. Só meu pai não dizia nada, não comentava minha beleza. O que me dava muita raiva. Pára de falar com Deus, eu tinha vontade de lhe dizer, olha para tua filha, ela é linda, no belo rosto dela tu enxergarás a obra do Senhor.

Não só minha mãe, ou minhas irmãs, ou Laila, elogiavam minha beleza. Os rapazes da aldeia me olhavam com uma insistência que traduzia sua admiração, seu deslumbramento. Alguns eram muito bonitos, mas eu não podia nem sequer pensar em retribuir-lhes o olhar, muito menos em falar com eles, que dirá namorar. Não, minha aproximação a homens teria de ser mediada por papai. No devido tempo ele escolheria para mim um marido. Tratava-se de um costume antigo e que eu não ousaria jamais contrariar. O problema era que o tempo passava, e papai não se manifestava a respeito. O que era para mim motivo de grande ansiedade. Eu queria homem, um homem que despertasse a mulher dentro de mim, que me fizesse viver a plenitude da feminilidade. Olhar para rapazes, inclusive para meus irmãos, que começavam a chegar à puberdade, era uma experiência perturbadora, como o eram os sonhos que eu tinha constantemente e dos quais acordava coberta de suor. Mamãe, coitada, percebia que eu estava vivendo uma fase difícil, e bem que gostaria de me ajudar, de falar comigo, mas não conseguiria fazê-lo. Provavelmente ficaria vermelha, começaria a gaguejar e terminaria batendo em retirada num pranto convulso.

Tudo dependia, pois, de papai, do marido que me arranjaria. Ele não falava nada a respeito, mas eu tinha certeza de que estava tomando suas providências. Certamente mantinha contatos, certamente fazia e recebia propostas, empenhado no complicado processo de barganha que eram a regra em nossos arranjados casamentos. Eu sabia que nisso ele não falharia, e dito e feito, um dia, chegou em casa, reuniu a família e, radiante, anunciou:

— Tenho um marido para a Tamar.

Não posso negar que no momento eu vibrei de alegria: um marido! Um homem, enfim! Mas minha alegria durou pouco, muito pouco. Porque logo em seguida ele completou:

— O nome dele é Er.

Er. Sim, eu o conhecia. Como não haveria de conhecê-lo? A aldeia era um lugar pequeno, todo mundo conhecia todo mundo. Er — eu sabia quem era. E porque eu sabia quem era, porque já o vira várias vezes, o anúncio de seu nome foi para mim um balde de água fria, um soco na boca do estômago. De todos os rapazes que andavam por ali, Er era o último que eu escolheria para marido, se pudesse escolher. Não que fosse feio; não era feio nem bonito, mas era insignificante, sem graça, um cara magro, encurvado, e, pior, com uma permanente expressão atormentada no rosto. Um cara cujo olhar de desamparo era um pedido de socorro. E quem iria socorrê-lo? Eu? Oh, Deus. Vontade tinha eu de chorar, de sair correndo dali.

Papai não notou minha perturbação. Ou fez que não notou. Estava feliz, extremamente feliz, feliz como eu nunca o vira antes; e, de seu ponto de vista, tinha boas razões para estar feliz. Estava falando de ninguém menos que o filho mais velho do patriarca de nossa tribo, Judá. Estava falando de um jovem sério, correto, o esposo ideal para a filha de um sacerdote. E estava falando da oportuna e afortunada união de poderes que o casamento proporcionaria: o poder da religião unindo-se ao poder do patriarcado. A posição de meu pai estaria definitivamente consolidada; eventuais rivais não ousariam criticá-lo. Sua satisfação, portanto, era mais que explicável e todos dela partilhavam. Minha mãe abraçou-me, chorando de emoção: minha filhinha vai casar, que bom. Meus irmãos e irmãs vibravam de alegria. Ninguém perguntou como eu me sentia. Ainda bem: fingir que estava feliz já me era difícil, traduzir essa suposta felicidade em palavras seria pior ainda. Eu corria o risco de, em algum momento, perder o controle e expressar meu desapontamento e minha raiva numa torrente de palavrões muito pouco adequados para um momento que deveria ser glorioso. Fiquei calada, pois, sorrindo a contragosto. No fundo queria chorar, queria cair num pranto convulso, queria jogar-me no chão, queria arrancar meus cabelos, meus belos cabelos, gritando, ai, que desgraçada eu sou, como sou desgraçada. Mas contive-me. Que remédio? Contive-me, fiz o que minha mãe, e a mãe dela, e a mãe da mãe dela haviam feito toda a vida, contive-me. Contenção era a palavra de ordem para as mulheres. Eu começava a incorporá-la à minha existência.

Uma semana depois, e como era de praxe na preparação de um casamento, a família do noivo veio nos visitar. A família toda não; Judá, Er, e seus dois irmãos. A mulher do patriarca não compareceu; aquilo não era assunto para ela, nem para minha mãe, minhas irmãs ou mesmo para mim: eu apareceria aos visitantes apenas momentaneamente.

Meu pai, acompanhado de meus irmãos, recebeu os visitantes nas suas mais imponentes vestes sacerdotais. Fê-los sentar, ofereceu-lhes bons manjares (manjares que eu própria preparara, a contragosto) e excelente vinho. Enquanto isso, e com ajuda de mamãe e de minhas irmãs, eu também me preparava. Vesti as roupas finas, elegantes, adquiridas especialmente para aquela ocasião. Estava bonita, elegante, mas nervosa, muito nervosa, e contrariada; não era com alvoroçada expectativa que aguardava aquele encontro. Minha mãe tentava me acalmar, não te preocupes, vai dar tudo certo, nós estamos do teu lado, Deus está do teu lado.

Finalmente fiquei pronta. Respirei fundo e — seja o que Deus quiser — entrei no aposento onde estavam meu pai e os visitantes.

Eis o teu futuro esposo, disse papai, sorridente. E ali estava

Er, diante de mim. Eu nunca o vira de tão perto e agora que isso acontecia, minha frustração chegava a um nível insuportável. O cara que em breve se tornaria meu marido, o cara com quem eu viveria toda a minha vida (casamentos entre nós eram para valer, separação só em casos extremos), o cara com quem deitaria no leito, com quem — oh, Deus — faria sexo, o cara com quem criaria uma família, era uma figura ainda mais lamentável do que sempre me parecera. Nada tinha de parecido com o pai, homem imponente, de longa barba grisalha, bonito até — apesar da fisionomia severa. E também nada tinha de parecido com os dois irmãos, Onan, alto e robusto, belo jovem, e Shelá, garoto ainda, mas também bonito. Ainda que olhando-o furtivamente, eu não podia deixar de perceber certos detalhes deprimentes: o tique nervoso que fazia seu rosto contrair-se a todo instante e a barba, uma barbinha completamente diferente da bela barba de meu pai. A barba de Er era uma barba de adolescente, rala, um tufo de pêlos aqui, outro ali; tufos isolados, talvez até mantendo entre si uma relação hostil, conflituosa, um tufo dizendo ao outro: não te aproximes de mim, tufo de merda, não quero nada contigo, crescemos na mesma cara mas isso não nos torna iguais, fica na tua que eu fico na minha, tu lá, eu cá, estamos conversados. Aqueles tufos não chegavam a formar massa crítica, não geravam uma barba que pudesse ser vista como a insígnia de um verdadeiro homem. Aquele lamento piloso, aquele triste e ridículo arremedo de barba servia apenas como imagem do que seria o nosso casamento: uma precária coleção de precários e isolados acontecimentos, uma celebração aqui, uma desgraça ali, um ou outro coito sem graça, três, quatro gravidezes; não seria uma floresta de emoções a nossa vida, seria uma erma e desolada paisagem, uma triste planície com arbustos tão mirrados e tão insignificantes quanto os tufos daquela barba. Àquela melancólica planura eu preferia a montanha, autêntica na sua hostil elevação, na aspereza de suas pedras, no sombrio mistério de suas cavernas. E, ao Er, eu preferiria qualquer homem.

E ele, o que preferia? Difícil saber. Como todo sofredor, era enigmático. Nesse enigma, paradoxalmente, residia minha única esperança. Em algum momento Er poderia, passando por uma surpreendente transformação, emergir como uma figura gloriosa, um homem à altura de seu pai e do meu e à altura da grande mulher que, em potencial, eu era. Milagrosamente animada por essa expectativa, consegui até sorrir para ele.

Como previsto naquela situação, Er levantou-se, aproximou-se de mim; olhos baixos, murmurou algumas palavras que não ouvi mas que provavelmente eram amáveis. Cumprida a obrigação, voltou, rígido como um boneco (um boneco desengoçado, sem graça; um boneco que minha linda boneca repeliria com desprezo, sai já daqui, seu traste inútil, desaparece, vai bancar o robô longe daqui) para o seu lugar.

Fez-se um silêncio constrangedor. Papai então voltou-se para mim e pediu — pediu, não, ordenou — que me retirasse. Minha participação na negociação do casamento limitara-se àquela fugaz aparição; agora era o momento da conversa séria, entre homens. Eu queria, mesmo, sair. Queria fugir dali correndo, queria ir em busca de minha boneca, queria abraçá-la, contar-lhe entre lágrimas como eu era infeliz. Mas não fiz isso. Uni-me à minha mãe e às minhas irmãs, fingindo, com tremendo esforço, que estava muito contente. Mas não fui inteiramente convincente. Mamãe olhou-me e senti que ela, coração apertado, se dera conta do que se passava, da minha acabrunhante infelicidade; mas, mãe que era, havia um recado no seu olhar: é assim mesmo, filhinha, é assim mesmo, mas não tem importância, finge que estás feliz e acabarás acreditando na tua mentira, acabarás até por te sentir de fato feliz, razoavelmente feliz ao menos. Pobre mamãe. Bem que tentava, a coitada, ajudar-me, lutando com suas múltiplas limitações.

Nos meses que se seguiram, as visitas do meu agora noivo se repetiram com alguma freqüência. Primeiro vinha com o pai e com os irmãos; depois, e certamente porque Judá assim o determinara, sozinho. Com a invariável presença de mamãe (que sem dúvida cumpria instruções do marido, desempenhando o papel de vigia), sentávamos os dois na sala principal da casa. Deveríamos conversar, e de fato trocávamos algumas frases sobre condições meteorológicas, que calor está fazendo, uma chuva agora seria ótimo. Mas, na maior parte do tempo, mantinhamo-nos em silêncio. Ele não me olhava. Ficava sentado, imóvel, o olhar distante. Imobilidade, distância, aquilo era a síntese de nosso namoro. Nunca nos beijamos, nunca nos abraçamos, nunca nos demos as mãos. Eu não sabia o que pensar, estava triste, confusa; minha esperança era que o casamento mudasse tudo, que de repente, como nas histórias que minha mãe contava quando eu era criança, nos apaixonássemos e descobríssemos a felicidade. Laila, a pobre e boa Laila, tratava, como mamãe, de me animar: não te aflijas, Tamar, é sempre assim, com minha mãe foi pior ainda, ela só viu meu pai cinco dias antes do casamento, e detestou-o, mas na cama, depois, foi maravilhoso.

O casamento foi, ao menos para nossos padrões, grandioso; muita gente ali, parentes e amigos vindos até de longe. Papai, radiante, com uma alegria que eu nunca vira nele, oficiou a cerimônia. Na qualidade de patriarca, fez um discurso concitando-nos (intimando-nos, melhor dizendo) a ter filhos, muitos filhos. Er, vestindo uma túnica grande demais para ele, ouvia, quieto, meio encolhido: o noivo mais amedrontado do mundo. Mas poucos ali prestavam atenção nele. Quem atraía os olhares era eu, porque, modéstia à parte, estava linda nas minhas vestes nupciais.

A festa — muita comida, muita bebida, cantos, danças — durou três dias. Depois, os convidados foram embora. Er e eu iniciamos nossa vida de casados. Moraríamos numa casa próxima à residência do patriarca, uma casa boa, mas pequena, e, como adequado para um casal que começava a vida, modesta, precária. Inclusive não fora totalmente concluída: o piso ainda era de terra batida, detalhe que depois teria enorme significado em minha vida, e que continha uma implícita mensagem de nossos pais: o teto nós damos, o teto que abrigará vocês das intempéries; mas do piso sobre o qual vocês andarão, encarreguem-se vocês mesmos. Terra batida ou belos ladrilhos, vocês decidem.

De meu pai, Er recebeu também o dote — um rebanho de cabras, outro de ovelhas —, e disso poderíamos viver. Agora, teríamos de retribuir. Com filhos, obviamente. Era o que todos esperavam de nós, sobretudo Judá. A linhagem do patriarca precisava ter continuidade. Cabia a nós, a Er e a mim, cumprir esse objetivo. Ele deveria me desvirginar, deveria me fecundar. E eu deveria engravidar, e dar à luz, e amamentar, e cuidar das crianças... Mas, para isso, seria necessário termos relações sexuais. E como é que se fazia isso? Eu tinha uma vaga noção, mas era apenas vaga, e era noção; não me ajudaria em nada. Com quem falar, a quem perguntar? Laila era tão inexperiente quanto eu (e, coitada, ficaria inexperiente por muito tempo). Mamãe poderia dar-me alguns conselhos, ensinar-me algumas técnicas; aliás e, talvez cumprindo ordens de papai, tentou fazê-lo, a coitada. Na noite em que, encerradas as festas, Er e eu deveríamos ir para a nossa casa, ela veio ter comigo, no quarto que eu partilhara com minhas irmãs e que agora estava deixando. Embaraçada, gaguejando, disse que estava se aproximando aquele importante momento em que... em que...

Em quê? Eu aguardava, mas ela não conseguiu terminar a frase. Deita de costas e pensa em Deus, sussurrou, e fugiu. Terminei de arrumar minhas coisas. Er esperava-me à porta. Já havia anoitecido, as estrelas brilhavam no céu, um ventinho frio soprava do deserto, as corujas piavam.

Em silêncio, naquele silêncio que resumiu nossa história, dirigimo-nos para a casa, ali perto. Entramos e fomos direto para o quarto, debilmente iluminado por uma lamparina que alguém, minha mãe ou a dele, providencialmente deixara acesa: consoladora luz, aquela, ainda que fraca e vacilante. Estamos aqui, crianças, dizia a luzinha, não esquecemos de vocês, não se assustem com o escuro, não se assustem com o sexo, não se assustem com a vida, tudo vai dar certo, vocês vão ver.

O suspiro que Er deixou então escapar foi mais que audível. Fundo suspiro, de certa forma um derradeiro suspiro; no ar exalado iam-se os sonhos de sua infância, as suas derradeiras fantasias. De qualquer forma ele sabia, como eu, que havia uma tarefa a ser cumprida, e ele tentaria cumpri-la, ainda que de forma desajeitada, esquisita. Voltou-se para mim, sorriu ou fez força para sorrir; o resultado, porém, foi uma careta, que o tique tornava ainda mais grotesca. Numa voz vacilante pediu (poderia ter ordenado, agora que era marido, mas optou pelo pedido) que eu saísse por um momento. Saí. Quando voltei, ele tinha tirado a roupa e estava deitado, coberto até o queixo por uma manta de lã de ovelha. Despi-me também, deitei-me ao lado dele, e igualmente cobri-me com a manta. Ali ficamos, imóveis, em silêncio, eu olhando-o de esguelha, ele fitando o teto, fitando insistentemente o teto. O que via naquele teto? Que imagem lhe aparecia ali, naquele enigmático *écran*? A imagem de Deus, por acaso? Deita de costas e pensa em Deus? Não, isso era o que eu deveria fazer. O conselho para ele era outro: deita sobre tua esposa, submete-a com teu peso, mesmo que sejas magro (e se és magro trata de engordar, trata de criar barriga, o casamento é bom para isso, para criar barriga); penetra-a, arrebenta o hímen que, acessório descartável, impede-a de ser uma mulher completa, despedaça-o em mil fragmentos, fragmentos que jamais possam se reunir, fragmentos que devem se despedir uns dos outros, adeus, irmão fragmento, foi bom enquanto estivemos juntos, enquanto a virgindade estava preservada, mas agora temos de nos separar, é a regra implacável deste mundo cruel em que a união, mesmo precária, de uns implica a dolorosa, e, no caso, sangrenta separação de outros, mas assim é a vida, a vida odeia hímens, a vida odeia barreiras. A barreira himenal finalmente, e vitoriosamente, rompida, impregna-a com teu rico, poderoso e ancestral sêmen, faz dela uma mãe, torna-te um patriarca como teu pai e como o pai de teu pai, dá seqüência a essa gloriosa tradição.

Esse conselho, se é que alguém lho dera (Judá?), certamente não seria seguido. Er parecia paralisado, irremediavelmente paralisado. Petrificado.

E eu? Como provavelmente já acontecera com milhares de mulheres antes de mim, eu também estava imóvel, à espera de que alguma coisa acontecesse. Espera ansiosa, muito ansiosa. Mas, coisa surpreendente, de alguma forma aquele homem franzino, aquele homem que era a própria negação da masculinidade, aquele homem desamparado e patético mobilizava meu desejo, o desejo que eu sentia desde a adolescência. Meu corpo pedia um macho; minha boca, meus seios, minhas coxas, minha vagina pediam um macho. O macho, o suposto macho, estava ali, mas nada acontecia.

Eu precisava fazer alguma coisa. Não me cabia tomar a iniciativa, não era próprio de nossa tradição a mulher fazer isso, mas aquela era uma situação excepcional, tensa, dramática: era como se todos, minha família, a família de Er, a gente de nossa tribo, o mundo inteiro, e, não menos importante, o próprio Deus com sua longa e negra barba, estivessem ali, junto do nosso leito, à espera de que eu fizesse alguma coisa, que mobilizasse o homem que, ainda que em minúsculo e grotesco embrião, existia dentro de meu marido. O casamento precisava se consumar porque o fora abençoado pelo Senhor e também porque, e naquele momento eu não podia me envergonhar disso, não devia me envergonhar disso, eu queria, de uma vez, tornar-me mulher. Paradoxalmente, já que o clima não poderia ser mais desanimador, sexo era, naquele momento, impositiva urgência, era furiosa demanda; e eu faria qualquer coisa para satisfazer tal demanda, unindo o útil ao que, eu esperava, seria o agradável, e não só agradável: excitante.

— Er...

Que merda de nome ele tinha! Aquilo não era nome, aquilo era um soluço. "Er..." Não representava apelo nenhum, aquele nome, muito menos um apelo erótico. E não adiantaria acrescentar qualificativos. Querido Er, formoso Er, gostoso Er, nada funcionaria, aquela maldita sílaba anularia qualquer adjetivo, por mais libidinoso que fosse. O jeito era deixar a retórica de lado e passar à ação. Estendi a mão e, vacilante de início, mas logo decidida, acariciei-lhe o rosto, os tufos da rala e seca barbicha; e depois o peito (glabro), depois o ventre, e por fim o sexo. Vocês podem imaginar a audácia que isso representava, mesmo para quem, como eu, já estava com a vagina úmida. Era a primeira vez que eu agarrava o pênis de um homem. Mas, mesmo inexperiente, eu me dava conta da inutilidade da providência. O pênis, que até nem era tão pequeno, que poderia perfeitamente cumprir sua função, continuava, no entanto, murcho. Como o sexo de um morto. Horrível comparação, reconheço, porém mais que pertinente: a morte de alguma maneira estava ali, no quarto nupcial, e era a morte que expulsava, vitoriosa, o desejo. Senti um calafrio; minha disposição para o sexo instantaneamente sumiu, afastada por aquele pênis inerme, substituída pela inexorável certeza de que nosso casamento estava condenado. Mais: que Er estava condenado. Virei-me para o lado e, as lágrimas correndo silenciosas pela face, acabei adormecendo. Um sono pesado, o sono misericordioso, a pequena indenização que Deus enfim me concedia.

Teve assim início a nossa vida matrimonial. Que foi se desenrolando de maneira previsível, monótona, ainda que tensa. Como todos da aldeia, levantávamo-nos cedo. Er saía para apascentar as ovelhas, o que o obrigava a fazer longos trajetos; bons pastos por ali eram raros. Por causa disso só voltava à noite. O que era um alívio. Durante o dia pelo menos eu me entretinha, cuidando de nossa pequena horta atrás da casa, lavando roupa, visitando minha família e Laila. Ah, sim, e trabalhando nas minhas esculturas em madeira. Era o meu grande consolo, algo que eu fazia com verdadeira paixão e com alguma dificuldade: madeira era coisa difícil de arranjar naquela região onde árvores eram raras; mas o mercador que trazia pergaminhos para meu pai e para Judá secretamente me abastecia com esse material.

À noitinha ele regressava, o meu marido. Eu o esperava com o jantar pronto. Era boa cozinheira, e Er não deixava de me elogiar, ainda que o fizesse de forma caracteristicamente reservada. De resto, falávamos pouco, e sempre coisas banais. A doença de uma ovelha podia render umas seis frases. Tempestades, infelizmente raras, representavam um tema mais amplo, mais abrangente, chegando a dez frases e incluindo algumas interjeições. Mas, terminado o jantar, estava terminada também a conversa. Como todos na aldeia, íamos cedo para a cama. Onde nada acontecia, nada.

Com o tempo fui me resignando àquilo, àquela miséria que era nossa vida de casados. Mas não perdia a esperança. Achava que de repente Er despertaria para o sexo e que aí se revelaria um grande amante, um fogoso garanhão. Eu chegava a rezar para que isso se tornasse realidade, acreditam? Deus, bom Deus, faz do meu marido um macho. Mas não, Er não se tornava um macho. Pior, algo aconteceu, algo que mudou tudo e que precipitou nossa tragédia.

Uma noite — tínhamos terminado de comer — uma de minhas irmãs foi me procurar. Mamãe não estava se sentindo bem, queria que eu lhe fizesse companhia, que dormisse lá. Avisei a Er que só voltaria pela manhã e fui. Mamãe felizmente (não: felizmente, não; infelizmente, muito infelizmente) estava melhor e não precisaria de meus cuidados. Conversei algum tempo com meus pais e irmãos e voltei para casa. Pensando que Er estaria dormindo, entrei silenciosamente e silenciosamente abri a porta de nosso quarto. O que vi me fez arregalar os olhos.

Er não estava dormindo. Estava acordado, bem acordado, terrivelmente acordado. Vestia a túnica que eu usara no casamento. Nos lábios, colocara uma tintura de um vermelho brilhante e os olhos estavam maquiados de preto. Ao ver-me, soltou um grito — o grito de um animal mortalmente ferido —, jogou-se na cama, cobriu-se totalmente e ali ficou, gemendo e choramingando.

Passado o choque inicial, sentei-me na cama, acariciei seu corpo trêmulo. Não disse nada — o que poderia dizer? —, mas queria que ele soubesse: eu estaria a seu lado. E ele precisava de mim a seu lado. Homem vestido de mulher (e homem querendo fazer, no sexo, o papel da mulher), aquilo era abominação muito agravada pelo fato de ser ele o filho mais velho do patriarca. Se alguém soubesse do acontecido, certamente ele seria punido com a morte. Mas ninguém saberia do acontecido. Eu jamais o revelaria. Reconhecia que meu casamento estava definitivamente acabado (o que não deixava de ser um alívio; por fim a verdade aparecia, ainda que da forma mais grotesca e traumática possível), mas não queria aumentar o sofrimento com a desgraça do infeliz. Foi o que lhe disse: esse é um segredo entre nós, querido Er, e vou mantê-lo, custe o que custar. Fiz com que ele saísse da cama, tirasse a túnica, lavasse o rosto. Fiz com que deitasse e fiquei ao lado dele, segurando sua trêmula mão e ouvindo seu chorinho manso até que acabamos adormecendo ambos.

A partir daí passamos a falar cada vez menos. Se Er teve relações com algum homem (pouco provável; na verdade era um enrustido, nunca se atreveria a assumir publicamente o seu lado mulher, coisa que alguns pagãos faziam), não fiquei sabendo. Mas nosso casamento não se consumou.

O pior era que eu não tinha ninguém com quem compartilhar aquele doloroso segredo. Com minha mãe não adiantaria falar: provavelmente se afligiria ainda mais do que eu, e nem mesmo à Laila eu podia contar o acontecido. Mas o silêncio só fazia aumentar as suspeitas àquela altura generalizadas entre nossa gente. Suspeitas fundamentadas, aliás: decorrido quase um ano de nosso casamento eu não tinha ainda engravidado, o que simplesmente não era a regra entre nós. Ninguém me perguntava a respeito, e acho que a Er também não perguntavam, mas a inquietação de nossas famílias era visível. Por fim, papai me chamou para uma conversa. Foi lacônico, foi objetivo: sei que o casamento de vocês fracassou, ele disse, e sei que não é culpa tua, o problema é com o Er. E aí foi seco e categórico:

— Ele está condenado. Prepara-te para o pior.

E o pior aconteceu. Nos dias que se seguiram, Er mudou bruscamente, seu silêncio deu lugar a uma agitação doentia. Era visto andando pela montanha, resmungando coisas incompreensíveis. Não comia, dormia mal, falava durante o sono. Um dia sumiu. Procuram-no, encontraram-no numa caverna, morto.

Meu pai fora realmente profético, mas, apesar de anunciada, aquela morte representou para mim um golpe devastador. Tudo indicava que se tratava de suicídio, que Er se envenenara com certas plantas da região — plantas que, segundo uma lenda local, ali tinham sido colocadas pelo demônio, que assim perversamente estimulava aqueles que queriam dar cabo da vida. Eu sabia que Er estava na fronteira da loucura, mas nem nos piores momentos imaginara aquele final.

Como se não bastasse todo o nosso sofrimento, tivemos de enfrentar um problema pungente, difícil. Se admitíssemos que a morte ocorrera por suicídio, e não por doença, Er não poderia, de acordo com nossa tradição, ser enterrado perto de outros mortos da nossa tribo. A meu pai cabia, na qualidade de sacerdote, a decisão. E essa decisão era, para mim, imprevisível. Papai era conhecido como homem reto, inflexível, adepto da verdade mesmo nas mais adversas circunstâncias. Mas decidiu que Er seria sepultado como um morto comum, não como suicida. Foi um alívio, o único momento de alívio naquele terrível transe, e permitiu-me ver meu pai de maneira diferente, não como o insondável e inexorável homem da lei, mas como alguém que, buscando poupar pessoas, recorria a uma medida piedosa. Er, finalmente absolvido, finalmente livre de seu sofrimento, foi enterrado.

Morte era coisa freqüente entre nós, algo que enfrentávamos com resignação. Sabíamos que a vida tinha de continuar, e a vida continuou. No dia seguinte ao sepultamento, os homens estavam apascentando os rebanhos, as mulheres estavam entregues às lides domésticas, e as crianças brincavam como sempre.

De repente vi-me, jovem ainda, viúva. Viúva e amargurada. Amargurada pelo que acontecera e amargurada pela reação das pessoas. Muitos tentavam, de forma canhestra, expressar sua solidariedade com palavras do tipo "Foi a vontade de Deus"; mas em certos olhares eu via um brilho de irônico triunfo: essa aí que se achava o máximo em matéria de beleza, essa vaca vaidosa, teve seu castigo. Paranóia minha? Provavelmente. Mas, paranóia ou não, muitas vezes pensei em ir embora, em viver num lugar longínquo, numa região de pagãos inclusive.

Não podia, contudo, fazer isso. Por causa da lealdade, não é? Por causa da lealdade que, apesar de tudo, eu sentia para com minha gente, para com aqueles homens de longas barbas que lutavam para sustentar suas famílias, para com aquelas mulheres corajosas, ainda que de olhar triste. E também por causa da culpa. No fundo, eu me sentia culpada, não parava de me acusar: se tivesse sido mais sábia, mais compreensiva, se tivesse despertado o macho que, minúsculo embora, embrionário embora, jazia perdido dentro do pobre Er, se tivesse tido uma relação com ele, uma única relação que fosse, e que, resultando numa gravidez, talvez... Esse talvez pesava sobre mim, esse talvez me esmagava.

Por último, havia a lei. A nossa lei. Er não deixara descendência; eu me tornara depositária de uma herança, coisa incompatível com minha condição de mulher. Um filho varão se fazia urgentemente necessário como herdeiro.

Judá mandou chamar papai para uma conversa a portas fechadas. Dessa conversa, eu sabia, dependia o meu destino. Que, contudo, já podia ser antecipado. Onan tomaria o lugar do falecido irmão no leito conjugal. De acordo com a tradição, a ele caberia a tarefa de me engravidar. De novo minha vida mudaria; de novo eu estaria confrontada com incógnitas, com dúvidas, com incertezas. Procurava manter-me calma, impassível. Por incrível que possa parecer, isso já não me era difícil. Eu estava aprendendo a me resignar, a aceitar frustrações e desventuras.

Onan era um enigma. Dele eu sabia muito pouco. Nada de surpreendente nisso; minha relação com a família de Er tinha sido, e continuava sendo, distante. Judá, o patriarca, tratava-me bem, afavelmente até, mas me intimidava. Sua mulher era uma figura apagada, vivia à sombra do marido e quase não falava. Shelá, o caçula, era, até certo ponto, exceção: dele, daquele garoto (pelo menos eu o considerava um garoto) simpático, sorridente, eu podia me aproximar e já o tinha feito: conversávamos bastante. Mas não conseguia manter nenhum tipo de relação com Onan. Havia uma espécie de barreira entre nós; nunca havíamos trocado mais do que meia dúzia de palavras convencionais. Devo dizer, contudo, que ele me perturbava. Era bonito, impressionantemente bonito. Um rosto de traços enérgicos, testa alta, olhos grandes, e a barba — Deus, aquela sim, era uma barba. Igual à de meu pai: negra, viçosa, ainda que um pouco menos abundante (mas um dia seria abundante, um dia aquela barba seria muito abundante). Por mais que tentasse reprimir minhas emoções eu não podia negar o fato de que Onan me atraía, Onan mobilizava meu desejo, fazia o meu peito arfar. Seria ele capaz de transformar-me numa viuvinha, senão alegre, pelo menos malandrinha, pronta a desfrutar o prazer do sexo?

Era uma coisa sobre a qual eu não queria, não devia cogitar. Entre nossa gente aquilo pegaria muito mal. Eu devia fazer o papel da mulher que, enlutada embora, esforça-se para cumprir a lei. Mulher séria. Nada de manifestações de alegria, sobretudo nada de risos. Uma vez sorri. Não sei qual foi a razão de meu sorriso. Talvez tenha nascido de uma obscura necessidade de sorrir, de neutralizar as agruras da vida daquela maneira. Mas foi no mínimo uma leviandade, uma imprudência. Tão logo me dei conta de que estava sorrindo, fiquei séria, tratando de aparentar a seriedade que de mim se esperava e que, no caso, era mais que necessária: ali na aldeia eu não era muito bem-vista. Ninguém me dizia isso, mas eu sabia que as mulheres me achavam independente demais. Viam-me como uma rebelde, quase uma prostituta em potencial, pronta a oferecer o corpo ao primeiro macho que aparecesse. Portanto, qualquer manifestação de contentamento de minha parte, qualquer sorriso, geraria cáusticos comentários, e isso eu queria evitar, eu precisava evitar, senão por mim, então por minha família, por papai, sobretudo. Sacerdote, ele dependia do apoio (e das contribuições) dos fiéis para manter a liderança que conquistara com muito esforço. Sua imagem seria prejudicada se eu me tornasse uma contestadora: então um líder religioso não conseguia controlar a própria filha? Àquela altura eu já estava percebendo a diferença entre autenticidade e conveniência, entre paixão e raciocínio — frio, calculista raciocínio.

Mas Onan me desestabilizava. Desestabilizava-me por aquela figura de macho irresistível, desestabilizava-me pelo jeito como me tratava, e que aliás era o jeito como tratava a quase todos: uma arrogância sem limites, a arrogância de quem conhece sua estirpe e sabe o quanto vale. Tal arrogância ficou evidente quando Judá e meu pai convocaram as duas famílias para anunciar a decisão a que tinham chegado. Todos ouviram atentos, em respeitoso silêncio.

Onan, não. Onan não estava nem aí, não dava a mínima ao que os dois estavam dizendo. E, pior, não me olhava. Era como se eu não existisse. Quando o pai lhe perguntou se estava de acordo com o que fora resolvido (na verdade, uma indagação apenas formal, uma concessão àquele que assumia o lugar do falecido primogênito), simplesmente acenou com a cabeça, em silêncio, uma evidente expressão de enfado no olhar.

Considerando os tristes acontecimentos pelos quais havíamos passado, não cabia nova festa de casamento, mas Judá e meu pai conduziram uma simples e discreta cerimônia. E depois disso Onan e eu fomos para casa, a mesma casa que eu partilhara com Er. Entramos, ele fechou a porta, e voltou-se para mim. Eu aguardava, trêmula. O que faria ele? Será que me tomaria em seus braços fortes e me jogaria sobre a cama, possuindo-me, como eu esperava, com o arrebatamento dos apaixonados?

Não. Não fez nada disso.

— Precisamos falar — disse.

Falar. Na hora do sexo, ele queria falar. Ele, que quase nunca falava, agora queria falar. E, por sua fisionomia carregada, por seu ar nojentinho, eu bem podia adivinhar o que ele queria dizer com aquilo, com falar. Não seria uma troca de idéias, de sentimentos, de emoções; não, nada de abrir o coração, nada de franqueza. O que aquele Onan estava pretendendo era discursar, perorar, tripudiar, tergiversar, deblaterar, obtemperar, discordar; era putear-me de cima abaixo. A razão disso eu não entendia bem. Por que me detestava tanto, se eu nada lhe fizera? Ou será que me detestava tanto exatamente por isso, porque eu nada lhe fizera? E, nesse caso, o que deveria ter eu feito, que não fizera? Deveria tê-lo assediado, traindo seu irmão? De qualquer modo, eu lhe devia obediência, e se ele queria falar eu teria de ouvir, em contrito silêncio, se possível de cabeça baixa.

— Fala. Estou te escutando.

E ele falou. Falou muito, falou sem parar. Falou francamente, botou para fora tudo o que pensava, todos os seus sentimentos. Foi a primeira e a última vez que isso aconteceu. Disse que tinha casado comigo porque a lei assim o ordenava, mas que não sentia nada por mim. Pior: odiava-me. E odiava-me por duas razões. Para ele eu tinha, de algum modo, colaborado para a morte de Er, ou porque humilhara o pobre coitado, ou porque não o entendera. Depois, via-me como instrumento da vontade de Judá, parte de uma conspiração que tinha por objetivo transformá-lo num simples fornecedor de esperma. Desde criança o pai tratara a ele, filho do meio, com uma displicência, uma condescendência que se aproximava do franco desprezo. O primogênito era o primogênito, o caçula era engraçadinho; ele, Onan, não representava nada de especial, e o pai praticamente o ignorava. A trágica morte de Er reforçara essa situação, transformando-o num mero substituto, numa peça de reposição. O que ele não podia tolerar, se queria manter um mínimo de dignidade. Melhor seria sumir. Melhor seria morrer. Ou então fazer o que a tradição mandava, mas do seu jeito, e assim mostrar ao patriarca quem, afinal, mandava.

Esta era a sua disposição, este era seu plano. Ele estabeleceria as regras do jogo. Sim, porque de jogo se tratava, ao menos para ele; um jogo estranho, perverso, mas que tinha de ser levado adiante; assim o haviam decidido os dois detentores do poder, o patriarca e o sacerdote. Já que o jogo tinha de ser jogado, ele o jogaria, mas à sua maneira.

— A tradição diz que devo deitar contigo e fazer sexo. Pois eu deitarei contigo e farei sexo. É só o que podes esperar, entendes? Só. Sexo. Nada de amor, nada de estima, nada de amizade. Para mim és uma estranha, uma inimiga. Eu te odeio, mas na cama te darei uma trégua. Só na cama. Ouviste?

Sim, eu tinha ouvido. Mas não me conformava com o que ouvira. Estava enganado, aquele homem, aquele lindo homem. Mais: estava transtornado. O espectro do irmão, que sem dúvida não tinha descanso, apossara-se dele e não o deixava em paz. Alguém tinha de pagar por isso, e esse alguém era eu, naturalmente. Quem mais? Eu. No caso eu funcionava como verdadeiro bode expiatório. E pensar que ele, no casamento, estava entre aqueles que me haviam olhado com admiração. Deus, como as coisas tinham mudado.

Quando finalmente ele se calou, tentei explicar que aquilo era resultado de uma fantasia, que eu não fizera nada de errado, que o fracasso do meu casamento com Er não era culpa minha. Atalhou-me com um gesto: a conversa estava encerrada. Virou as costas, abriu a porta da casa e saiu, sem nem sequer dizer aonde ia, sem nem sequer se despedir. E eu fiquei ali, sozinha, confusa, humilhada.

Aos poucos fui me acalmando. E até — oh, Deus, como a gente se ilude — procurei convencer a mim própria de que, ao fim e ao cabo, as coisas não estavam tão mal assim. Afinal, ele se dispunha a fazer sexo comigo, o que já era um começo; pior seria ele se recusar terminantemente a isso. Sexo sem amor, era o que anunciava; mas eu achava que isso podia mudar. Confiava no meu instinto de mulher, confiava na minha capacidade de demonstrar ternura, afeto. Trataria de conquistá-lo, transformando aos poucos seu ódio em paixão. A cama seria para mim não campo de luta, não território conflagrado, mas um cenário mágico onde todos os prodígios poderiam se realizar. Esta era a minha otimista expectativa.

Eu estava enganada, completamente enganada, como constatei, para meu desespero e terror, naquela mesma noite.

Onan voltou ao escurecer. Recebi-o com sorrisos, servi a refeição que havia preparado, uma esplêndida refeição, aliás: cordeiro assado, temperado com ervas aromáticas e acompanhado de um vinho que papai me dera de presente. Comemos em silêncio. No fim, ele bruscamente pôs-se de pé:

— Estou te esperando no quarto — anunciou, seco

Entrou e deitou-se. O convite, ainda que formulado da maneira mais grosseira que se pode imaginar, era claro: Onan dispunha-se a cumprir suas obrigações matrimoniais. Obrigações, sim. O objetivo maior do casamento era gerar filhos, e isso acontecia mesmo que o homem e a mulher não se amassem. Mas isso não me era difícil aceitar. Eu queria engravidar. Queria tornar-me mãe, queria amamentar um bebê. Um filho seria para mim a realização máxima. E, assim eu o esperava, podia ser o elo que nos uniria definitivamente, a Onan e a mim, que faria de nós um casal pelo menos normal.

Eu deveria, pois, aproximar-me do leito. Vestida. Deveria deitar-me e manter-me em silêncio. Em silêncio, talvez ofegando um pouco (isso se a respiração o traísse), ele levantaria minha túnica, introduziria o pênis em minha vagina. Eu sentiria dor, a dor do hímen rompido, gemeria um pouco, e pronto, a coisa estaria feita.

De repente, porém, algo aconteceu comigo, algo que minha

mãe atribuiria a um demônio ou à ação daquela maligna Lilith, a primeira mulher de Adão que, rebelde, abandonara-o para entregar-se ao demônio Samael. A Lilith que à noite voava sobre as casas, introduzia-se subrepticiamente nas casas e tinha relações com maridos adormecidos — essa perversa astúcia resultando nas vergonhosas, humilhantes, mortificantes poluções noturnas. Estava eu possessa? Não sei. Só sei que de repente, e fremindo de desejo, tirei a roupa, fiquei nua, completamente nua.

Entrei no quarto e ali estava Onan, à minha espera. Quando me viu teve um sobressalto; diante dele estava uma mulher linda, de corpo perfeito. O corpo que certamente adivinhara sob as vestes, mas no qual não queria pensar — não podia pensar, se quisesse ser coerente com o que anunciara, se pretendesse apenas cumprir uma tarefa —, mas que agora estava ali diante dele. O desejo foi mais forte. Instantaneamente teve uma ereção. Sentou-se na cama e, ajudado por mim — eu tremia, Deus, como eu tremia —, despiu-se depressa. Ali estava seu pênis, duro, ereto, um pênis gigantesco. Pênis era algo que eu conhecia pouco; vira os dos meus irmãos, e o do meu pai, num dia em que inadvertidamente entrara no quarto dele no momento em que tirava as vestes sacerdotais. Mas aquela amostra da população peniana, mesmo significativa, não me preparara para os extremos, e o pênis de Onan sem dúvida era um extremo, magnífico, glorioso extremo, um expoente fálico. Instantaneamente arrebatada, joguei-me sobre ele, beijei-o furiosamente; ele me correspondeu, ao menos naquele momento, me correspondeu), e logo em seguida penetrou-me. A dor da ruptura do hímen, lancinante, só teve paralelo no prazer; esse prazer foi num crescendo e deveria terminar num clímax. Eu não sabia o que era orgasmo, mas sabia que teria um orgasmo, e sabia que esse orgasmo me transportaria às culminâncias não apenas do prazer como da minha condição de mulher.

Não tive orgasmo nenhum.

De súbito, e num gesto brusco, brutal mesmo, Onan sacou o pênis da minha vagina e ejaculou. No chão. Na terra batida que era o piso do quarto.

Ainda aturdida, mas frustrada e revoltada, eu não conseguia entender. Por que fizera aquilo, o Onan? Por que não chegara até o fim do ato, o fim que, desde o início dos tempos, era o momento maior da relação entre macho e fêmea, entre homem e mulher? Por quê? Deus, por quê?

A resposta era óbvia: porque não quisera. Não queria me emprenhar. Não queria ser o fornecedor de esperma. Era para fazer sexo com a cunhada? Então fazia sexo com a cunhada. Mas só sexo. Só penetração. Nada mais. Era isso que quisera dizer quando falara em fazer as coisas à sua maneira. Essa expressão simplesmente me negava, me excluía.

Ficamos ali deitados, lado a lado, em silêncio. Não precisávamos falar. Questionamentos, acusações, tudo isso era supérfluo. Para minha desgraça, para minha completa desgraça, o padrão daquele casamento estava estabelecido — por Onan — e da pior maneira possível.

As semanas que se seguiram confirmaram-no. Substituto de Er, Onan seguia a rotina do falecido irmão: levantava cedo e saía para apascentar as ovelhas. Voltava ao anoitecer, comíamos, íamos para a cama. Todas as noites ele me penetrava — tesão, isso eu tinha de reconhecer, não lhe faltava. E todas as noites, com precisão cronométrica, tirava o pênis no momento certo (certo para ele) e ejaculava na terra. A minha raiva ia num crescendo, e agora, por mais que eu tentasse controlá-la — eu não era a rainha da contenção, do autocontrole? —, tornara-se evidente para as pessoas com quem eu convivia. Mamãe e Laila, inquietas, perguntavam-me o que estava acontecendo, o que estava me deixando tão nervosa, tão abalada. Eu respondia de maneira evasiva. Não podia, obviamente, contar a verdade. Sofria em silêncio.

A pergunta que se deve fazer — e que eu mesma cheguei a me fazer — era: por que tinha eu de suportar aquela situação? Por que não deixava Onan? Por que não o denunciava a meu pai e ao patriarca Judá? Violava a lei, o Onan. O sofisma de que lançava mão — "estou seguindo a tradição, mas à minha maneira" — não servia como desculpa. A realidade se impunha: ele não cumpria o seu dever, não me engravidaria.

Disso ninguém saberia, porque eu não o denunciaria, não apontaria para ele meu dedo acusador. Eu estava apaixonada. Transgressor, ele? Decerto, mas a mim não importava. Se fosse necessário, se com isso eu pudesse conquistá-lo, eu também optaria pela transgressão. E não só no sexo. Em tudo. Por incrível que pareça, eu tinha fantasias em relação a Onan. Fantasias absolutamente absurdas, fantasias infantis e mirabolantes, que, por momentos, me tiravam misericordiosamente da dura realidade em que vivia. Numa dessas fantasias, nós dois, reconciliados e apaixonados, formávamos uma dupla fora-da-lei: Onan e Tamar, os bandidos românticos. Bandidos existiam então, e formavam bandos, mas sempre bandos masculinos. Mulher assaltante, aquilo seria uma novidade sensacional, capaz de nos dar fama — e fortuna. Percorreríamos as rotas comerciais do Oriente Médio assaltando cada caravana, cada posta de muda de cavalos. Nada, ninguém nos deteria. Chegaríamos ao Egito, recrutaríamos guerreiros entre tribos rebeldes; tomaríamos o palácio do faraó, que fugiria desesperado, e assumiríamos o poder de forma total, absoluta, mandando em tudo, confiscando tudo, vacas magras e vacas gordas, túnicas cinzentas e túnicas multicoloridas. José, que colaborara com o governo e que portanto não merecia nossa inteira confiança, perderia seu cargo, mas — compensação por ser parente, concessão ao nepotismo —

seria nomeado intérprete oficial de sonhos, com salário até razoável.

Ampliaríamos nossos horizontes, conquistando regiões longínquas. Fretaríamos barcos e com ele cruzaríamos o vasto oceano, chegando, depois de longa jornada, a uma desconhecida e maravilhosa região: um lugar imenso, de lindas praias, de terras férteis, de florestas, de montanhas verdejantes, habitada por gente amável, de feições diferentes das nossas, falando uma língua desconhecida. E esses povos bronzeados nos reconheceriam como dominadores, se prostrariam diante de nós e nos adorariam como deuses. Se de repente enjoássemos de ganhar dinheiro fácil, poderíamos, só para variar, mudar de rumo; poderíamos enveredar pela subversão. Formaríamos um grupo revolucionário, lançaríamos manifestos denunciando a brutal exploração dos escravos e dos servos, a péssima distribuição de renda no Oriente Médio e no mundo tudo. E iniciaríamos a luta propriamente dita. Chegando a uma cidade qualquer, iríamos à praça principal e ali falaríamos à multidão conclamando-a à revolta: oprimidos, uni-vos, nada tendes a perder a não ser vossas cadeias. E acrescentaríamos: falam-vos Onan e Tamar (ou Tamar e Onan, em algum momento teríamos de rever nossa relação hierárquica. A ordem dos fatores não altera o produto? Não é bem assim), que se rebelaram contra os desígnios do poder e do clero, transformando o sexo num hino à liberdade: de pé, pênis do mundo, de pé, clitóris, formai vossos batalhões e marchai para um futuro melhor.

Milhões adeririam a nós; milhões nos seguiriam. À frente deles invadiríamos palácios, derrubaríamos reis e faraós, que seriam julgados e executados, mas pela forca, não pelo apedrejamento, forma habitual entre nós, mas que levava muito tempo e talvez resultasse em incômodo arrependimento: a submissão introjetada ao longo de séculos é difícil de erradicar e pode ressurgir a qualquer momento, comprometendo a eficácia revolucionária. Removidos todos os obstáculos, assumiríamos o poder. Quem assumiria o poder? Onan? Ou eu, já então conhecida como a Dama Vermelha, por causa da veste dessa cor (escolhida por mim por lembrar o sangue, não o sangue menstrual, mas o sangue dos tiranos)? Problema. Lutas surdas, intestinas, podem surgir nessas ocasiões, com facções se digladiando. Mas no nosso caso certamente haveria consenso, um consenso nascido não em reuniões ou em congressos partidários, mas em longas noites de paixão desenfreada, complemento natural da paixão revolucionária. Seríamos ambos líderes, e como líderes passaríamos para a História.

Fantasias. Gratificantes fantasias, mas fantasias. A realidade era a do coito interrompido, brutalmente interrompido, cruelmente interrompido. A realidade era a do esperma desaparecendo na terra seca, sequiosa, ávida, maldita terra, cruel terra. Milhões de trêfegos Onanzinhos ali sumiam inapelavelmente, para minha dor e meu desespero. Era uma luta, aquilo; era uma luta, e a cama era, ao fim e ao cabo, campo de batalha. Que terminaria com a derrota de um de nós dois — e a derrotada forçosamente seria eu, a transtornada Tamar. Porque transtornada eu estava, sim, completamente trnastornada; aquele desejo que nunca encontrava vazão, aquela humilhação a que era submetida, aquilo estava me envenenando, me levando à loucura. Em algum momento eu perderia o pouco de controle que me restava.

Aconteceu mais cedo do que eu esperava. Uma noite, tivemos relações como sempre acontecia e, como sempre acontecia, ele ejaculou na terra. E aí, como louca, saltei da cama e joguei-me no chão, tentando esfregar minha vagina no resto de esperma que ali ficara. Mas não tinha como, não é? Não tinha como. Se a vagina fosse como a boca, se tivesse não apenas lábios, pequenos e grandes, mas também língua, talvez eu pudesse lamber aquele líquido branco, semicoagulado, talvez eu conseguisse resgatar os Onanzinhos. Mas a vagina não era boca e, mesmo com o auxílio dos dedos trêmulos, minha tentativa revelava-se patética.

E ele? Ele ria que se matava. E gritava: "Rápido! Rápido antes que seque!".

Rápido antes que seque. Não, não era uma batalha, aquilo. Antes fosse uma batalha. Antes estivéssemos combatendo com espadas e escudos. Mais frágil, eu certamente seria liquidada nos primeiros golpes, mas pelo menos morreria com dignidade; teria combatido o bom combate. Não era batalha, porém, era um jogo. Um jogo de gato e rato. Nesse jogo, às vezes eu era o gato, melhor dizendo, a gata que o excitava, que fazia seu pênis erguer-se gigantesco. Mas na maior parte do tempo eu era uma ratazana inerme, lerda, condenada ao sacrifício. Minha vagina não servia para nada; não o aprisionava, não o retinha. Quisera eu que fosse ele o rato; quisera eu que que minha vagina fosse uma armadilha, uma ratoeira, capaz de aprisioná-lo para sempre. Eu me lembrava de uma história que ouvira da Laila, cuja curiosidade acerca de casos envolvendo sexo bizarro só tinha paralelo em sua feiúra. Em regiões distantes, contava Laila, existem belas mulheres com dentes na vagina, dentes que mordem qualquer pênis. Ai do homem que por elas se apaixona, que inadvertidamente as penetra. O coito para eles resulta em medonha mutilação, com o órgão sexual transformando-se em coto sangrento.

Lenda? Claro que sim, mas ah, como eu queria que essa lenda fosse verdadeira, como eu queria, eu própria, ter dentes na vagina! Eu abraçaria Onan com mãos transformadas em garras, murmuraria ternas palavrinhas de amor, faria com que ele me penetrasse, e aí prenderia aquele pênis com os poderosos dentes vaginais, impedindo a pérfida e covarde retirada que até então havia sido a regra. Como uma garganta profunda, a vagina engoliria o precioso caldo vivo, e os Onanzinhos, para sua alegria (e para desgosto daquele que os gerara), poderiam cumprir seu dever fertilizante.

Dentes na vagina, aquilo era uma fantasia, mais uma. O cacete de Onan continuava entrando e saindo à vontade, com a maior desenvoltura, com a maior displicência, com a maior insolência, sem pedir licença na entrada, sem se despedir na saída, sem que nenhum dente — canino ou molar, cariado ou não — o detivesse ou chegasse a ameaçá-lo. Eu continuava sofrendo, verdade que em silêncio: de mim Onan não ouviria nada, nenhuma queixa, nenhum lamento. Mas alguma coisa estava mudando. Ele já não parecia tão triunfante, tão seguro de si, já não se divertia tanto com meu sofrimento. E mais, não se excitava facilmente, e mais de uma vez recusou-se a ter relações, alegando dor de cabeça. Ao mesmo tempo, a inquietação começava a se manifestar em nossas famílias, e a razão era óbvia: eu não engravidava. O zunzum era mais que evidente, ainda que ninguém me perguntasse a respeito. Por fim papai chamou-me para uma conversa reservada. Alguma coisa não está certa nesse casamento, disse, quero saber o que está havendo.

Minha primeira reação foi negar: não, papai, não está havendo nada, estamos nos acostumando a viver juntos, é só questão de tempo para que tudo funcione às mil maravilhas. Mas então olhei-o. E senti muita raiva. Uma raiva tão grande quanto a que sentia por Onan, talvez maior. Ali estava aquele homem, aquele sacerdote imponente em sua vestimenta, mirando-me do alto de sua barba, falando não com uma filha, mas com uma subalterna, uma empregada. Naquele momento odiei-o profundamente; barba inclusive, barba principalmente. E então o ódio e a amargura como um caudal impetuoso romperam todas as barreiras e, num impulso, contei-lhe, rigorosamente, tudo, entrei em detalhes, descrevi até minha patética tentativa de capturar o esperma com a vagina.

Ele me ouvia, imóvel, em silêncio. Certamente estava horrorizado; certamente se sentia humilhado, tão humilhado quanto eu. Mas conteve-se. Com um esforço que deve ter sido tremendo, conteve-se. Manteve-se imperturbável, não gritou, não fez ameaças. Ouvia-me, apenas. E, quando terminei, deu o seu veredicto, o inevitável veredicto:

— Ele está condenado.

Levantou-se e saiu. Fiquei ali, sozinha no vasto aposento, mais desesperada do que nunca. Meu pai era a única pessoa que poderia ter me ajudado; e o que eu obtivera dele? Uma sentença, a sentença de um juiz implacável. Onan estava condenado, e eu sabia qual seria a pena: como Er, ele morreria, talvez não por suicídio, certamente não por suicídio, mas morreria. E eu não queria Onan condenado, eu não queria Onan morto; Deus, não era isso que eu queria, mesmo porque ele não era um criminoso, era apenas um jovem triste, desamparado, um jovem que descarregava a sua imensa mágoa contra o mundo na única pessoa em que podia fazê-lo, na mulher que vivia com ele, que o amava, que daria tudo para que fosse feliz. Que Onan visse enfim a luz, que descobrisse a verdade básica segundo a qual fora do amor não há salvação, esse fora meu sonho; que nós dois encontrássemos enfim o nosso caminho conjunto, que nos tornássemos pelo menos um casal normal, como tantos que conhecíamos, que deixássemos de ser aquela dupla estranha, patológica. Esse havia sido o motivo do pedido que eu, sob forma de uma queixa irreprimível, fizera a meu pai, e, por intermédio dele, a Deus, seu interlocutor. Mas esse sonho, esse pedido jamais seriam atendidos. Onan, dissera meu pai (o homem que falava com Deus), estava condenado.

Não agüentei e rompi em prantos. Chorava desconsoladamente. Minha mãe, que provavelmente estivera ali todo o tempo, escutando atrás da porta, irrompeu no quarto, abraçou-me, pronto, pronto, filhinha, a mamãe está aqui, não tenhas medo, nada de ruim vai acontecer.

Pobre mamãe. Como de costume estava enganada. Alguma coisa de ruim, de muito ruim, iria, sim, acontecer, e aconteceu: poucos dias depois Onan adoeceu de uma doença misteriosa e claramente letal: Onan ia morrer, sombria prova da capacidade divinatória de meu pai, ou, pior, de sua capacidade de vingar a filha e de vingar-se. Eu tinha certeza de que esse desfecho era o resultado de uma intervenção sua. Fora ele quem providenciara uma doença para o genro: Senhor, tenho uma coisa importante para pedir, trata-se de castigar um pecador, esse pérfido Onan, que viola nossa lei, que se recusa a dar um filho à viúva de seu irmão e prefere derramar seu sêmen sobre a terra, esse Onan precisa ser punido com uma doença, Senhor, uma doença mortal, mas não aguda, uma doença que o liquide lentamente, que lhe dê tempo para pensar no merecido castigo que está recebendo.

Aquilo me encheu de ódio contra meu pai e contra sua divindade. Onan podia ser o pior dos mortais. Mas nem o pior dos mortais merecia aquilo, aquela doença devastadora. Eu amava Onan, amava-o cada vez mais. O meu sofrimento ia num crescendo; com tremendo esforço, sem derramar nem uma lágrima sequer; fazia o que tinha de fazer, preparando a comida de que ele gostava (mas fazer com que se alimentasse resultava em tentativa inútil), lavando suas roupas sempre molhadas de suor. Mas isso não era suficiente, não apaziguava minha dor. Eu queria, pelo menos uma vez, aproximar-me dele, dizer que o amava. E tentei. Uma noite, tentei. Deitei-me junto dele, abracei-o, chamei-o pelo nome. Por um momento pareceu sair daquele estado de torpor. Abriu os olhos, fitou-me — e sorriu? Sorriu, ou era aquilo o efeito da luz da lamparina sobre sua escaveirada face? A pergunta ficaria sem resposta. Morreu naquela mesma noite, quieta, cálida noite.

Depois do sepultamento, voltei para a casa do meu pai. O que mais podia fazer, para onde podia eu ir? Voltei para a casa do meu pai. Minha mãe, meus irmãos e Laila procuravam amparar-me, tratavam-me com carinho e solicitude, mas papai mal me dirigia a palavra. Talvez achasse que me cabia alguma culpa pelo que acontecera; eu não tinha, quem sabe, tratado Onan como devia. Mas se era isso o que pensava, nada me falou a respeito.

Já a família de Onan não queria saber de mim. Minha ex-sogra odiava-me. Não falava comigo, e quando por acaso me encontrava, virava a cara, cuspia com nojo. O próprio Judá, que de início me tratara com amabilidade, com afeto até, agora também me evitava. Não me agredia, mas não queria saber de mim. Porque as coisas tinham mudado, não é? As coisas tinham mudado. A gente de nossa tribo já não via Er e Onan como pecadores; a morte, trágica morte, os absolvera. A vilã agora era eu. Ninguém me dizia nada, nem mesmo Laila, mas eu sabia o que as pessoas pensavam: essa aí é uma mulher amaldiçoada, essa aí mata os homens que leva para a cama, a vagina dela é uma armadilha traiçoeira, a vagina dela é uma boca esfomeada armada de enormes dentes, a vagina dela suga a energia dos homens, deixa-os secos, doentes, e eles acabam morrendo.

Que pensassem isso, a mim não importava. O que me importava era outra coisa. Eu tinha, com o patriarca, uma questão pendente, e queria resolvê-la; tinha contas a ajustar, e queria ajustá-las. E nada me deteria, nada.

Eu queria engravidar. Surpreendente, isso? Não para mim. Homem já não me interessava, ou pelo menos eu achava que homem já não me interessava; não sentia desejo por macho, não queria mais ter relações sexuais. Eu pensava no pênis de Onan, aquele belo pênis apodrecendo, desfazendo-se lentamente numa cova, e concluía: também a fêmea que existia em mim estava morta.

Mas não a mãe. A mãe em potencial que eu era ansiava por

um filho no ventre, ansiava por dar à luz, por amamentar, por cuidar de uma criança. Mais que isso, engravidar seria afirmar minha dignidade, meus direitos como pessoa. A lei continuava vigendo. Um irmão de Er tinha de me emprenhar. Onan não o fizera, mas sobrava alguém. Sobrava o caçula, Shelá, que estava saindo da adolescência para se tornar um homem. Era um garoto bonito, quase tão bonito quanto Onan. A barba, incipiente, recém começava a brotar, e tudo indicava que seria uma barba viçosa, bonita, como a de Onan (mas não como a do meu pai, que agora rapidamente se tornava grisalha e seca. De algum modo seu corpo tinha de expressar a contida tristeza, e a barba disso se encarregava).

Eu gostava de Shelá. Gostava dele como qualquer mulher gosta do cunhadinho. Antes da dupla tragédia, a morte de Er e a morte de Onan, conversávamos bastante e às vezes ele até me servia de confidente — dentro de limites, naturalmente, porque eu não podia lhe contar tudo. De todo modo, falar-lhe representara um verdadeiro refrigério, naquele tenso clima em que vivíamos. Isso já não acontecia, já não convivíamos, porque Shelá, provavelmente por determinação dos pais, afastara-se de mim, ainda que sem fazer disso uma coisa hostil. De qualquer jeito não se tratava mais de bater papo, de conviver amavelmente. Meu objetivo agora era obter o homem a quem eu tinha direito. E esse objetivo eu atingiria. O que exigiria certa tática, prudente tática. Antes de dirigir-me a Judá com minha reivindicação, eu precisava garantir que tinha o apoio do próprio Shelá. Mandei que minha irmã o procurasse e que lhe desse um recado: queria falar-lhe, mas a sós. Que, ao anoitecer, me procurasse em certa caverna da montanha.

Preparei-me para esse encontro. De minhas roupas, que não eram muitas, escolhi uma leve túnica — era verão — que me modelava o corpo, aquele corpo que enlouquecera Onan e que, a propósito, era a túnica que Er vestira em certa fatídica noite.

Deus, eu estava linda, apesar de todo o sofrimento, muito linda. Ao cair do sol, subi a montanha, postei-me junto à entrada da caverna e ali fiquei, esperando. Pouco depois ele apareceu, claramente perturbado pelo imprevisto convite. Agradeci-lhe por ter vindo, convidei-o a entrar na caverna, iluminada por um fraca lamparina que projetava sombras estranhas nas anfractuosidades. Junto a essa lamparina nos sentamos, agora em silêncio. Durante alguns minutos olhei-o. Eu estava comovida, muito comovida, diante daquele rapaz jovem, de ar inocente. Por um momento pensei até em desistir, em dizer que queria somente vê-lo, saber notícias de sua gente. Mas agora era tarde. Agora que eu vestira a sedutora túnica, agora que eu subira a montanha, não podia voltar atrás, mesmo porque a vida, implacável, estava passando, o tempo, implacável, estava se escoando. De modo que falei, e fui direta:

— Eu te quero para marido.

Num impulso, puxei-o para mim e beijei-o na boca. Um beijo apaixonado, violento, um beijo no qual se misturavam desejo, frustração, raiva.

Shelá certamente nunca havia tocado uma mulher, nunca havia beijado uma mulher. E de repente vem aquela Tamar, aquela fêmea linda, e beija-o com fúria, com paixão. O que faz ele? Num salto, levanta-se e foge. Simplesmente foge.

Fiquei ali imóvel, trêmula, aturdida. O que fizera? Como acontecera aquilo? Eu não tinha resposta para essas perguntas, mas uma coisa era certa: a fêmea ressurgira em mim, cheia de desejo. Não se tratava apenas de engravidar; adolescente ou não, Shelá despertara meu desejo; adolescente ou não, eu o teria. Talvez minha pretensão parecesse estranha para nossa gente, por causa da idade do Shelá; talvez me acusassem de tarada, de pedófila. A mim não importava. Mesmo porque na realidade eu não era tão mais velha que Shelá: cinco anos. Com o tempo, essa diferença desapareceria. Com o tempo, o nosso casamento — porque era disso que eu estava falando, de casamento, não só de gravidez — seria aceito, reconhecido por todos.

Mas havia uma vontade acima da minha — e da vontade de Shelá: a vontade do patriarca. A vontade de meu sogro, Judá. Judá, raposa. Judá, leão. Com ele eu teria de falar. E fui falar-lhe, já na manhã seguinte. Recebeu-me impassível. Ouviu-me em silêncio, um silêncio que, se não chegava a ser hostil, nada tinha de acolhedor. E em silêncio ficou, por algum tempo. Senti minha disposição, que até então me parecera férrea, diminuir, encolher; pouco depois eu era uma menininha mal-educada e reivindicadora diante de um sisudo pai. Tive ímpetos de, como Shelá, levantar-me e fugir. Mas não podia fazer isso. Era a minha dignidade que estava em jogo, o pouco de dignidade que me restava. Contive-me, pois, e fiquei de pé diante dele aguardando o veredicto. Que veio, seco, preciso — e devastador:

— Não. Agora não. Tu podes ter direitos, mas Shelá ainda não se tornou adulto. Quando isso acontecer, voltaremos a conversar.

Levantou-se: a audiência estava encerrada, eu teria de me retirar. Voltei para a casa de meu pai. Humilhada: Deus, como eu estava humilhada. Naquele momento eu voltava a ser a desamparada Tamar que tentava esfregar a vagina no chão. A vontade que eu tinha, mais uma vez, era de ir embora, e para sempre.

Como se houvesse adivinhado meu pensamento, poucos dias depois papai reuniu a família e anunciou que nos mudaríamos para uma outra aldeia. Não era uma decisão fora do comum; durante muito tempo fôramos uma tribo de nômades, mudança para nós era coisa corriqueira. Mas havia, no caso, razões especiais para que partíssemos. As relações de meu pai com Judá eram agora tensas. Provavelmente tinham discutido várias vezes. E provavelmente meu pai defendera os direitos da filha, ameaçando o patriarca com castigos terríveis: falaria com

Deus, denunciaria a iniqüidade etc. Judá, porém, não era homem de se deixar intimidar; e certamente estava convencido de que sua negativa era a salvação para o filho que lhe restava. Meu pai tinha, pois, duas alternativas: partir para o confronto aberto com o patriarca, coisa que teria pouca chance de sucesso, ou abandonar a refrega, partindo em sinal de protesto. Foi o que escolheu.

Mudamo-nos, pois, e em breve a família se acostumava à nova vida. Que não era má: como sacerdote, papai era muito respeitado, os fiéis acorriam para ouvi-lo, as doações vinham sem cessar, vivíamos numa casa maior e mais confortável. Minha mãe e meus irmãos voltaram às ocupações habituais e eu também.

Três anos se passaram, e três anos representam muito tempo. O passado agora parecia distante; sobre o que havia acontecido, já não fálavamos. Era como se tudo estivesse esquecido.

Eu não esquecia, não podia esquecer. Minha vida agora se concentrava em um único propósito: obter a semente a que tinha direito. Se não a de Er, então a de Onan ou a de Shelá, ou mesmo a do próprio Judá.

Sim, de Judá. Por que não? Ele era patriarca, mas também era homem, homem viril, e, segundo Laila me dissera uma vez (mas de onde tirara essa informação eu não sabia; fofocas, talvez), soberbo macho. Tinha, portanto, todas as condições de atender à minha reivindicação. Que na verdade era uma causa pela qual eu lutaria até o fim, pela qual eu faria qualquer coisa. Mas essa causa não se impunha por si; seria necessário que eu adotasse alguma arguta estratégia para torná-la vitoriosa. Eu não poderia dirigir-me ao patriarca portando um requerimento: "A abaixo-assinada, Tamar, vem por meio deste respeitosamente solicitar a V.Sa. que se digne cumprir a obrigação moral de..." etc. etc. Não, desse jeito não funcionaria, mesmo porque ele estava visivelmente disposto a ignorar todo e qualquer imperativo de natureza moral ou legal. Eu teria de agir de outra maneira. Teria não de convencê-lo, mas de seduzi-lo. Teria de mobilizar o macho Judá, fazer com que deitasse comigo, me engravidasse.

Como? De que maneira montar aquilo que seria uma verdadeira encenação, uma farsa que tinha de ser necessariamente perfeita? Por mais que eu quebrasse a cabeça, nada me ocorria. Nada, absolutamente nada. Mas então o destino (ou Deus?) veio em meu auxílio de forma inesperada.

Um dia meu pai recebeu a visita de um velho amigo, um homem chamado Hirá, que era também amigo de Judá. Do quarto ao lado, ouvi que falavam a respeito do patriarca. Colando o ouvido à parede, tratei de escutar. Obtive assim uma informação preciosa, decisiva mesmo.

Hirá contou que dentro de algumas semanas iria com Judá a um lugar chamado Timna, onde todos os anos se realizava a festa da tosquia das ovelhas. Judá, por sua posição como patriarca, e até pela tragédia pela qual tinha passado, seria ali um convidado especial: muitos dos chefes locais aproveitariam para demonstrar-lhe apreço e solidariedade. Ainda acabrunhado, ele resistira a aceitar o convite. Hirá, porém, convencera-o: vamos a Timna, Judá, tu precisas mudar um pouco de ares, será bom para ti. O patriarca acabara por concordar. A viagem estava marcada para a semana seguinte.

Instantaneamente um plano se esboçou em minha cabeça. Para chegar a Timna, Judá teria de passar por Enaim. E em Enaim havia um pequeno templo pagão famoso pelas prostitutas ditas sagradas que o freqüentavam. Eram mulheres que, em troca de dinheiro, em parte repassado ao próprio templo, ofereciam-se aos visitantes: o êxtase religioso precipitado pelo êxtase sexual. Por que não disfarçar-me de prostituta para tentar atrair Judá?

Idéia meio maluca, mas não despida de fundamento. Judá tinha enviuvado, o que aliás me livrara de uma sogra rancorosa; e, viúvo, estava sem mulher havia algum tempo. Tempo demais para um homem ainda vigoroso, ainda viril, e pronto, portanto, para ter uma relação sexual, mesmo que rápida, casual. Patriarcas não estão livres de desejo.

Mas fingir-me de prostituta implicava dificuldades. Para começar, restrições de ordem moral. Para mim, como para todos os de nosso povo, tanto a *zonah*, prostituta comum, como a *kedeshah*, prostituta sagrada, eram figuras desprezíveis, ainda que toleradas. Identificar-me com elas significava vencer minha repugnância natural e oferecer meu corpo em público. Era um duro desafio, mas, paradoxalmente (e esse paradoxo me fascinava), uma tentação. Dentro de mim uma vozinha safada aconselhava: vai lá, Tamar, experimenta, não pode ser tão ruim. Depois dos duros transes pelos quais passaste isso é até diversão, vais gostar.

Vou, decidi por fim. O primeiro passo seria fazer um reconhecimento do terreno. Mamãe ficava inquieta toda vez que eu me afastava de casa, temendo problemas, o que, considerando o passado ainda recente, tinha fundamento. Mas, arranjando um pretexto qualquer, fui até Enaim, que não era longe, e dirigi-me diretamente para o templo, onde era cultuada uma deusa da fertilidade, uma das muitas deusas daquela religião. Era uma grande escultura em madeira (que eu, artista em potencial, não pude deixar de admirar), mostrando uma mulher muito bela, de olhar sedutor e ao mesmo tempo intimidante. A figura, pensei, que toda mulher gostaria de ser, pelo menos em algum momento de sua vida.

Saí, dirigi-me ao bosque ao lado, e ali encontrei aquelas que procurava; as prostitutas sagradas. Apresentei-me, disse que precisava da ajuda delas, e falei-lhes do meu plano.

Como se pode imaginar, ouviram-me com desconfiança. Em primeiro lugar porque, organizadas numa espécie de cooperativa, tinham ali o monopólio do comércio sexual, não permitindo neste a entrada de ninguém, muito menos a de uma amadora. Em segundo lugar, a história lhes parecia estranha. Mulher jovem querendo seduzir velho patriarca? Por quê? Para quê? Perguntas pertinentes: elas conheciam muito bem a rígida moral dos hebreus.

Eu não podia, não devia entrar em detalhes, de modo que resolvi ser prática: ofereci-lhes dinheiro, uma boa grana que subtraíra do cofre do templo de papai. O argumento foi decisivo. As mulheres se prontificaram a me ajudar, conseguindo-me roupas, mostrando-me onde deveria ficar. Combinamos que nenhuma delas se ofereceria a Judá, de quem fiz uma descrição minuciosa; se ele as abordasse, alegariam compromissos previamente estabelecidos com outros homens. Estabeleceram uma única condição: para todos os efeitos, não me conheciam, eu era intrusa, e isso era o que diriam a quem perguntasse. Que eu não passava de uma intrusa. Por fim me deram um conselho: eu precisava treinar um pouco. Sim, era um mulher jovem, uma mulher linda, mas minha inexperiência com sexo era mais que evidente. Sugeriram que eu procurasse uma antiga prostituta. Essa mulher, agora aposentada, selecionava candidatas para atuar junto ao templo, iniciando-as na prostituição mediante um curso por ela própria ministrado, coisa intensiva: um dia no máximo. Não gostei muito da idéia de curso; teria eu de passar por um processo de seleção, teria de fazer parte de um grupo de alunas, que, abelhudas, me crivariam de perguntas? Garantiram-me que não. O treinamento era personalizado, dirigido (desde que eu pagasse bem) só a mim.

Fui em busca da tal mestra na pequena tenda onde vivia sozinha. Era muito velha. Se algum dia fora bonita e sensual, já não era possível sabê-lo, tão encarquilhada estava sua face. Recebeu-me muito bem; contente com a oportunidade de ter com quem conversar; falava sem parar. Contou sobre suas origens, sobre sua vida como prostituta ("Comecei como prostituta sagrada, oferecendo meu corpo aos fiéis. Depois, por falta de demanda, virei puta comum. A verdade é que eu gostava de sexo, o pretexto pouco importava"). Finalmente perguntou o que me trouxera ali. Evitando, novamente, entrar em detalhes, expliquei o que queria. Ouviu-me com atenção e, diferentemente de suas colegas mais jovens (para alguma coisa servia sua experiência de vida e de sexo), não estranhou meu pedido. Só reclamou do tempo escasso que eu lhe dava: tu queres aprender muito, e queres aprender ligeirinho. Ponderei que não havia alternativa: a feira das ovelhas tinha data marcada, e só naquele dia Judá passaria por ali. Muito bem, concluiu, vamos lá, então.

Começou perguntando que experiência eu tinha de sexo. Hesitei em responder, e ela notou:

— Vamos deixar claro uma coisa, minha querida: entre nós tem de haver sinceridade. Preciso confiar em ti, e preciso que confies em mim. Conta tudo.

De repente deu-me vontade de falar, de desabafar, e contei tudo, toda a minha estranha trajetória de mulher casada. Ouviu-me, impassível; nem mesmo as cenas grotescas que eu vivera com Onan a abalaram. No fim, suspirou e comentou:

— Não estranho o que esse Onan fez contigo. Tu sabes, todo homem tem dentro de si uma criança desamparada, raivosa, às vezes malvada. E foi exatamente assim que ele se comportou contigo. Por outro lado, o garoto, Shelá — será que não o assustaste? Acho que deverias ter te aproximado dele de outra maneira, mais compreensiva, mais acolhedora.

Pensando bem, a mulher tinha certa razão, o que me fez baixar a cabeça, confusa e até magoada. Percebendo isso, ela — afinal era minha professora do desejo e precisava fazer jus à remuneração — continuou, agora num tom conciliador:

— Mas o caso com esse velho é diferente. Trata-se apenas de fazer sexo. E, como bem disseste, podes contar com o tesão dele; esses patriarcas volta e meia revelam-se uns garanhões. O que tens a fazer é desenvolver o teu poder de sedução. É isso que vou te ensinar.

Passou então à parte prática. Em primeiro lugar, eu deveria estar vestida e maquiada de forma a não ser reconhecida. Deveria concentrar-me não na postura do corpo, não em gestos convidativos, não em apelos lúbricos do tipo "Vem, querido, faço qualquer coisa, aqui é prazer garantido"; aliás, deveria falar o mínimo possível, para que não me identificasse pela voz. Judá estava velho e eu podia contar com um certo grau de senilidade e surdez, mas toda a prudência, no caso, seria pouca. Como, então, seduzi-lo? Para isso, a mulher tinha a resposta: com o olhar.

— O olhar é o começo do sexo. Um olhar experiente magnetiza um homem, atrai-o irremediavelmente. O olhar é uma linguagem, e vou te ensinar a usar essa linguagem.

Com a ajuda de um espelho — que no passado lhe fora oferecido pelo sumo sacerdote do templo em retribuição a favores sexuais — ela me ensinou a trabalhar com os olhos. Ensinou-me a mirar de maneira fixa, hipnótica. Ensinou-me a piscar de modo significativo. Ensinou-me a desviar os olhos, manobra destinada a insinuar que a conquista não seria tão fácil (o que, para um homem como Judá, amante de desafios, seria importante).

Depois veio a maquiagem. Como as mãos lhe tremiam por causa da velhice, chamou uma das mulheres, que me maquiou pesadamente, recorrendo com extrema habilidade ao *kohl*, tintura negra usada em todo o Oriente Médio para realçar os olhos. O resultado, mostrou-me o espelho, foi uma obra-prima. Fiquei impressionada: antes eu tinha belos olhos, mas eram, até certo ponto, os olhos de uma mulher jovem, com uma expressão de triste e ansiosa ingenuidade. Agora, não. Agora predominava o mistério. O brilho do olhar era ressaltado pelo negrume das pálpebras. Aquele olhar magnético atraía irresistivelmente os homens para o túnel da paixão, para a arcaica caverna do desejo, para o buraco negro capaz de sugar qualquer macho, mesmo arrogante, sobretudo arrogante. O véu e uma túnica que escondesse as formas do corpo tanto quanto as mostrasse completariam o atraente mistério.

Agora, sim, agora eu era outra mulher, uma mulher sensual, sedutora. Não me contive e beijei as mãos da velha marafona, que sorria, triunfante.

Tudo preparado, quando Judá chegou a Enaim com a caravana lá estava eu a esperá-lo junto ao templo. Avistei-o, mas não o chamei, não fiz nenhum gesto no sentido de atrair sua atenção. Não me ofereci despudoradamente, não o detive, não o puxei pelas vestes. Olhei-o apenas, com aquele olhar que a velha prostituta me ensinara a usar, o olhar fixo, hipnótico. Se se aproximou foi porque assim o decidiu. O que para mim era importante. Eu queria que ele tomasse a iniciativa, que pedisse para fazer sexo — de modo que posteriormente não pudesse responsabilizar ninguém, a não ser ele próprio, por aquilo que, assim eu o esperava, seria o inevitável desfecho do encontro. Ao ver uma prostituta, Judá deveria, como patriarca, cuspir no chão e ir embora de cabeça erguida e cara de nojo. Mas não foi o que fez. Olhou-me com insistência, o desejo visivelmente apossando-se dele, um desejo que decerto o surpreendia e inquietava, um desejo que lhe criava um penoso dilema: manter-se fiel à memória da mulher e à sua própria condição de patriarca, ou assumir aquilo que de macho lhe restava e que talvez, disso certamente dava-se conta, não durasse muito tempo. Essa batalha interior paralisou-o por alguns instantes, mas no fim o sexo falou mais alto:

— Eu te quero — disse, numa voz estrangulada que traduzia a urgência do desejo.

Não respondi de imediato; fingi que não ouvira: mais uma oportunidade que lhe dava. Mas Judá agora insistia: eu te quero, e te quero já.

Teve início a segunda parte da encenação — de novo, algo que eu preparara cuidadosamente, ensaiando inclusive o diálogo, aliás por mim antecipado com espantosa precisão, como vim a constatar.

O que me dás, perguntei no tom baixo, quase indistinto, que aperfeiçoara nos últimos dias. A indagação pegou-o de surpresa; sabia que as prostitutas cobravam, mas não estava familiarizado com tabelas de honorários e formas de pagamento. Uma coisa era certa: não tinha dinheiro, não o dinheiro daquela região, pelo menos. Perguntou-me que tipo de pagamento eu receberia. Uma ovelha, estaria bom? As ovelhas dele eram famosas, davam lã de excelente qualidade; e com a lã eu poderia fiar um manto, uma -

— Não quero ovelha. Não tenho o que fazer com uma ovelha. Quero um cabrito. Um cabrito gordo.

Cabritos ele tinha, mas não ali. Contudo, e premido pelo sexo, recorreu — como eu esperava — a uma evasiva: tudo bem, um cabrito, mas vamos logo. Sem mirá-lo, levantei-me:

— Segue-me.

Conduzi-o até uma tenda que me fora alugada pelas mulheres do templo. No lugar, mal iluminado, apenas uma enxerga muito simples, na qual me deitei. Não me despi, não tirei o véu; só levantei a túnica.

— Vem. Vem logo.

Possuído pelo tesão, jogou-se em cima de mim e rapidamente penetrou-me.

E aí algo se passou. Algo que me surpreendeu e, de certa forma, me assustou. Era a primeira vez que eu tinha uma relação sexual digna desse nome. Diferentemente de Er, Judá me desejava; diferentemente de Onan, não pretendia me sacanear. E, sobretudo, sabia fazer sexo. Como aprendera, eu não tinha idéia; sua desagradável mulher certamente nunca fora parceira à altura. Tratava-se, mais provavelmente, de algo instintivo, que vinha de longe, de sua juventude, talvez, e que a vida e o sofrimento não tinham extinto. Sua boca, suas mãos, não eram a boca e as mãos de um velho; ele me acariciava e me beijava como um verdadeiro artista do sexo.

Durante alguns segundos lutei contra mim mesma, repetindo-me: não é esse homem que eu quero, eu odeio esse homem, só me interessa o esperma dele, nada mais que o esperma, estou fingindo, estou apenas fingindo. Mas não, eu não estava fingindo, eu não conseguia mais fingir. O disfarce era só externo; por dentro eu era fêmea, fêmea autêntica, sem nenhum disfarce, sem nenhuma porra de *kohl*. Gozei. Gozei junto com ele, e, Deus, foi um terremoto de paixão, aquilo.

Quando terminamos ele se levantou, sorridente, os olhos brilhando. Claro: recuperara a virilidade, e, remorsos à parte (afinal, a mulher e dois filhos jaziam em covas no deserto), sentia-se homem de novo. Só que àquela altura eu já não lhe interessava. Cumprira minha função e pronto, fim de papo. Elogiou-me, claro, mas de maneira perfunctória: és uma grande fêmea, terás muitos clientes. Despediu-se e já estava saindo — mas, minha lucidez prontamente recuperada, eu estava atenta para o que seria um novo e importante momento. Segurei-o pelo braço:

— E o cabrito?

Ah, sim, o cabrito. Ele me prometera um cabrito, e promessa de patriarca tinha de ser cumprida. Isso, contudo, não o preocupava. Explicou que não era dali, que estava só de passagem por Enaim, mas que em sua propriedade tinha dezenas de cabritos, e que tão logo voltasse me enviaria o animal da forma mais rápida possível, por um portador que viria procurar-me especialmente para isso. E até fez uma brincadeira, dizendo que me daria o cabrito mais gordo de seu rebanho.

Esperava que eu risse. Ou pelo menos esperava que eu sorrisse, amistosa, e que dissesse alguma coisa, ora, meu senhor, não se preocupe, o senhor não é um vagabundo qualquer, o senhor é um notável patriarca, eu confio no senhor, o senhor tem crédito, mande o cabrito que lhe aprouver e quando lhe aprouver.

Não foi isso o que eu disse.

Com uma desenvoltura surpreendente, que dava uma medida de quanto eu me adaptara ao novo papel (o *kohl* tinha, por assim dizer, penetrado no mais íntimo de meu ser, conferindo-me um grau de perfídia até então inimaginável para mim), eu disse, no mesmo tom de voz baixo, contido — e firme, muito firme.

— Então quero uma garantia.

"Quero", foi a palavra que usei. Não foi "peço", não foi "solicito"; foi "quero". Era a expressão de uma firmeza absolutamente inesperada numa mulher de má vida. Era uma ordem, coisa que deixou o velho surpreso — e irritado. Garantia? Que atrevimento. Uma prostituta, uma mulher de má fama, exigindo de um homem honrado uma garantia! A vontade que tinha, via-se, era de dar umas boas bofetadas na atrevida. Mas conteve-se: não podia provocar um escândalo. Ademais, havia na exigência certa racionalidade; prostitutas não raro eram enganadas e até roubadas. Quem sabe isso havia ocorrido com a mulher que tinha diante de si? Na dúvida, era melhor tratá-la bem. Sorriu, conciliador.

— Está bem, filha. É justo. Que garantia queres?

— Teu cajado — respondi. — E também teu sinete, teu cordão.

Os símbolos da dignidade patriarcal? De novo, o velho não podia acreditar no que estava ouvindo. Uma prostituta exigindo dele objetos dos quais nunca se separara, dos quais não podia, não devia se separar? Aquilo passava dos limites, só podia ser brincadeira. Mas eu tinha de lhe mostrar que não se tratava de brincadeira, que estava falando sério, muito sério:

— Eu também tenho minha dignidade, sabes. Em nome dela é que te peço garantias. Caso contrário -

Não completei a frase: não era necessário. A ameaça de escândalo estava bem clara. Ele podia me imaginar aos gritos diante do templo: esse patriarca de merda abusou de mim, me enganou, ele me deve um cabrito, um mísero cabrito, e não quer me pagar. Coisa que ele não suportaria, sobretudo depois das duras provas pelas quais passara e que muito o haviam abalado. Além disso — e esse deve ter sido o raciocínio decisivo —, tratava-se de uma cessão temporária: tão logo enviasse o cabrito, e pretendia fazê-lo assim que voltasse para casa, recuperaria sinete, cordão e cajado.

Com um suspiro, entregou-me os objetos. Despediu-se sem rancor: a verdade é que eu lhe dera prazer, muito prazer, despertando nele uma lubricidade que talvez julgasse extinta.

— Quero te encontrar de novo — disse, à guisa de despedida. — Talvez no próximo ano...

Não pude resistir:

— Tu me encontrarás — repliquei, com um mal disfarçado sorriso. — E mais cedo do que imaginas.

A frase, estupendamente enigmática, deixou-o perplexo — e obviamente preocupado. Ele não tinha como imaginar o que, afinal, eu queria dizer com aquilo. Antes que me interpelasse, levantei-me, saí e tratei de sumir.

As semanas que se seguiram foram de enorme ansiedade. Eu fizera uma aposta arrojada; teria dado certo? Interrogava meu corpo: estou grávida? Estava: as regras não vieram, a gravidez confirmava-se. E a gravidez mudava tudo. Eu já não era a mulher desesperada, mendigando uma gota de esperma; era a portadora de um novo ser, e de um ser de linhagem patriarcal. Era uma mulher, vivendo a plenitude da condição feminina. Mas não sem apreensão, não sem medo. Minha gravidez, afinal, resultara de um engodo que, envolvendo o patriarca, configurava-se como crime. Ah, sim, e era um ato de rebeldia, de desafio da autoridade. De alguma maneira eu ainda estava ligada à família de Judá. Pedira que Shelá fosse meu homem, um pedido que o patriarca não atendera, mas que também não recusara: resposta definitiva, só no devido tempo, um tempo por ele estabelecido. Enquanto tal resposta não fosse dada, eu teria de comportar-me como a viúva enlutada que era. Teria de honrar a memória de Er e Onan, abstendo-me de contato com homens, com qualquer homem. Podia imaginar a fúria que se apossaria de Judá, líder duro e autoritário, quando soubesse de minha gravidez.

Os próximos passos teriam, pois, de ser cuidadosamente planejados. Breve o ventre protruso anunciaria a todos a novidade. Eu precisava preparar-me para a tempestade que se desencadearia. Precisava avisar as pessoas mais próximas, antecipar aquilo que logo se tornaria evidente.

Comecei por minha mãe: estou grávida, mamãe, disse-lhe, no tom mais despreocupado possível. Pobre mamãe, aquilo foi um choque para ela. De um lado, realizava um sonho: tornar-se-ia avó. De outro, porém, antecipava uma tragédia, e a primeira coisa que fez foi indagar, ansiosa, quem era o pai da criança.

Recusei-me a responder. Não por teimosia, não por agressividade. Não, meu silêncio era uma reação estudada, calculada e mais uma vez mostrava como, em meio àquela confusa e ameaçadora situação, eu conseguia manter a capacidade de raciocinar, de planejar. Nisso seguramente a gravidez ajudava. Eu não podia perder a calma, antes de mais nada por causa da criança que gestava e que agora era o centro de minha vida. O segredo, que é, afinal, a alma do negócio (e ali havia, apesar de tudo, um elemento de negociação, de barganha, o elemento de negociação e de barganha que em grau maior ou menor está sempre presente nas relações entre pessoas) desempenhava papel importante. Astúcia? É. Astúcia. Eu estava sendo astuciosa, muito astuciosa até, considerando minha imaturidade e minha inexperiência. Mas, e esta era a explicação que eu a mim própria dava, não se tratava da astúcia do bandido, do ladrão, do pecador, tratava-se da astúcia do justo. A justiça estava do meu lado; eu precisava, contudo, ajudá-la, agindo com cautela e não fazendo bobagens. Revelar à minha mãe o nome do pai da criança seria um erro; ela não saberia guardar o segredo, contaria às suas irmãs, às suas amigas e em breve todo mundo estaria sabendo. A revelação viria, sim, mas no momento adequado.

Mas isso nem minha mãe nem meu pai podiam entender. Meu pai, a quem fiz o mesmo anúncio, agora já não conseguia manter sua impassibilidade habitual, sua majestática calma; era sacerdote, falava com Deus, mas também era pai, falava com a filha e desta recebera uma notícia catastrófica. Estava visivelmente tomado pelo nervosismo, pela apreensão. Em breve a gravidez ficaria evidente para todo mundo e, de um modo ou de outro, chegaria ao conhecimento de Judá.

A reação do patriarca era mais que previsível. Eu não aguardara, como era meu dever, a decisão dele; engravidara e, para todos os efeitos, de um estranho. Adultério, punível com a pena de morte. Destino do qual papai queria, de todos os modos, me poupar. E só havia um meio para isso: eu tinha de fugir. E fugir para bem longe, para algum lugar onde os enviados de Judá jamais me achassem. O melhor seria ir até a costa, tomar um navio e viajar para um país distante, um país em que ninguém me conhecesse, em que ninguém pudesse me denunciar. Lá eu teria meu filho e um dia — quando Judá morresse, o que, considerando sua idade, era uma possibilidade até próxima, eu voltaria. Já então a coisa toda estaria esquecida e eu poderia recomeçar minha vida junto com meu filho.

Ouvi-o em silêncio e disse que não faria aquilo; não fugiria. Ele me olhava sem entender: tu sabes o risco que estás correndo, Tamar?

Sim, eu sabia. Mas tinha um plano, e confiava no meu plano — do qual, naturalmente, não falei — para reverter a situação, para transformar a desgraça em felicidade.

Esbelta como eu era, a gravidez em breve ficou evidente. Entre nós as notícias circulavam rápido; logo estavam todos comentando a escandalosa novidade, que inevitavelmente chegaria à aldeia de Judá, não muito distante. Minha mãe entrou em pânico. Batia agora na mesma tecla que meu pai: eu tinha de fugir, tinha de sumir, ao menos por um tempo. Mais uma vez resisti. E mais uma vez me parecia estar irremediavelmente sozinha.

Não. Sozinha, não. Eu começava a sentir movimentos de criança em meu ventre, e aquilo me dava alegria e esperança a um só tempo. Daquele ventre eu tiraria a força de que precisava para enfrentar a tempestade que se avizinhava. A questão crucial era: o que faria Judá?

A resposta não tardou. Poucos dias depois três homens apareceram em nossa casa. Vinham, a mando de Judá, para me levar. Estavam armados com curtas espadas, mas, como disse aquele que parecia o chefe, não pretendiam usar de violência — desde que eu não resistisse.

Não resisti. Não tinha por que resistir, mesmo porque minha detenção era inevitável; eu até achava que a providência tinha tardado mais do que seria de esperar. Consolei mamãe e meus irmãos, que choravam, desesperados (meu pai, ainda que com muito esforço, mantinha-se impassível), e disse aos homens que estava pronta para acompanhá-los. Mamãe queria ir junto, mas pedi que não o fizesse. Quem iria comigo seria uma irmã, que, aos treze anos, era uma garota viva, esperta. No momento adequado, ela seria decisiva.

Chegamos à aldeia de Judá, onde muita gente me aguardava, uma pequena multidão, na verdade. A hostilidade contra mim era evidente; e sem demora fiquei sabendo que já fora julgada pelo patriarca e condenada — à morte. Seria queimada viva, não apedrejada até morrer, como era costume na região. Eu era adúltera, tinha desobedecido os mandamentos de nossa lei. E era filha de um sacerdote, o que agravava o crime. Só o fogo purificador poderia destruir a lembrança de meu grave pecado, reduzindo a cinzas a mim e ao espúrio fruto de meu ventre.

Foi então que papai apareceu na aldeia. Vinha fazer um der radeiro esforço para salvar a filha. Os homens de Judá não ousaram detê-lo; ele foi até a casa do patriarca, que não quis recebê-lo: já dera seu veredicto, nada mais havia a falar, muito menos com o pai da transgressora, que, por não tê-la educado como se esperava, partilhava da culpa. Minha sorte agora parecia definitivamente traçada.

Amarraram-me a uma árvore. Ali eu ficaria toda a noite, uma noite fria, enluarada, para ser queimada na manhã seguinte. De acordo com as ordens de Judá, ninguém podia se aproximar de mim. Mas alguém o fez. Shelá, claro. Quando vi, ele estava a meu lado, faca na mão.

— Vou te soltar — anunciou, tenso. — E tu vais fugir. Vais salvar tua vida.

Aquilo me comoveu e foi a custo que contive as lágrimas. O que eu tinha diante de mim era um garoto que me amava como ninguém tinha me amado, que estava disposto a fazer qualquer coisa por mim, mesmo que isso significasse perder-me para sempre: eu fugindo, ele provavelmente jamais me veria de novo.

Mesmo assim, e correndo enormes riscos — se fosse visto, Judá jamais o perdoaria, ele no mínimo seria expulso da aldeia —, tentava me libertar. Que coisa, Deus, que coisa! Se pudesse, se não estivesse amarrada, eu o abraçaria, ternamente, talvez apaixonadamente. Não tinha como fazê-lo, e na verdade nem podia imaginar como ele receberia tal manifestação de carinho; não lhe faltavam motivos para sentir raiva de mim; afinal, eu, engravidando, traíra sua família e, pior, traíra a ele próprio, ao Shelá que bem poderia tornar-se meu marido. Não era impossível, pois, que naquele momento sua raiva aflorasse: eu não quero nada contigo, estou te soltando por piedade, mas quero que desapareças de minha vida para sempre.

Agradeci-lhe, mas disse que não fugiria: estava disposta a enfrentar meu destino, a arcar com as conseqüências do meu ato. Com o que ele não se conformou: se eu ficasse, não escaparia à morte certa. Tão decidido estava, que tive de bancar a ríspida:

— Não ouviste o que te falei? És surdo? Não quero que me soltes. Quero que voltes para tua casa, quero que fiques fora disso. O que vai acontecer comigo não é problema teu, ouviste? Não é problema teu.

Ficou ali imóvel, a faca na mão, sem saber o que fazer. Depois, sem dizer palavra, deu as costas e seguiu na direção de sua casa. Naquele momento não pude deixar de sorrir. Por causa da ironia da situação: o rapaz, ingenuamente, e movido, talvez sem que ele próprio soubesse, por sua paixão, queria me libertar. Não podia saber que eu tinha um plano. E não podia saber que o momento culminante desse plano se aproximava.

Mal raiou o sol, a gente da aldeia começou a se concentrar junto ao sopé da montanha, perto de onde eu estava. Ali era o lugar habitual de reunião. Ali Judá falava para a tribo, do alto de uma pedra achatada. E ali estava ele, arrogante nas suas vestes patriarcais, ainda que sem as insígnias.

— Aqui viemos — disse, em voz estentórea — para julgar. Aqui viemos para cumprir os preceitos de nossa lei, a lei que recebemos de nossos antepassados e que transmitiremos a nossos filhos e descendentes.

Mandou que me levassem. Dois homem me desamarraram e me conduziram para junto da pedra. Desfeita como estava — uma noite amarrada em árvore não chega a ser propriamente repousante — eu, contudo, sorria. E esse sorriso, provavelmente visto como desafiador (e era desafiador), deixava a multidão enfurecida. Gritos de "queima, queima" começaram a soar, mas Judá calou-os com um gesto. E falou:

— A mulher que aqui está cometeu um grave crime. Atraiçoou a memória daqueles a quem devia fidelidade. É uma adúltera, é duplamente adúltera. Em nome do Senhor, eu a condeno à morte! Que seja queimada viva!

A tribo urrava de fúria. Senti que chegara o momento, o momento que eu com tanta ansiedade antecipara. Ergui o braço, pedindo silêncio: queria falar. Todos se calaram, surpresos com aquela audácia: queria falar, a maldita? Queria defender-se, aquela que cometera uma transgressão inominável?

Mas eu queria falar, sim, e tinha direito a isso, a uma última declaração. Dirigindo-me a Judá, fiz-lhe, num tom firme, tranqüilo, irônico até, uma pergunta, uma única pergunta:

— Não gostarias de saber quem é o pai da criança que trago no ventre?

Fez-se silêncio, um silêncio só rompido pelo sussurro do vento e pelo balido das cabras, à distância. E antes que Judá pudesse dizer qualquer coisa, fiz sinal para a minha irmã. Sim, aquilo era parte do plano, era decisivo. Ela, menina habitualmente tímida, vacilou um instante — Deus, será que, aterrorizada, sairia correndo, arruinaria tudo? —, mas felizmente recuperou-se, e envolta no amplo manto que eu lhe dera, aproximou-se.

— Mostra! — gritei.

Ela estava muito assustada, a coitadinha, mas então, e num gesto decidido, tirou de sob o manto o cajado, o sinete e o cordão, e mostrou-os a todos. Todos sabiam a quem pertenciam aqueles objetos; e o assombro era visível em todas as faces.

— Isso — prossegui, e meu tom era de absoluto triunfo — recebi como penhor do homem com quem me deitei, o homem que me emprenhou. E que está aqui, querendo julgar-me.

Apontei Judá:

— Esse homem! O patriarca de vocês! O homem que me negou Shelá, o marido a que eu tinha direito!

Todos os olhares voltavam-se agora para Judá. Que, por um instante, ficou perplexo, assombrado mesmo, mas logo em seguida se deu conta do que havia acontecido: a prostituta de Enaim... Arrasado, baixou a cabeça. Mas só por um instante, porque logo em seguida voltou a erguê-la. Disse então numa voz rouca, quase inaudível:

— Tens razão, mulher. Deitei-me contigo. Tu me enganaste, passando-te por prostituta; aliás, tenho de te cumprimentar, o disfarce foi perfeito, perfeito demais, para dizer a verdade. Mas isso não importa. Sou o pai do teu filho. Tens direito à minha proteção. Eu não te dei a Shelá, como seria justo. Agora, porém, cuidarei de ti.

Mandou que me soltassem e que a tribo se dispersasse. Minha irmã correu para mim, radiante: tu venceste, mana, venceste, estás salva. Abraçamo-nos, felizes. Ela queria que voltássemos imediatamente para contar à nossa família o que tinha acontecido, e, claro, para celebrar. Disse-lhe que fosse na frente; quanto a mim, ainda tinha algo a fazer.

Fui procurar Shelá. Certamente não estaria em casa — não suportaria olhar para o pai — e, de fato, fui encontrá-lo junto ao sopé da montanha, imóvel, o olhar perdido. O silêncio ali era agora quase absoluto; quebrava-o apenas o gemido do vento.

Ele de costas para mim, pousei a mão em seu ombro, o que lhe causou um sobressalto. Virou-se e ficou a me olhar, fixo. Foi com algum esforço que lhe falei:

— Não te abandonarei, Shelá. Sei que me odeias, e posso entender o teu ódio. Mas continuo te querendo, mesmo que não me queiras.

Não respondia. Mirava-me fixamente, e a expressão de ódio em seu olhar era mais que evidente. A razão era óbvia: considerava-se traído por mim. Duplamente traído. Eu o traíra quando, em vez de esperar que se tornasse meu marido, procurara seu pai para me engravidar; e traíra-o quando, amarrada na árvore, não lhe contara sobre o que pretendia fazer. Podia compreender seus sentimentos, mas mesmo assim me irritou aquela postura arrogante que lembrava muito a de Judá.

— Por que tens raiva de mim? — bradei. — Por quê? Porque enganei teu pai, é por isso? Mas eu também fui enganada, Shelá. Recebi como marido um homem que não gostava de mulher; e depois, um homem que vertia seu sêmen sobre a terra para não entregar o que me era devido. E eu sempre aflita, sempre sofrendo, sempre querendo cumprir as disposições patriarcais e os desígnios de um Deus que para mim sempre foi enigmático, que busco em vão entender. Um Deus que, como os patriarcas, é homem; não se trata de uma deusa como aquela do templo junto ao qual teu pai me encontrou. Aquela deusa, Shelá, pode ser falsa, pode ser uma mentira, mas é linda, é sedutora. A face dela, na imagem — outra coisa que nossa religião não tolera, imagens, mesmo que sejam obras de arte —, é uma face sorridente, cúmplice. Amem, é o que a deusa está dizendo, e não só para fazer filhos, façam amor para ter prazer, para gozar — gozar é bom, não sintam culpa por causa disso. E talvez por ter olhado a deusa, mudei: quando fiz sexo com teu pai não senti culpa, senti prazer, muito prazer. Duplo prazer: o prazer da carne, o prazer da vingança. Uma vingança nascida, modéstia à parte, de um plano absolutamente fantástico.

Narrei em detalhes o que tinha acontecido, falei de minha negociação com as prostitutas, do treinamento pelo qual tinha passado. E — aquilo era penoso, mas ele tinha de saber a verdade — contei-lhe como Judá se aproximara de mim, contei-lhe como conseguira me apossar do cajado, do cordão e do sinete.

Eu ia concluir dizendo que aquilo tudo, afinal, representava o triunfo da mulher oprimida que eu fora; uma mulher que nunca tivera apoio de homem algum, nem do pai, nem daqueles que recebera como maridos, nem de um sogro autoritário que recusara seu justo pedido. Mas agora minha amargura, talvez por efeito da catarse, tinha se dissipado por completo. De repente, e para meu alívio, eu não sentia mais raiva, nem mesmo de Judá, e foi o que disse a Shelá:

— Ele me odeia, o que dá para entender; afinal enganei-o, mas agora tenho por ele um certo carinho — afinal é o pai do meu filho. Quanto a ti...

Hesitei. Ele aguardava, tenso, o que eu lhe diria e que deveria lhe parecer um veredicto. E era um veredicto. Não só para ele, para mim também. Vencedora embora, eu tinha em relação a ele obrigações morais, que reconhecia. Tentara fazer dele um marido, e não voltaria atrás. Mas não faria isso como quem cumpre um contrato. Naquele momento soou aos meus ouvidos a voz enrouquecida da velha prostituta de Enaim, minha professora do desejo: "Deverias ter te aproximado dele de outra maneira, mais compreensiva, mais acolhedora". Não, eu não tinha o direito de descarregar no Shelá a minha frustração, tinha de poupá-lo. Mesmo porque a ternura que eu sentia por ele não desaparecera; ao contrário, retornava muito forte. Foi movida por esse terno afeto, por genuína emoção, que lhe disse:

— Se quiseres, serei tua esposa. Esposa fiel, dedicada, a

esposa a que tens direito por nossa lei. Serei tua mulher, estarei sempre a teu lado, meu corpo será teu, e não apenas por obrigação, por carinho também. Talvez até por paixão...

Estendi a mão e toquei seu rosto. Um leve, levíssimo toque. A polpa de meus dedos sobre sua pele. Em termos de superfície de contato, muito pouco, quase nada, um milímetro quadrado, se tanto. Mesmo assim, estremeci; o que poderia fazer, senão estremecer? Era mais forte que eu, aquilo. Aquele toque de repente mobilizava minha paixão. Era meu corpo que estava falando, e o corpo não se engana. A pele não se engana, os olhos não se enganam, a vagina não se engana — a minha instantaneamente ficou úmida. Seguindo meu impulso, eu deveria cair em seus braços, fazer com que me possuísse ali mesmo, naquele chão pedregoso. Afinal eu era jovem, uma jovem mulher, o sangue fluía impetuoso por meu corpo, que vibrava como um caniço ao vento forte.

Mas resisti. Como resisti, por que resisti, é algo que não sei dizer. Por causa do espectro dos irmãos dele, talvez? Por causa do ventre grávido, marca do pai dele, e portanto símbolo de interdição? Ou porque em realidade não o amava? Não sei. Só sei que fiquei ali parada, imóvel, sem dizer nada. Como ele que, também imóvel, hirto, nem sequer me olhava: era para a montanha que se dirigia seu olhar, um vago olhar. Retirei a mão e, sem uma palavra, voltei-me e fui embora. Fui para casa.

Nos dias seguintes a tranqüilidade retornou às nossas vidas. Voltamos a morar na aldeia, perto de Judá — pedido dele, que queria cumprir sua promessa. Agora parecia apaziguado — aliviado, mesmo. Ainda que de forma grotesca, o preceito tribal fora cumprido: eu engravidara de sua semente, da semente de sua linhagem. Tratou de assegurar meu futuro: abrigou-me, dando-me a casa em que eu morara com Er e Onan, vestia-me, alimentava-me. Mas não vinha me ver e só me falava o estritamente necessário. De todo modo eu lhe era grata. A ele, e a outras pessoas: as prostitutas de Enaim, minha velha professora do desejo. Fui visitá-las, agradeci-lhes. A anciã me fez uma pergunta curiosa: não queria eu saber acerca da criança que trazia no ventre — se era menino ou menina, e que futuro teria? Sugeriu-me que consultasse sua irmã, velha como ela, bruxa e adivinha:

— Ela sabe tudo, Tamar, ela prevê o futuro como ninguém. Aquele José de vocês, aquele que interpreta sonhos, aquele, perto dela, é aprendiz. E minha irmã cobra barato. Vai lá e verás.

Fui. A mulher, como a irmã, morava numa tenda perto do templo pagão. Lugar miserável: pelo jeito, a clientela era escassa, e cheguei a pensar em ir embora. Mas já que estava ali não me custava ouvi-la. Trêmula e enrugada, andando com dificuldade e quase cega, a velha se aproximou de mim, pediu-me que deitasse no chão; com um gemido, ajoelhou-se, colocou a mão sobre meu ventre, fechou os olhos e começou a resmungar uma litania em algum estranho idioma. De repente, abriu os olhos:

— São dois — disse. — Dois meninos. E um deles é um ser extraordinário. De sua estirpe nascerá um rei poderoso, chamado Davi, e um profeta que vai abalar o mundo, Joshua ou Jesus. Esse profeta não virá para reafirmar o poder dos patriarcas ou dos sacerdotes, mas para dizer que é preciso amar, que é preciso perdoar, perdoar até mesmo as prostitutas e os pecadores; esse profeta terá muitos, muitíssimos seguidores que invocarão seu nome com fé e unção: ó Joshua, ó Jesus.

Voltei para casa impressionada, mas a ninguém falei da profecia. Não podia contar que eu, filha de um sacerdote, consultara uma adivinha pagã. Mas o que ela dissera revelou-se, ao menos quanto à gravidez, correto.

Meses depois senti as dores do parto. A parteira, uma velha parente de Judá em quem o patriarca confiava cegamente, foi chamada. Tão logo me examinou, viu que se tratava de gêmeos e foi o que me anunciou: tens dois filhos no ventre. Apesar das dores que me faziam gemer, não pude deixar de sorrir: então, a bruxa de Enaim estava certa! E se acertara em relação aos gêmeos, seguramente acertaria também naquela previsão sobre a linhagem. Instante de glória, aquele, instante em que eu me transformava em mãe e, ao mesmo tempo, na ancestral de um rei e de um profeta, de um grande rei e de um grande profeta. Mas a celebração ficaria para depois. Agora era o momento do parto. Que, para a parteira, envolvia uma dificuldade adicional. Como se tratava de gêmeos, cabia-lhe, na qualidade de primeira pessoa a ver os recém-nascidos, identificar o primogênito, aquele que daria direta continuidade à linhagem de Judá.

O parto foi muito difícil, estranhamente difícil.

— Deus, parece que os bebês estão brigando lá dentro — comentou a parteira, impressionada.

E brigando eles estavam, disso eu estava certa. Frutos do conflito, tinham de lutar. Mesmo porque eram os filhos de Judá, leão e raposa. E filhos de uma mulher chamada Tamar, que não era matriarca, mas que era também leoa e raposa. Eu gritava de dor, mas gritava também de alegria: alegria por dar à luz, alegria por ver que meus filhos já nasciam lutando: lutem, crianças! O mundo é de quem luta, crianças! Vocês estão nascendo porque a mãe de vocês lutou, crianças, lutou para conceber vocês, para dar a vocês um lugar nesta Terra! Lutem, lutem até o fim, porque quem não luta, perde!

E lutavam, os gêmeos, lutavam entre si ferozmente, para assombro da parteira, que nunca tinha visto uma coisa assim e temia pela sobrevivência de ambos. Por fim, uma mãozinha emergiu da vagina, e mais que depressa ela atou no pulso um fio vermelho — o sinal distintivo da primogenitura. Mas em seguida a mão sumiu. O que teria acontecido? Teria aquele bebê desistido de nascer primeiro? Teria, num acesso de culpa, ou de generosidade, ou de gentileza (palavra que em geral não fazia parte do vocabulário da região), decidido dar lugar a seu irmão? O certo é que, para surpresa da parteira, esse outro saiu primeiro. Dei-lhe o nome de Perez. Logo depois nascia Zerá, o do fio vermelho.

Ainda atônita, a parteira entregou-me os bebês. Ofegante, suarenta, abracei-os. Estava feliz, muito feliz. Todo o sofrimento agora ficava para trás, uma nova vida começava, a minha vida de mãe. Daí por diante eu me dedicaria, com a ajuda de minha própria mãe, de minhas irmãs, de Laila, a cuidar das crianças.

Que, como acontecera com Er e Onan, me redimiam. Nos dias que se seguiram dei-me conta de que a atitude da gente da tribo em relação a mim mudara radicalmente. Eu já não era olhada com desprezo, com rancor. Já não era a exterminadora de homens. Era uma mãe, e, mais que isso, era a mulher que lutara por seus direitos e vencera, conquistando o direito à maternidade. Usara de astúcia, eu? Sim, usara de astúcia. E daí? A matriarca Rebeca também enganara o marido, o patriarca Isaac, fazendo com que este, mediante de sua bênção, transformasse o filho de ambos, Jacó, em herdeiro, no lugar de Esaú.

A partir daí passei a viver uma existência que, apesar dos insólitos antecedentes, decorria dentro de razoável normalidade. Como outras mães, cuidava de minhas crianças, e cuidava com muita dedicação e carinho. Perez e Zerá desenvolveram-se, duas crianças lindas, robustas, que todos na aldeia admiravam. De Judá eu recebia todo o amparo que me prometera; as posses de Er e também as de Onan, terras, animais, tudo agora estava à minha disposição. Meus irmãos cuidavam dos rebanhos, e cuidavam bem; de fato eu podia sustentar meus filhos confortavelmente, sem maiores preocupações. Mas Judá não ia além disso, do cumprimento de suas obrigações. Desde o primeiro momento recusou-se a ver os filhos. Coisa que eu entendia; afinal, eram o testemunho — duplo testemunho, ainda por cima — da armadilha em que caíra. Já maiorzinhos, os meninos começaram, naturalmente, a perguntar quem era o pai deles. Sem saber o que responder consultei meu pai. O que dizer?

— A verdade — respondeu ele, com resignado suspiro. Claro: a verdade. Não há como fugir da verdade, um fato que eu, mesmo tendo recorrido à mentira num instante decisivo de minha vida, precisava aceitar. Contei, pois, a verdade a Perez e Zerá. Ficaram assombrados: aquele velho esquisito que eles de quando em vez viam de longe era seu pai? Foi uma dura revelação. Zerá ficou muito triste, passava horas num canto, chorando. Perez, ao contrário, sentia raiva daquele a quem chamava de "velho caduco". Expressão, aliás, que não estava muito longe da realidade. A deterioração física e mental do ancião era agora impressionante. Patriarcas costumam ser longevos, mas os duros transes pelos quais passara Judá (incluindo a tardia e bizarra paternidade) haviam representado uma carga demasiado pesada. Ele pouco saía de casa. Shelá cuidava dele.

Shelá. Eu o encontrava com freqüência, agora que voltara a morar na aldeia de onde saíra. No começo esses encontros eram constrangedores; alguma coisa ficara entre nós, algum tipo de tensão, resultante, no caso dele, de uma paixão que imaginava não correspondida. E que, na verdade, de início não era correspondida; com o tempo, entretanto, comecei a sentir por ele algo que transcendia a simples afeição. Amor? Talvez. A verdade é que Shelá já não era o adolescente de anos antes; com o tempo se transformara num homem alto, forte, bonito, com uma bela barba. O que mais me impressionava era sua semelhança com Onan, semelhança que, imaginava eu, se repetiria em seu desempenho na cama. Eu sentia falta, muita falta de homem. A maternidade não extinguira em mim o desejo; ao contrário, de certa forma o aumentara. Agora não se tratava de ser fecundada, de gerar filhos que fossem herdeiros; agora tratava-se do sexo em sua expressão mais autêntica. Isso não significava correr atrás de machos; eu sabia controlar-me, sabia manter a compostura, mas à noite, rolando na cama vazia, o desejo brotava, avassalador. Houve momentos em que pensei em procurar Judá, oferecendo-me a ele, mesmo que a ligação entre nós fosse secreta, clandestina, feita de encontros furtivos. Aceitaria ele essa despudorada oferta? Depois do que eu tinha feito? Na verdade, eu nem sabia se ele ainda se conservava potente ou mesmo lúcido, velho como estava.

Já Shelá... A presença dele mexia comigo, despertava meu desejo. E era uma presença constante; quase todos os dias vinha à minha casa, não para me ver, mas para ver os meninos. Adorava-os, e sempre que podia ficava brincando com eles, levava-os a passear, ensinava-lhes a moldar figurinhas de barro, camelinhos, jumentinhos, ovelhinhas, cabritinhos, demoninhos (uns com chifre e rabo, outros com cara de bode).

A falta de homem estava me deixando doente, e o pior é que eu não sabia o que fazer, a quem recorrer. Na falta de alternativa melhor fui procurar minha antiga professora do desejo, a velha de Enaim, àquela altura praticamente uma múmia, que, no entanto, lembrava-se perfeitamente de mim, da mulher que enganara o patriarca. Contei o que se passava, pedi conselhos. Pensei que me recomendaria voltar ao templo pagão e, disfarçada, oferecer-me de novo aos fiéis; mas não, não foi o que ela disse. Faz amor contigo mesma, recomendou, é para ti a melhor solução, a mais prática, a que menos problemas te trará.

A princípio o conselho me irritou. Quem pensava que eu era, aquela velha? Uma pobre coitada, incapaz de atrair homens e obrigada, portanto, a praticar a masturbação? Tão grande era a minha raiva que me levantei e, depois de pagar a consulta, fui embora sem nem sequer me despedir. Mas à noite, deitada e mais calma, achei que a anciã não deixava de ter razão. Melhor alguma forma de vida sexual, mesmo que solitária, do que sexo nenhum. Resolvi experimentar e não me arrependi. No começo eu me manipulava desajeitadamente; depois descobri o clitóris e aí os orgasmos eram gloriosos. Minha ansiedade diminuiu consideravelmente. Agora podia, com calma e com alegria até, cuidar da casa e de meus filhos. Fazia o que tinha de fazer e, à noite, sozinha no meu quarto, entregava-me ao sexo solitário, com muita variação em termos de parceiros imaginários: Shelá era uma presença constante, mas um rejuvenescido Judá entrava na dança, e também muitos outros homens da tribo e até viajantes que ocasionalmente passavam por ali.

Isso, à noite. Durante o dia eu levava a vida normal de mãe, de mulher da tribo. Convivia com muitas pessoas; com Perez e Zerá visitava regularmente minha família, para alegria de minha mãe e de meus irmãos, que eram loucos pelos garotos. Já meu pai tinha com eles uma relação complexa, um misto de afeto e de rejeição. Estava longe de ser um avô normal, ele, e isso se explicava em primeiro lugar pelo fato de seus netos serem filhos de Judá, o patriarca, por quem desenvolvera um ódio verdadeiramente visceral. Por outro lado, a idade deixara nele suas marcas. Envelhecera, a viçosa barba negra agora tornara-se rala e esbranquiçada e continha permanentemente restos de comida. Insetos e mesmo camundongos ali fariam um banquete, espantando eventuais anjinhos que, com suas harpinhas, quisessem encontrar abrigo naquela barba. Papai já não falava com Deus. Melhor dizendo, falava, porém não entendia o que o Senhor lhe dizia. Perdera a audição, mas não era a isso que atribuía sua dificuldade de comunicação com a divindade. Suspeitava que o problema estivesse na própria voz de Deus, que, por algum motivo, tornara-se rouca, gutural, incompreensível: uma evidência da velhice do Pai Eterno? Ou estaria o Senhor testando-o, avaliando sua capacidade de tolerar o estranho, o inusitado, o inesperado? Pior ainda, seria aquilo uma brincadeira de Deus? Muitas vezes a voz parecia vir não das alturas, mas de um arbusto, de uma pedra, de um pássaro pousado numa árvore. Como se Deus se houvesse tornado ventríloquo apenas para perturbá-lo. Com o tempo, já não saía mais de casa, e um dia morreu durante o sono. O que surpreendeu minha mãe e meus irmãos foi o sorriso em sua face, o sorriso beatífico, o sorriso de quem acabara — pela última vez, mas de maneira inteiramente gratificante — de falar com Deus.

Pouco tempo depois Judá adoeceu gravemente; logo ficou claro que era coisa terminal. Avisada por Shelá, fui até a casa deles, para a despedida final. Ao entrar no aposento tive um choque. Fazia muito tempo que não o via, e a mudança que nele ocorrera era impressionante. O homem imponente, forte (ainda que velho), se transformara numa espécie de gnomo, umas poucas falripas esbranquiçadas brotando do crânio, um rosto seco, encovado. Estava de olhos fechados quando entrei, e não os abriu quando me sentei a seu lado. Peguei sua mão, fria mão, e de repente ele se mexeu e murmurou algo que podia ser, Tamar, eu te amo, ou pelo menos assim entendi. Era demais para mim: levantei-me precipitamente e saí. Passei por Shelá, que não tentou deter-me, e corri para a montanha. Não queria que ninguém me visse chorar. Nem mesmo no enterro do patriarca, algumas semanas depois, derramei lágrimas. Decididamente, eu agora sabia controlar-me

Isso, porém, não bastava, assim como não me bastava a vida sem eventos, monótona, que levava. Eu administrava meus bens e a casa, cuidava dos filhos. Para mim era pouco, muito pouco: queria me expressar como pessoa, queria criar coisas. Mas criar que coisas? E como criar essas coisas?

Foi então que me lembrei de meu antigo talento para a escultura. Por que não desenvolvê-lo como forma de passatempo e até de expressão pessoal? Falei de minha idéia a Shelá, que, ele mesmo dedicado à modelagem em barro, me apoiou e até sugeriu que eu arranjasse uma espécie de ateliê, uma caverna abrigada de olhos curiosos — afinal, criar imagens continuava sendo transgressão. Foi o que fiz. Tratei de ocupar uma caverna da montanha, aliás fronteira à de Shelá, porém menor (seria aquele o início de um condomínio fechado de cavernas-ateliês?). Shelá também me trouxe novas ferramentas e madeira, e logo estava eu, naquele recinto iluminado por lamparinas, tentando recuperar minha antiga destreza. Não foi fácil, mas consegui: camelinhos, jumentinhos, ovelhinhas, cabritinhos, demoninhos (uns com chifre e rabo, outros, com cara de bode) começaram a se enfileirar sobre uma pedra. As primeiras produções eram muito imperfeitas, mas à medida que o tempo foi passando — e, Deus, o tempo passava, como passava rápido —, fui atingindo um grau de perfeição que a mim própria surpreendia.

E então meu objetivo subitamente se ampliou. Esculpir já não poderia ser para mim uma distração, um passatempo, uma forma de terapia; não, eu queria fazer arte, eu queria, através da escultura, dar vazão às minhas emoções, à minha paixão, ao meu desejo. Poderia, por exemplo, esculpir uma imensa imagem de mulher, como aquela deusa que vira no templo de Enaim. Mas essa obra exigiria muita madeira, o tronco de uma grande árvore, coisa que seria difícil de obter e que, transportada para a caverna, certamente chamaria a atenção, o que me desagradava. Além disso ocuparia muito espaço, um espaço que nem mesmo a uma deusa eu estava disposta a ceder. Quem sabe eu poderia criar um falo, menor que a deusa, mas grande, mesmo assim, quase do tamanho daqueles que figuravam em templos pagãos? Ou, quem sabe ainda, um falo em tamanho natural, trabalhado com estupendo realismo, um falo que guardasse, do resíduo de vida legado pela frondosa árvore da qual a madeira fora extraída, uma sutil vibração, sintonizada, de alguma maneira, com meu instinto vital, provendo-me assim de um sexo vicariante e até certo ponto consolador?

Não, eu não precisava disso, não precisava de ídolos fálicos ou de falos vibradores. Mesmo porque o meu verdadeiro projeto, o meu desejo, o meu sonho, terno sonho, não era esse. Era reconstituir minha trajetória pessoal por meio das esculturas dos homens que haviam marcado minha vida, dos homens que, nus, eu abraçara.

Com esse propósito atirei-me ao trabalho, possuída de um entusiasmo que havia muito não sentia. Primeiro fiz um busto de Er. Ali estava ele, em tamanho natural, com sua expressão melancólica, perplexa. Depois surgiu Onan, o agressivo desejo refletido na face e no sorriso. Por último Judá, resignado — afinal, fora vítima de um logro —, mas, de algum modo, feliz.

Eu os olhava, eu beijava os lábios de madeira. Porque, e isso para mim foi uma surpreendente descoberta, agora eu os amava, a todos eles, a começar pelo infeliz Er: nos meus sonhos ele aparecia sorrindo, tomava-me em seus braços, beijava-me apaixonadamente. Amava Onan, que também nos sonhos me tratava com carinho; amava Judá que, de algum remoto lugar, mirava-me com respeitosa adoração. Ah, sim, e amava Shelá, amava muito Shelá, embora não tivesse feito nenhuma escultura dele (mas isso, eu esperava, um dia aconteceria). Um amor que, eu sabia, era correspondido. Não se traduzia em palavras ou em contato físico; mas invisíveis correntes de paixão fluíam de nós, emergiam do fundo das cavernas, uniam-se no ar límpido da montanha, formavam estranhas figuras que deleitavam minha imaginação e proviam-me de uma nova e surpreendente existência.

Arte é assim. Paixão também. Arte e paixão preenchem qualquer vida. Mesmo que se trate de paixão solitária. Afinal, de certa forma, até mesmo Deus é um solitário. Não é mesmo, Deus? Hein? Deus?

— Oh, Deus. Oh, Deus.

Ele deixou-se cair ao lado dela, na cama, ofegante, repetindo: oh, Deus, oh, meu Deus. Ela achou graça:

— Estava tão bom assim?

— Bom? "Bom" não é a palavra exata. Bom... Bom é um prato de que a gente gosta, um livro, um filme. Bom! Não foi apenas bom, foi maravilhoso, foi sublime, foi um clímax, foi uma epifania. Incrível: precisei chegar ao sessenta e sete anos para descobrir o auge do prazer. Pelo jeito até agora eu estava só tentando, só experimentando. Agora sim, cheguei aos píncaros da glória. Agora posso dizer que me realizei como homem. Graças a você, isso tenho de reconhecer. Graças a você. O que não deixa de ser irônico, não é? Depois de todas aquelas brigas, depois de todos aqueles anos de hostilidade, finalmente nos reconciliamos — nos descobrimos, melhor dizendo — na cama. Não tenho dúvida, este foi o ponto alto da jornada de estudos. Pena que ninguém saberá disso, que nosso encontro não figurará no relatório final — seria uma coisa à altura do Cântico dos Cânticos. Mas diga, por que tivemos de esperar tanto tempo?

Ela suspirou:

— É o que eu também me pergunto. Mas a vida é assim, não é? Como diz o Eclesiastes — você, que é especialista em Bíblia, deve saber bem disso — há um tempo para tudo. E a gente precisa de um tempo para isso, para exorcizar nossos fantasmas, para descobrir os segredos guardados nas nossas cavernas interiores.

Foi a vez de ele rir, um risinho maroto.

— Você fala bonito. E, pelo que vejo, gostou dessa idéia da caverna...

— Gostei. Para dizer a verdade, gostei muito. A Tamar na caverna... Gostei muito. E gostei muito da caverna do Shelá, também. Os dois em suas cavernas, sonhando um com o outro... Bonito.

— Aliás, em várias passagens seu texto era muito parecido com o meu...

— Ora, não se faça de ingênuo. Você sabe muito bem que isso não ocorreu por acaso. Procurei o escritor que redigiu seu texto e que conheço há muito tempo. Pedi que escrevesse algo semelhante. De propósito, claro. Expliquei o meu plano, o plano que deu certo e que acabou nos trazendo para esta cama.

— E ele concordou? Mas é mesmo um ordinário, aquele cara...

— Não seja injusto. Ele até que resistiu bastante. Achava que era uma sacanagem com você, e num certo sentido era mesmo. Ele só concordou quando -

— Quando o quê? — Ele, bem-humorado. — Quando você foi para a cama com ele?

— Não. Isso, aliás, já tinha acontecido várias vezes; chegamos a ter um caso, não sei se você sabe. Terminou numa boa, mas terminou... Não, não foi isso que o convenceu, não foi a cama, ainda que, como você bem observou, eu seja, modéstia à parte, bem convincente na cama. Mas o que o fez aceitar minha proposta foi outra coisa. Contei a nossa história, a minha e a sua, falei das brigas do tempo de universidade. Disse que, no fundo, estava apaixo-

nada por você, que finalmente tinha descoberto isso e que agora queria viver na realidade essa paixão de juventude, mesmo que fosse apenas por uma noite. Eu precisava do texto sobre a Tamar para vir aqui, para encontrar você, para me aproximar de você, não podia perder essa oportunidade. Acrescentei que já não restava muito tempo: você já não é moço, eu fui operada de um câncer de ovário — talvez esteja curada, talvez não, os médicos não deram certeza. Não preciso dizer que os argumentos o convenceram, ou ele fingiu que estava convencido, não sei: o certo é que fez o texto, a coisa funcionou e aqui estamos, na cama. O único lugar em que posso lhe dizer, com toda a sinceridade: eu mudei. Agora posso avaliar melhor o que você significou em minha vida.

— O que eu significava em sua vida? Muito fácil: eu era o inimigo que você odiava...

— Isso é o que você pensa e isso era o que eu pensava, na época da faculdade. Aliás, não só eu. Você era odiado por meus colegas, você sabe disso, e era odiado por boas razões, porque, falando francamente, você era um tipo repulsivo. Eu detestava você. Mas na verdade você me perturbava, você me perturbava muito. Volta e meia eu sonhava com você...

— Sonhos eróticos? — Ele, num tom zombeteiro ao qual, contudo, misturava-se certa melancólica ternura. — Isso vai para o meu currículo: destacada aluna tinha sonhos eróticos com professor. Até gostaria de ter uma transcrição desses seus sonhos.

— Você é um idiota, cara — disse ela, sem rancor. — Ficou velho, mas no fundo não passa de um infantil. Eu sonhava com você, sim. E eram sonhos eróticos. Porque o fato, e esse fato me deixava perplexa, assustada mesmo, é que você me dava tesão, enorme tesão. Com que eu ficava puta da cara. Como poderia eu estar apaixonada por um acólito da ditadura, por um reacionário como você era? Se os meus companheiros soubessem, eu estaria fodida, irremediavelmente fodida. E, pior, não por você. Você,

velho arrogante e autoritário, não me dava a mínima. Para você eu não existia.

Calou-se, uma expressão agora séria no rosto: aquelas eram, para ela, lembranças obviamente perturbadoras. Tomado de terna afeição por ela, ele a abraçou:

— Nisso você estava enganada — disse. — Muito enganada. Talvez você não acredite, mas eu desejava você. E tive muitas fantasias a respeito. Naquela época minha primeira mulher pedira o divórcio; eu queria desesperadamente ter um caso com alguém e era só em você que eu pensava. Mas não podia, não é? Não podia. Eu era um professor, você era aluna. Mais, você era uma aluna rebelde, meio maluca: tudo indicava que, se algo acontecesse, você e seus colegas criariam um escândalo, iriam para a mídia alegando que eu assediara você. Estou errado?

Ela refletiu um instante:

— Não, acho que você não está errado. Se tivéssemos um caso, meus companheiros tratariam de tirar proveito disso, mesmo contra a minha vontade. Era um grupo muito fanático, o nosso, o mais radical da universidade. E era meio maquiavélico também. Os caras me intimariam a posar como vítima. Ficariam deliciados se o reitor tivesse de mandar você embora da universidade. Por causa disso, tratei de esquecer você. Mas não consegui. Em todos estes anos, não consegui. Tive maridos, amantes, namorados, aqui e no exterior, mas você estava sempre presente na minha lembrança. No fundo, essa foi a razão pela qual me dediquei ao Antigo Testamento, era uma forma de estar ligada a você, ainda que me considerassem uma iconoclasta — coisa que você também é, a julgar pela sua apresentação do Shelá. Quando anunciaram que você estaria no Congresso de Estudos Bíblicos, vi nisso não apenas uma oportunidade, vi um desígnio do destino. E aí comecei a traçar um plano...

— Como a Tamar.

— É. Como a Tamar. Quando digo que me identifico com ela, não estou mentindo. Admiro muito essa mulher, pela coragem, pela resistência, sobretudo pela astúcia. E decidi que, como ela, eu teria o homem que era tão importante para mim. Funcionou, e aqui estamos nós.

— É verdade, mas fique sabendo que não foi uma decisão fácil para mim. Aproximar-me de você, digo. Vacilei muito. No fundo eu sou um pouco como o Shelá, sabe? Um garoto tímido, que prefere a solidão. Aliás em garoto eu era assim, preferia a masturbação às garotas. Claro, a gente cresce, e eu, crescendo, mudei, cheguei a me tornar mulherengo. Mas você... Você me intimidava, eu não sabia nem se conseguiria falar com você. Quando soube que você estava aqui, fiquei perturbado, quase em pânico. Ainda bem que havia o coquetel, que bebemos juntos, que eu fiquei meio alto e criei coragem... Quando vi estávamos aqui, no seu quarto.

Riu:

— Espero que ninguém tenha notado a nossa escapada do coquetel.

Ela riu também:

— Se notaram, decerto entenderam. Isto é, de certa forma, um final feliz, uma apaixonada reconciliação depois de nossas brigas. E, como você disse, foi muito bom, foi o máximo.

Ficaram em silêncio uns instantes.

— Se você é a Tamar — disse ele —, quem sou eu? Judá?

Ela refletiu um instante:

— Você é Judá, sim. Você tem algo do patriarca que ele era. Mas você também é um garoto tímido como Shelá, você é um safado raivoso — safado porque raivoso — como Onan.

— E, como Er, tive uma tentação homossexual... Aliás, tive até uma experiência nesse sentido. Com um servente da universidade.

Ela olhou-o, espantada e divertida:

— Uma experiência homossexual com um servente da uni-

versidade? Pena que a gente não ficou sabendo na época. Faríamos um carnaval com essa história. Professor se aproveitando de seu poder para faturar servente! Você estaria perdido, meu amigo.

— Ainda bem que o rapaz soube guardar segredo...

— Ainda bem. Para você, ainda bem.

Nova pausa.

— E agora? — perguntou ele.

— Agora, o quê?

— O que vai acontecer? O que vamos fazer? Você sabe, eu sou casado. E este casamento, ao contrário do primeiro, tem sido para mim gratificante. Os filhos, os netos...

Ela suspirou:

— Oh, Deus. Você não acha que estou lhe cobrando alguma coisa, acha? Não faço isso há muito tempo, meu caro, não cobro nada de ninguém. O que eu queria era ir para a cama com você. Fui. O que virá daqui por diante não sei, e neste momento não quero saber.

Ele olhou o relógio.

— Melhor eu ir embora. São cinco e quinze, pedi que me chamassem às cinco e meia porque tenho de estar no aeroporto às seis. Pode parecer meio esquisito se eles meu ligarem para o quarto e eu não atender, não é mesmo?

— É. Bem pensado. Você continua esperto.

— Pelo menos isso, não é? Pelo menos isso. Alzheimer seria muito pior.

Levantou-se da cama, vestiu-se, calçou os tênis coloridos. Antes de sair, olhou-a:

— É uma despedida?

— Não sei. O que você acha?

— Não sei. Mas no fundo espero que não seja.

Ela sorriu.

— Deixe algo comigo, então.

— O quê? Cajado, sinete, cordão? Não tenho essas coisas.

— Deixe a história de Shelá. Aquelas folhas impressas.

Ele vacilou um instante, uma ruga surgiu-lhe subitamente na testa, uma ruga que logo se desfez.

— Está bem. Deixo na recepção do hotel. Mas você não está pensando em publicar aquilo, está? Os dois textos, digo.

Ela soltou uma gargalhada.

— Eu? Eu, não. Mas o nosso amigo escritor talvez cogite disso. O que, pensando bem, não seria um problema, nem para você, nem para mim. Ele muda os nomes, muda a história... Só não vai mudar nossas vidas.

Ele suspirou. Saiu, fechando a porta atrás de si.

Ela ficou ali, sozinha. Sorriu sem saber por quê. Depois apagou a luz, cobriu-se e adormeceu. Um sonho confuso, cheio de personagens bíblicos, Tamar, Judá, Er, Shelá, mas todos usando trajes modernos e falando de automóveis, de aviões, de aulas na universidade. De repente apareceu ali José, o jovem José do Egito, olhando a cena com muita curiosidade. Ela correu para ele, agarrou-o pela colorida túnica:

— Como é que a gente interpreta esse meu sonho, José? Como?

José abriu os braços, num gesto de desamparo, de claro significado: na vida, como nos sonhos, há muita coisa que a gente nunca chega a entender.

ESTA OBRA FOI COMPOSTA PELA SPRESS EM ELECTRA E IMPRESSA EM OFSETE
PELA GEOGRÁFICA SOBRE PAPEL PÓLEN SOFT DA SUZANO PAPEL E CELULOSE
PARA A EDITORA SCHWARCZ EM NOVEMBRO DE 2008